상검 3

이현(李賢) 新무협 판타지 소설

초판 1쇄 찍은 날 § 2003년 1월 23일
초판 1쇄 펴낸 날 § 2003년 2월 10일

지은이 § 이현
펴낸이 § 서경석

편집장 § 문혜영
편집책임 § 박영주
편집 § 장상수 · 김희정
마케팅 § 정필 · 강양원 · 이선구 · 김규진
펴낸곳 § 도서출판 청어람
등록번호 § 제1081-1-89호
등록일자 § 1999. 5. 31
어람번호 § 제2-0174호

주소 § 경기도 부천시 원미구 심곡1동 350-1 남성B/D 3F (우) 420-011
전화 § 032-656-4452 팩스 § 032-656-4453
http://www.chungeoram.com
E-mail § eoram99@chol.net

ⓒ 이현, 2003

값 7,500원

ISBN 89-5505-591-9 (SET)
ISBN 89-5505-594-3 04810

商劍

이현 新무협 판타지 소설

3

오 이 爱

도서출판
청어람

목

차

제3권 애증(愛憎)

제1장 암운(暗雲)

눈물이 글썽거리는 것을 거우 참았다.

분했다.

아무리 생각해도 그렇게까지 화를 내는 것은 이해할 수 없었다. 기껏 적을 처치하고 목숨을 살려주었는데 고작 하는 말이 같이 다니지 못하겠다니……. 스승으로부터의 가르침은 적을 대할 땐 후환없이 말끔하게 끝을 맺으라는 것이었다.

마치 은혜를 원수로 되돌려받은 기분이었다.

'나쁜 자식, 기껏 날마다 검술까지 가르쳐 주었더니…….'

"우리 각자 갈 길로 갈라섭시다."

마치 녀석이 가슴에 커다란 못을 박아 넣은 것 같았다.

'나쁜 자식, 내가 자기를 어떻게 봐주었는데······.'

곡완주는 행여 누가 볼세라 이마를 매만지는 척하며 눈물을 훔쳤다.

하지만 막상 헤어지니 가슴 한구석이 허전했다.

자존심 때문에 자리를 박차고 나오기는 했지만 갈 곳도 마땅치 않았다. 서로 자존심을 내세우고 성질을 부렸기에 이제 다시 돌아갈 수도 없었다.

"사내들은 다 똑같다. 절대 사내들에게 정을 주지 말아라. 아니면 너도 내 꼴을 면치 못할 것이다."

사부는 거의 날마다 다짐을 받다시피 말했다.

"걱정 마세요. 절대 그런 일은 없을 거예요."

그때마다 어린 곡완주는 사부를 기쁘게 하기 위해 가장 좋아하는 대답을 해주었다.

'나는 절대 그러지 않을 거예요.'

그것은 그녀의 진심이었고, 마음속으로도 맹세하다시피 했다.

사부는 그녀의 어머니였고, 또 다른 인생의 거울이었다. 사부가 하는 말은 항상 옳았고 진리였다.

"일단 적으로 판명되면 절대 손속에 사정을 두지 마라. 쓸데없는 자비심은 후환만 남길 뿐 아니라 언제 어디서고 다시 칼날이 되어 너를 노릴 것이다."

사내에게 정을 주지 말라는 사부의 첫째 가르침은 곡완주의 가슴속에 하나의 신념으로 자리 잡았다. 자신이 남장을 하고 무영을 따라 나선 것도 그 때문이었다.

무영이 걱정됐다.

변변치 못한 무공으로 싸돌아다니다가 또 어디서 강적을 만나 위험에 처할까 마음도 졸여졌다.

헤어졌다고 생각하니 갑자기 보고 싶기도 했다. 하지만 자존심을 굽히고 다시 그를 찾아가고 싶진 않았다.

가슴이 답답했다.

그녀는 강물이 내려다보이는 둑 위에 앉아 흐르는 강물을 바라보았다.

벌써 몇 시진째 이곳을 떠나지 못하고 있었다.

강물은 개봉성 안을 통과하는 운하의 물길이었다.

강둑을 따라 길게 심어진 버드나무가 휘청거리는 가지를 늘였고 달빛을 받은 물이 보석처럼 반짝이며 흘렀다.

너무나 아름답게 보여 그녀는 둑 위에 올라서서 바람을 쏘이며 흐르는 물줄기를 바라보았다. 막혔던 마음이 한결 후련해지는 것 같았다.

'응?'

한동안 그러고 있는데 누군가 자신을 보고 있는 듯한 기분이 들었다.

'무영인가?'

은근히 따라와 주기를 바라며 주루를 나왔다.

공연히 가슴이 뛰었다.

강둑을 따라 서서히 걸어가니 그 사람도 자신을 뒤따르는 것이 느껴졌다. 비록 밤이지만 달빛에 반사된 강물이 등불 구실을 하며 사방을 환하게 비추어주었다.

둑을 따라 심어진 아름드리 버드나무를 돌아서며 나무 뒤로 몸을 숨긴 후 재빨리 허공을 박차고 나무 위로 올랐다. 무성한 버드나무 가지는 몸을 가려주기에 충분했다.

뒤를 따르던 사내는 멀찍이 서서 그녀가 나무 뒤에서 나오기를 기다리는 듯했다. 하지만 한참이 지나도 움직임이 없자 그쪽에서 참지 못했다.

'저 자식은 뭐야?'

무영이 아니었다.

삼십 대 중반의 야행복 차림의 사내가 은밀한 발걸음으로 강을 따라 늘어선 버드나무를 적절히 이용해 몸을 숨기며 그녀가 몸을 감춘 나무 가까이로 다가섰다.

살심이 구름같이 피어올랐다.

'죽인다!'

무영이 아니라는 사실에 이미 화가 치밀어 올랐다.

'엇!'

곡완주는 깜짝 놀랐다. 자신의 검이 없었다.

'아차, 주루에 두고 왔구나.'

무영과 다투느라 미처 챙기는 것을 잊었다.

해한검(偕恨劍).

사부님께서 남겨주신 단 하나의 유물이었다. 게다가 그 검은 사부의 유언을 집행해야 할 검이기에 절대 잊어버려선 안 되는 검이었다.

'빨리 돌아가자.'

우선 사내부터 처리하고 얼른 돌아가기로 마음을 굳혔다.

사내는 곡완주를 찾아 주위를 두리번거렸다.

곡완주의 신형이 나무 위에서 가볍게 날아 내리며 사내의 목줄기를 거머쥐었다.

'컥!'

하지만 순식간에 목덜미의 급소를 조여오는 날카로운 손길에 그 소리는 목구멍을 넘지 못했다.

"왜 나를 따랐지?"

사내는 대답을 하지 못하고 눈을 둥그렇게 뜨며 아니라는 표시를 해 보였다. 이미 혈도를 제압당해 전신의 맥이 풀린 상태에서 겨우 하는 행동이었다.

우두둑!

곡완주는 사내의 오른손 손가락 관절을 모조리 꺾어버렸다.

"끄윽!"

뱃속에서부터 나옴 직한 신음성이 곡완주가 움켜쥔 목구멍을 지나면서 헛바람과 같은 기묘한 소리로 바뀌어져 나왔다.

얼굴은 목을 거머쥔 손에 기도가 막혀 이미 혈관이 불쑥 솟아올랐고 눈동자마저 힘없이 풀려가고 있었다.

곡완주는 목을 거머쥔 손을 놓았다. 사내의 목을 옥죌 때는 흉악한 병기였지만 평소에는 여염집 규수와 같이 부드럽고 연약해 보이는 손이었다.

"다시 묻겠다. 왜 나를 따랐느냐?"

"소, 소인은 포쾌, 며, 명령을 받고……."

사내는 아직도 정신을 차리지 못한 듯 비틀거렸다. 하지만 대답을 게을리 했다가는 또 어떤 잔혹한 손속이 나올지 몰랐다.

"무엇 때문에 내 뒤를 따랐느냐?"

이미 관부와 산서 상방이 한통속이 되어 있는 것 같다는 말을 들었는지라 놀라진 않았다.

"추관, 추관어른의 지시요. 소인은 그저 명령에 따라 임무를 수행할 뿐이오."

그제야 관절이 모두 부러진 고통이 엄습하는지 땀을 뻘뻘 흘리며 왼손으로 오른손을 감싸면서 겨우 말했다. 오른손은 이미 퉁퉁 부어올랐다.

"나와 헤어진 공자의 뒤를 따른 놈도 있느냐?"

은근히 무영이 걱정됐다.

"그를 뒤따르는 사람은 견비자라 불리는 한량이오. 개봉에서는 그쪽 방면으로 다 알아주는 유명한 정탐꾼이지요. 아마 산서 상방의 부탁을 받았을 것이오."

포쾌는 모든 것을 체념했는지 묻지도 않은 말까지 술술 불었다.

곡완주는 갈등에 빠졌다.

알고 싶은 것은 다 알아냈으니 가볍게 목을 취해야겠지만 포쾌를 함부로 죽이면 어떤 일이 생긴다는 것쯤은 알고 있었다. 두려운 마음은 조금도 없지만 두고 두고 귀찮은 일이 생길 것이다.

함부로 사람의 목숨을 취한다며 자신을 원망했던 무영의 얼굴도 떠올랐다.

"돌아가라. 죽여 버리고 싶지만 한 번은 참겠다. 다음에 내 눈에 띄지는 말아라. 아무리 포쾌라도 목숨은 하나뿐이겠지."

"고맙소."

포쾌는 꾸벅 절을 하고는 뒤를 돌아섰다. 한 손으로 손을 감싸 쥔 그는 매우 고통스런 표정이었다.

곡완주는 무영에 대한 걱정이 앞섰다. 무영의 뒤를 밟았다면 후속 조치가 있을 것이 분명했다. 아마 자객이거나 팽가장에서 보낸 인물들일 것이었다.

"관아에서도 지금 이런 일을 싫어하는 사람들이 많이 있소이다. 하지만 먹고 살려니 하는 수 없이 명령에 따르는 것뿐이오. 모쪼록 손속에 사정을 두시오."

저만치 가던 포쾌가 뒤도 돌아보지 않고 말했다. 묻지도 않은 말까지 해준 이유가 짐작되었다.

'아차, 해한검! 서둘러야 해!'

곡완주는 재빨리 무영과 헤어진 주루로 몸을 날렸다. 혹시 무영마저 그 검의 존재를 잊고 그냥 가버렸으면 누가 집어갔을 수도 있었다. 일단 걱정이 시작되자 행여 무슨 일이라도 생겼을까 걷잡을 수 없이 조바심이 났다.

오씨 포목점(吳氏布木店)은 황영기로부터 소개받은 개봉부 섬서 상방의 비선(秘線)이었다. 날이 저물었는지라 막 점포 문을 닫으려는 점원에게 주인을 찾자 사십 대의 뚱뚱한 중년인이 안에서 나왔다.

"제가 주인이오만……."

"북경 단방(踹坊:면포 가공소)의 황 노사께서 보내어 왔습니다."

중년인의 안색이 가볍게 변했다.

"지난번에 맡긴 면포는 작업이 모두 끝났습니까?"

"잔금 삼백 냥을 받으면 물건을 내드리겠다고 하더군요."

황영기가 일러준 암어(暗語)였다.

신분이 확인되자 오씨는 사방을 둘러보더니 재빨리 점포 문을 닫았다.

"안으로 들어오시죠."

내실로 안내한 그는 손수 차를 들고 왔다.

"황 행두님은 어디 계시오?"

"주선진으로 해서 정주로 가셨습니다."

"북경은 비워두었습니까?"

무영은 북경을 떠나 자신이 이곳까지 오게 된 배경과 주루에서의 일을 간단하게 설명했다.

"팽가장하고 우리 상단은 이제 완전히 원수가 되었군요."

말을 하는 오씨의 표정이 어두웠다.

"그런데 지난번 총방(總幇) 간부들을 암습한 범인들에 대해서는 아시는 바가 있습니까? 황 행두님은 산서 상방이 사주하지 않았나 보고 계시더군요."

"우리 생각도 그렇소. 하지만 지금까지 드러난 것은 암습자들의 무공이 매우 고강한 자들이라는 것뿐이오. 총행두 일행을 호위했던 사람들은 전에 개방 방주가 소개한 사람들로 제법 고수라고 들었소. 그런데 손도 제대로 써보지도 못하고 모두 당했소."

성안에서도 별로 알려진 것이 없었다.

"상방 상인들이 잡혀가고 있다던데……."

"벌써 칠십여 명가량이 옥에 갇혔고 계속 잡아들이고 있소. 노출이 되면 무조건 잡아들이는지라 손을 쓸 형편도 되지 않고, 게다가 관부가 이미 산서 상방과 손을 잡은 듯 보이니 힘을 쓸 만한 사람들은 모두 그쪽으로 붙었소. 그 통에 하부 조직의 상인들도 속속 상방을 탈퇴하고 있는 것은 물론이고 점포마다 도제들이 모두 떠나는 실정이오."

도제(徒弟)는 견습 상인(見習商人)이었다.

그들에게는 보수도 주지 않고 일을 시키다가 어느 정도 능력을 인정

받을 때쯤 되어야만 약간의 급여를 주었다. 그 도제가 일을 익혀 독립을 하게 되면 주인과 같은 상방에 가입하는 것이 관례였다.

도제가 떠난다면 점포는 공짜나 다름없는 일손을 잃게 되어 돈을 주고 사람을 사서 일을 시켜야 하니 취급하는 상품의 원가가 올라가 결국 경쟁력을 상실하는 결과를 초래하게 되었다.

게다가 상방은 새로운 인원이 보충되지 않으니 장기적으로 회원의 수가 감소하게 되어 세력이 크게 위축되는 것이었다.

만약 이번 음모가 산서 상방이 조종한 것이라면 실로 절묘한 계책이라 할 수 있었다.

'음, 머리를 자른 후에 뿌리를 흔든다.'

무영은 머리를 설레설레 저었다.

"제가 나서서 알아보겠습니다."

그렇게 말하며 그는 자리에서 일어났다.

"이 밤중에 어디를……?"

"자세한 것을 알아봐야겠습니다. 황 행두님께 전하실 말씀이……?"

"북경은 당분간 포기하고 서안으로 가시라 해주십시오. 그쪽은 아직 우리 상방이 상권을 장악하고 있는 것으로 알고 있습니다. 게다가 관부도 협조적이라고 합니다. 사천(四川)과 영하(寧夏)만이 남았습니다. 항주나 복주, 산동, 남경 등 다른 쪽은 모두 와해되어 비밀리에 소규모 회합이나 하는 수준이라고 합디다."

말을 마친 그는 긴 한숨을 쉬었다.

사천과 영하는 변방 중의 변방이었다. 그러나 중원 전체를 발판 삼아 남만과 멀리 서역까지를 무대로 이름을 날리던 섬서 상방이라고 하기에는 너무나 초라한 현실이었다.

"지금 관부 쪽에 도움이 될 만한 사람은 거의 없소. 그나마 추명이라는 포두가 도움을 주어 상인 몇십 명이 성을 벗어날 수 있었소. 그 사람을 만나보면 도움이 될 게요."

"알겠습니다."

인사를 하고는 뒷문을 통해 포목점을 나왔다.

무영은 일단 하오문을 들러 정보를 수집해 보기로 마음먹었다. 지금 이쪽은 노출이 되어 있는 상태였으나 가면으로 얼굴을 가린 적의 실체는 여전히 모호하기만 했다.

하북팽가, 관부, 그리고 산서 상방으로 이어지는 확실한 연결 고리를 찾아 끊으려면 충분한 정보가 필요했다.

흔히 사람들은 개방의 정보력을 최고로 치지만 하오문을 아는 사람들은 감히 그렇게 말하지 않았다. 돈이 되는 정보에 촉각을 기울이고 있는 온갖 시정잡배들이 드나드는 곳이 도박장이며 기루다. 은밀히 이루어지는 각종 거래며 비밀들이 청루 기녀의 치마폭 아래서 조금씩 흘러나오고 부정한 돈을 번 건달들이 도박장에서 밤을 지샌다.

별 볼일이 없던 어떤 뒷골목 건달이 어느 날 도박이나 기루에서 돈을 물 쓰듯이 하고 있다면 그를 아는 사람들은 당연히 돈의 출처에 귀를 기울일 것이고, 그러다 보면 돈과 연결된 고리가 조금씩 드러난다. 그런 정보를 모을 수 있는 곳이 하오문이다.

어둠이 짙게 깔려 이미 대부분의 점포들이 문을 닫는데 이런 시간에 유일하게 성업 중인 곳이 있다면 바로 도박장과 기루다.

그중 한 도박장을 찾아 문을 열고 들어서는데 이상하게도 썰렁한 분위기였다.

"호호호, 젊은 공자 분이시네. 제가 모시겠어요."

안내를 맡은 듯한 젊은 여인이 진한 지분 냄새를 풍기며 다가왔다.

"손님이 없구려."

"공자, 걱정 마시고 이쪽으로 오세요. 설마 도박장에서 상대가 없어 돈을 따지 못하기야 하겠어요?"

여인은 윙크까지 해가며 자신을 안으로 끌어들였다.

"도박을 하려고 온 것이 아니오."

품속에서 변대길이 준 신패를 꺼내 보였다.

"어머!"

여인은 깜짝 놀라며 황급히 허리를 숙였다.

"몰라뵈었습니다. 안으로 드시지요."

조금 전의 추파는 간 곳 없이 이쪽이 당황할 정도로 공손해진 그녀는 앞장서서 안으로 들어갔다. 그가 간 곳은 옆집으로 통해 있었다. 마치 미로처럼 교묘하게 연결되어 있어 안내를 받지 않고는 여간해서 밖에서 알 수 없도록 되어 있었다.

한 방으로 안내되어 잠시 기다리니 도박장의 주인이라고는 상상할 수 없는 점잖은 풍모의 중년 사내가 나왔다.

"개봉 분타에 있는 길모(吉某)라고 합니다. 무슨 일로 이곳에 오셨는지요?"

하오문에서는 다른 분타의 사람과 접선할 때도 웬만해서는 이름을 밝히지 않는다. 은밀한 뒷거래가 많은 직업이다 보니 가급적 자신을 노출시키지 않으려는 습관이었다.

"북경 분타와 관련된 일이 있어 알아볼 것이 좀 있습니다. 협조를 부탁드립니다."

비밀 요원은 이름을 밝힐 필요가 없었다.

"허허허, 말씀만 하시지요. 한집안 사람인데 당연히 협조를 해드려야지요."

그는 의자에 앉으며 말했다.

"지난번 성안에서 벌어진 섬서 상방 수뇌부의 죽음과 관련된 사항을 알고 싶습니다."

무영이 정색을 하고 말했다.

"무슨 일 때문이오?"

중년의 안색이 변했다.

"밝혀야 합니까?"

사건이며 정보라는 것은 항상 실타래처럼 엉켜 각종 정보를 관리하는 직책에 있다 보면 상관이 없어 보이는 일도 내막에 있어서는 은밀한 끈으로 이어져 있는 경우가 많았다.

하오문의 분타는 독립성이 강해 이런 경우에도 필요한 정보만 제공하고 다른 분타의 일과 관련된 사안에 시시콜콜 묻거나 일일이 끼어들지 않는 것이 관례라고 들었다.

"나도 다른 일이라면 묻고 싶지 않소. 하지만 이번 섬서 상방의 일은 우리 분타의 존립과도 직결될 수 있는 일이니 그러는 게요."

"우리 분타에 빚이 있는 사람이 섬서 상방에 돈을 투자했다고 하는데 그 사람이 섬서 상방에서 투자금을 받아낼 수 있는지 알고 싶어서 그럽니다. 금액이 적지 않거든요."

혹시 해서 미리 준비한 말로 대답했다. 도박장 영업을 하다 보면 외상을 하는 사람이 적지 않다. 물론 대부분 현금 박치기지만 신원이 확실하고 재산이 있는 경우 단골로 붙들어두기 위해 종종 외상을 주기도 했다.

"하하하, 그러시구려. 그거라면 도와드리고 싶지만 총단에서 이번 상방 간의 싸움에는 일절 간여도 말고 정보도 유출시키지 말라는 명령이 내려와 있습니다. 물론 다른 분타도 예외는 아니지요. 아마 북경 분타에도 그런 공문이 내려와 있는 줄 아는데……."

"북경을 벗어난 지 오래라 아직 연락을 받지 못했습니다."

"다 알고 있는 얘기겠지만 우리는 섬서 상방의 총행두 일행이 죽은 것은 산서 상방과의 싸움에서 섬서 상방이 패한 것으로 보고 있소. 산서 상방은 이미 개봉의 지부대인과 하북팽가를 품에 넣었고 또 다른 제삼의 세력도 끌어들였다고 하오. 아직 실체를 알 수는 없지만 섬서 상방 수뇌부를 죽인 살수들도 팽가의 인물이 아닌 것은 확실하오. 아무리 팽가가 돈이 궁하다고 하지만 아직 그런 암살까지 자행할 정도로 타락하지는 않았소이다. 자칫 무림에 알려지면 하북팽가의 체면이 땅에 떨어질 텐데 무림세가의 일원으로서 공든 탑을 무너뜨릴 수도 있는 그런 위험을 감수하겠소?"

"하면 제삼의 살수를 동원했다는 얘기가 아닙니까?"

"맞소이다. 자세히는 알 수 없으나 무림에서 돈만 주면 그런 일을 밥 먹듯이 해치우는 놈들이 한둘이 아니지 않소이까. 아마 흑방(黑幫)이나 야월회(夜月會), 또는 암천(暗天)의 친구들을 초빙했겠지요."

"그런데 왜 팽가와 산서 상방이 손을 잡았습니까?"

아직 모르는 것이 너무 많았다.

"팽가는 지금 남궁세가와 보이지 않는 세력 다툼을 벌이고 있는 중이지요. 하지만 드러나지 않은 여러 번의 충돌에서 팽가의 전력에 한계가 드러났소. 가장 필요한 것은 자금이오. 팽가는 지금 무리를 하고 있소. 자칫하면 무림과 상계(商界) 간에 향후 큰 마찰이 생길 수도 있소. 이미 구파일방은 물론 다른 무림세가에서도 산서 상방과 팽가의 움직임을 주시하고 있다는 얘기가 들리오."

절로 고개가 끄덕여졌다.

"내가 말할 수 있는 것은 여기까지요. 정보를 처리하는 사람들 대부분이 알고 있는 얘기라서 말을 했지만 더 이상 자세한 것은 밝힐 수 없음을 양해하시오. 총단에서는 자칫 우리 하오문이 개입되어 나중에 골치 아픈 문제가 생길 것을 걱정하는 눈치요. 누구나 개방이나 하오문에서 정보를 얻어가려고 하지 않겠소? 이럴 때는 그저 모르는 척하는 것이 최고 아니오?"

더 이상 자세한 내막을 공개할 수 없다는 태도에 자리에서 일어섰다. 하지만 얻은 것은 적지 않았다. 그동안 심중으로 생각했던 검은손이 산서 상방이라는 실체를 하오문은 인정하고 있었다. 게다가 제삼의 세력을 동원한 암살, 하북팽가의 개입, 그리고 하오문은 방관자로 있다는 것 등이었다.

도박장을 나와 객잔으로 향하는데 아무래도 누군가 뒤를 따르는 듯한 기분이 들었다.

처음에는 곡완주인가 하는 생각도 들었으나 그러면 이런 기척을 내지 않았을 것이다.

일부러 밤거리를 이리저리 돌며 상대를 유인했다. 그러자 눈치를 챘는지 더욱 조심하는 기색이 느껴졌다.

한적한 폐가(廢家) 앞을 지날 무렵 재빨리 몸을 날려 무너져 가는 벽에 몸을 붙였다.

잠시 후 한 사내가 주위를 두리번거리는 것이 보였다. 상대가 무영이 몸을 숨긴 곳을 지날 무렵 그의 등 뒤에서 말했다.

"꼼짝 마라. 움직이면 죽는다."

나지막하고 음산한 목소리를 내려고 노력했다.

순간적으로 사내가 움찔하더니 제자리에 섰다.

"누구냐?"

무영이 물었다.

"나는 개봉부(開封府) 포두(捕頭) 추명이라 하오. 돌아서도 되겠소?"

포두라고 하니 이상한 생각이 들었다. 그러나 이내 개봉 관부가 산서 상방을 밀어주고 있다는 말을 상기했다.

"나를 뒤쫓는 이유가 무엇이냐?"

포두임을 알고도 여전히 반말을 했다. 산서 상방의 앞잡이 노릇이나 하는 관리들이라는 생각에 적대감이 있었기 때문이다.

"당신은 주루에서 살인을 한 혐의를 받고 있소. 게다가 하오문 분타와 접촉을 하니 어찌 관아에서 모른 체하겠소?"

"흥, 그렇게 열심인 관아에서 어째서 섬서 상방 총행두를 비롯해 십수 명이 죽은 사건은 덮어둔단 말이냐?"

"말을 조심하시오. 나름대로 노력은 하고 있소이다. 돌아서겠소."

그 말에도 무영이 잠자코 있자 그는 조심스레 몸을 틀었다.

"어?"

시퍼런 칼날이 목 근처에 와 있을 것이라고 생각했는데 상대는 벽에 기대어 유유히 팔짱을 끼고 자신을 보고 있다.

"큭큭, 왜? 실망했나?"

"젊은 사람이 말이 거칠군. 무공을 믿고 그러나?"

그는 얼핏 보기에 서른 전후는 되어 보였다.

"나라에서 녹봉을 받으며 부업으로 남의 뒤치다꺼리나 하는 놈들한 테는 좋게 말이 안 나가지."

무영은 계속 반말을 했다.

"홋, 그런가? 하지만 다 그런 것은 아니야. 어디나 쓰레기는 있기 마련이지."

그의 말에는 묘한 복선이 담겨 있었다.

"당신은 아니라는 건가? 그럼 나를 체포하려고 뒤쫓은 것이 아니라 는 건가?"

"지시는 그렇더군. 뒤쫓다가 자네가 묵는 곳을 알아내면 개봉부 전 체 포쾌(捕快)들을 동원해서라도 잡으라고."

남의 말을 하듯 하고 있었다.

"이유는?"

"후후후, 얼굴이 뜨겁지 않나? 주루에서 일곱을 죽이고도 모자라 죄 명을 묻는 겐가?"

그러나 추명의 말투에는 적의가 없어 보였다.

"마치 하기 싫은 일을 하는 사람 같군."

"맞아, 팽가장 사람들을 좋아하지 않거든. 게다가 무림 일 같은 데 관부에서 끼어들어야 하는 이 상황이 싫기도 하고."

그에게 호감이 갔다.

"그럼 하지 않으면 될 게 아닌가?"

"자식이 벌써 넷이야. 노모도 계셨는데 지난 홍수에 미처 몸을 피하 지 못하고 돌아가셨지. 남은 식구가 아직 많으니 겨우 이 짓거리라도 해서 벌지 않으면 그나마 모두 굶어야 할 판이지. 썩 마음에 들지는 않 지만 늘 감사하는 마음으로 하고 있다네."

"하하하, 안됐군."

이상하게 잠깐의 대화로 그와의 사이에 깔려 있던 적의(敵意)가 걷혔다. 그의 푸념은 도무지 살인자를 잡으러 나온 사람 같지가 않아 웃음이 나왔다. 호감이 가는 사내였다.

"아, 잊었군. 자네, 나하고 같이 관아로 가주었으면 좋겠는데."

'엥?'

"그렇게는 못하겠는데? 나도 집에 노부모가 계시고 혼약을 한 여자도 있거든."

"무공이 대단하다는 말은 들었어. 하지만 개봉에서 내 손을 벗어난 놈은 아무도 없어."

추명은 허리춤에서 포승줄을 꺼냈다.

'이놈 봐라?'

내심 어이가 없었다.

방금 전까지도 화기애애하지는 않았지만 그런대로 원만한 대화를 나누지 않았던가. 그러나 포승줄을 꺼내 든 상대의 표정이 절대 장난으로 보이지는 않는다.

"남의 일에 끼어들고 싶지 않다며?"

"감사하는 마음으로 일한다는 말도 했지."

"자신있나?"

"물론이지."

어둠 속으로 그의 눈빛이 날카롭게 빛난다 싶은 순간 어느 결에 포승줄이 무영의 손을 감아왔다.

'금나수(擒拿手)!'

포승줄은 마치 눈이라도 달린 것처럼 꿈틀대며 재빠르게 그의 완맥을 감아왔다.

포승줄을 금나수처럼 쓰는 놈은 처음 보았다. 어지간한 수련없이는 불가능한 일이겠지만.

얼른 손을 피하며 옆으로 물러섰지만 포승줄은 마치 사람의 손같이 무영의 완맥을 따라 쫓았다.

"훗!"

약간 무리를 해서 가벼운 기합을 넣으며 몸을 돌려 녀석의 턱을 올려 찼다.

하지만 그는 포승줄을 걷음과 동시에 가볍게 턱을 뒤로 젖혀서 피하고는 무영이 미처 중심을 잡기도 전에 오른발을 휘감아 다리를 쓸어왔다.

부인각(斧刃脚)이었다.

발경(發勁)이 예사롭지 않아 보이는 것이 의외로 기초가 탄탄한 놈이었다.

황급히 공중으로 뛰어오르며 반격을 하려 했지만 놈이 더 빨랐다. 녀석의 몸이 돌며 상체가 숙여졌다.

무영의 눈에 익숙한 자세.

다음은 횡등퇴가 날아올 태세다.

재빨리 몸을 뒤로 젖히며 반격을 준비했는데 의외로 그의 발길질이 날아오지 않았다.

"제법이군. 다시 한 번 부탁함세. 솔직히 몇 합을 겨뤄보니 자네를 강제로 데려가기는 쉽지 않을 것 같군. 물론 무리를 하면 혹시 모르겠지만 이런 일로 몸을 축내기는 싫네. 관아로 가주겠나?"

정말 뻔뻔스런 포두다.

"당신이라면 어쩌겠소?"

"안 가지."

"나도 안 가."

"그럼 같이 술이나 한잔할까?"

갈수록 뚱딴지 같은 말만 하고 있었다. 이상한 사내다 싶어 문득 호기심이 발동했다.

"용의자하고 술을 먹다가 그나마 있는 포두 자리도 쫓겨나면 어쩌려고 그러오?"

말투를 바꿨다. 호감의 표시였다.

"따라오게. 난 추명이라고 하네."

추명이 포승줄을 허리춤에 감더니 앞장섰다.

무영은 문득 오씨 포목점에서 들은 그의 이름을 기억했다.

음, '일단 적(敵)은 아니군.'

둘이 간 곳은 반쯤 허물어진 집터에 짚으로 대충 엮은 천장하며 비나 겨우 가릴 만한 초막 같은 곳이었다. 구석에 때가 잔뜩 묻은 탁자두 개가 놓여 있었다.

칠순은 넘어 보이는 백발의 주인 노파가 추명을 알아보고는 반갑게 맞았다.

"자네가 오늘쯤은 들를 줄 알고 아직 문을 닫지 않고 있었네. 어서 오게."

"파파께서는 역시 저를 아시는군요."

"호호호, 내가 자네를 모르면 누가 알겠나?"

이빨이 많이 빠져서인지 바람 새는 소리로 말을 한 노파는 주문도 하지 않았는데 구석에 있는 술독에서 이가 다 빠진 술동이에 철철 넘칠 정도로 술을 담아냈다. 추명은 빙긋이 웃으며 무영을 보기만 했다.

잠시 후 술잔과 약간의 소채가 탁자 위에 놓였다.

"마음에 드는가?"

무영의 외모로 보아 고급 음식만 먹었을 것으로 짐작했는지 은근히 반응을 타진하는 눈치였다.

마치 막걸리같이 누런색을 띤 술이라 이름이 궁금했다. 대답 대신 술 이름을 물었다.

"무슨 술이오?"

"그냥 술일세. 진탕 마시면 취하는 술이지. 정히 이름이 필요하면 자네가 붙여주게."

막걸리잔 같은 커다란 술잔에 술을 따르며 그가 말했다. 그리고 보니 추명에게서 푸근한 시골 아저씨의 냄새가 났다.

"날 잡아가겠다고 기를 쓰고 덤빌 때는 언제고 이제는 술까지 사서 먹이니 이해가 되지 않소."

"자네는 자신이 하는 일을 다 이해하나?"

추명이 눈을 똑바로 뜨고 그를 바라보며 물었다.

'그랬나?'

그의 말이 무게를 가지고 다가왔다.

"그냥 그렇게 사는 걸세. 벅찬 상대는 술 몇 잔 먹이면 의외로 두 손을 내밀고 오라를 자청하는 놈들이 가끔 있거든."

어디까지가 농담인지 구별할 수 없었다. 추명은 싱긋이 웃더니 말을 이었다.

"후후후, 사실 나는 자네를 체포해 오라는 지시를 받은 적이 없네. 물론 개인적으로 그럴 생각도 없고. 내 정체가 궁금한가?"

추명은 술을 죽 들이키더니 소매로 입을 훔쳤다.

"나는 개봉부 관아에서 내놓은 이단자지. 당장 모가지를 자르고 싶어도 내가 자신들의 더러운 거래를 많이 알고 있으니 주둥이를 나불댈까 두려워 그냥 두는 모양이야. 그래도 녹봉을 받아 쓰는 처지라서 입 다물고 있다는 것을 아는 게지. 그리고 내 무공도 제법 한수 하거든."

"왜 내 뒤를 밟았소?"

"자네 뒤를 견비자(犬鼻子)가 밟고 있더군. 놈은 개봉부에서 남의 뒤를 캐는 실력이 제법 있는 놈이지. 워낙 냄새를 잘 맡는 놈이라 그냥 견비자라고 불린다네. 돈만 받으면 무슨 짓이든 할 놈이지만 그래도 나하고는 좀 친한 편이거든. 내가 맡겠다고 하니 그냥 물러서더군. 산서 상방으로부터 의뢰를 받았다고 하는데 그냥 놓쳤다고 하라 했지. 놈도 내가 나서면 꼬리를 내려. 나하고 일이 꼬여서는 개봉에서 발 붙이기가 힘들거든."

"포쾌가 맞소?"

"거짓말은 안 해."

"아까는?"

"자네 실력이 궁금했거든."

문득 목이 말랐다.

술 사발을 들어 쭉 들이키니 막걸리와 비슷한 맛은 아니지만 거부감이 없었다. 가슴까지 시원해지는 것 같았다.

"자네가 오씨 포목점을 들른 후 하오문 분타를 다녀온 사실을 알고 있네. 자네 정체를 모르겠더군. 주루에서는 팽가 놈들을 도륙 내더니 포목점하고 하오문을 잇따라 방문하고⋯⋯. 하지만 조심하게. 행여 섬서 상방 사람과 관련이 있다고 여겨지면 그대로 감옥행일세. 무공이

제법 있는 걸 알지만 그 실력으로 개봉부 관부 포쾌 모두를 상대할 정
도는 아니지."

추명이 다시 술을 들이켰다.

"당신 말고 내가 오씨 포목점에 들른 사실을 알고 있는 사람이 또 있
소?"

추명이 자신의 행적을 알고 있다면 이미 오씨 포목점이 노출이 되었
다고 봐야 했다. 큰일이었다.

"견비자. 하지만 내가 부탁해 두었으니 놈은 입을 다물어줄 거야.
믿을 수 있는 놈은 아니지만 그 정도 의리는 있거든."

추명의 말에 일단 안심했다. 자신의 실수로 정체가 밝혀진다면 황영
기 어른에게 면목이 없었다.

무영은 추명의 정체가 확실치 않아 입을 다물고 그가 말을 계속할
때를 기다렸다.

"장번하를 아는가?"

호탄 마을에서 만난 개봉 총방 회계 담당이었다. 무영이 대답을 않
자 추명이 말을 이었다.

"내가 성 밖으로 빼냈는데 살았는지 궁금하군. 자네가 섬서 상방과
관련이 있다면 알 수도 있지 않을까 해서 물었네. 몇 번 신세진 적이
있거든. 그래서 나도 은혜를 갚는 셈치고 미리 정보를 흘려주었네. 지
부나 추관이 알면 좋아하지 않을 테지."

장번하가 개봉 관부의 아는 사람 도움으로 개봉성을 탈주했다는 말
이 생각났다.

하지만 속내를 털어놓을 필요는 없었다.

"개봉이 작은 곳은 아니지만 팽가장에서는 자네가 어딜 가든 하루

안에 알 수 있다네. 놈들이 개봉을 들쑤시고 다니지 않는 것은 개방(丐幫)의 눈치가 보이기 때문이지만 팽산이 죽었다면 명분이 서지."

개봉에는 개방의 총단이 있다. 팽가장이 아무리 무림세가이기는 하지만 개방과 견줄 수는 없는 노릇이다. 게다가 개봉은 팽가장 세력 범위에서 멀리 떨어져 있다.

술동이가 비어가고 있었다. 눈치 빠른 주인 노파가 얼른 술동이에 술을 담아왔다.

추명이 술을 마시는 속도가 빨라졌다.

"자네하고 마지막 마시는 술이 될지도 모르겠군. 많이 마셔두게."

무영이 궁금한 표정을 짓자 추명은 웃으며 말했다.

"하하하, 팽가장에서 추살령(追殺令)을 내렸을 터이니 하는 소릴세. 개봉에서 팽가장 사람을 죽이는 것은 셋 중 하날세. 자살하고 싶거나, 아니면 미친놈이거나, 실력이 대단하거나."

추명이 무영의 눈치를 살폈다. 반응을 보려는 것이었다.

"예까지 술을 마시자고 데려왔으면 용건이 따로 있을 터인데?"

"돌아가게."

추명은 무영을 똑바로 쳐다보며 말했다.

전혀 예상치 못한 말이었다.

"이곳은 이미 관부와 상인, 그리고 무림이 삼위일체가 되어 섬서 상방의 풀뿌리마저도 뽑을 기세로 나서고 있는 판국이야. 자네가 섬서 상방과 관련이 있음을 알고 있네."

"나에게 그런 호의를 보이는 이유는 무엇이오?"

"자네 일행이 팽산을 죽여주었기 때문이야. 팽산은 내 누이를 농락하고 버렸네. 벌써 이십 년도 넘은 일이지. 나는 그 당시 너무 어려 누이에게 아무런 도움도 못 되었다네. 그 일로 해서 나는 관부에 몸을 담 았네. 나쁜 놈들을 모두 붙들어 감옥에 처넣어 버리겠다는 천진난만한 생각이었지. 물론 그게 얼마나 철없는 짓인지 지금은 충분히 알았지. 누이는 그 일로 목을 맸고, 나는 커가며 놈에게 복수하려고 계속 기회 를 노려왔지만… 하하하, 관아 말단 포두 따위가 감히 하북팽가 외삼 당 총당주를 어떻게 하겠는가? 그런데 그놈이 주루에서 자네 일행에게 죽었다고 하니 비록 직접 죽이지는 못했지만 그동안 내 바람이 현실로 나타난 것 같아 얼마나 기뻤는지 모르네."

"팽산이 놈이 죽었다고?"

의자에 앉아 졸고 있는 줄 알았던 노파가 눈을 뜨며 물었다.

"예, 그놈이 칼에 맞아 죽었습니다. 천벌을 받았지요."

팽산의 눈가에 눈물이 맺혀 있었다.

"그놈은 잘 죽었어. 그 나이에도 숱한 처자들을 울리더니 끝내 좋은 꼴은 못 보는군. 그럼 자네가 마시는 술은 축하주인 게로군."

아마도 팽산은 여자를 몹시 밝혔던 놈인 것 같다. 노파도 이빨 사이 로 바람이 빠지는 소리를 내며 추명을 거들며 나섰다.

"하하하, 예, 그렇지요. 이 젊은 협사 일행이 제 원한을 대신 갚아주 었답니다."

소리 내어 웃으며 말하고는 있지만 눈은 붉게 충혈되어 금방이라도 눈물을 흘릴 것 같다.

벌컥벌컥.

팽산이 술독을 들더니 입에 대고는 거침없이 들이켰다.

무영은 그 표정이 결코 거짓이 아니라는 것을 알았다.

"공짜 술이 아니었군요."

무영이 말을 올렸다. 자신보다 십 년은 연상으로 보이는 추명에게 더 이상 무례하기가 싫었다.

"섬서 상방 사람인가?"

"관련은 있습니다. 지금 총행두 일행을 죽인 놈들을 알아보는 중입니다."

"내가 도움이 되겠군. 흉수는 흑방(黑幇)일세."

무영은 정신이 번쩍 들었다.

"흑방? 증거가 있습니까?"

"죽은 총행두 일행은 모두 한 수에 목숨을 잃었네. 살수의 솜씨라는 얘기지. 그리고 사인은 단 일 검에 심장을 꿰뚫은 검상일세. 관심일단혼(貫心一斷魂)! 흑방 사신검수(死神劍手)들의 솜씨지. 시체를 검시한 자리에 나도 있었으니 확실하네. 장담컨대 개봉부에서 흑방에 대해 나만큼 알고 있는 사람도 없네. 지난 수년간 몇 건의 살인이 났고, 그때마다 추적을 해가던 포쾌들이 모두 목숨을 잃었지만 나는 운이 좋았는지 살아남았네. 사인이 사신검수의 관심일단혼 수법이라는 것을 아는 사람은 나뿐이지. 물론 개봉부 전체에서 섬서 상방의 내분으로 몰고 가기 위해 쉬쉬하고 있는 터라 말은 하지 않았지만……."

"흑방이라면 청부 살인을 하는 놈들이 아닙니까?"

변대길로부터 흑방에 대한 얘기를 들은 기억이 났다.

"내가 말해 줄 수 있는 것은 거기까지네."

추명은 입을 닫았다.

"좋은 정보가 있다면 후하게 쳐드리지요."

"나를 정보나 팔아먹고 사는 놈으로 보지 말게."

화가 났는지 추명의 얼굴이 붉어졌다.

"실언을 했습니다."

무영의 사과에 그는 쓴웃음을 지으며 말을 계속했다.

"탐문 수사를 해보니 범인은 세 명인 것 같은데 사건 직후 성을 빠져나간 것으로 보이네. 물론 누가 사주했는지도 알 수 없지. 하지만 섬서 상방과 대립 관계에 있는 세력이 어디인지 생각한다면 어려운 일도 아니지. 참고로 개봉부는 서진(西進)을 하는 산서 상방의 세력과 동진(東進)을 하는 섬서 상방의 세력이 첨예하게 부딪치는 곳일세. 십여 년 전에 섬서 상방 총방이 서안(西安)에서 개봉으로 옮겨온 후부터 눈에 보이지 않는 불꽃 튀는 싸움이 계속 일어났고 결과는 지금 보듯이 섬서 상방의 완패로 끝났네."

"아직 끝나지 않았습니다. 이제부터가 시작이지요."

"그럼 자네는 섬서 상방의 사람이 맞구먼."

무영이 대답을 하지 않자 그는 말을 이었다.

"지금 개봉부 추관(秋官)으로부터 섬서 상방 소속의 상인은 무조건 잡아들이라는 지시가 떨어져 있네. 그리고 몸을 숨기고 있는 상인들은 팽가장에서 은밀히 추살하고 있지. 마치 관아에서 그런 분위기를 조성하는 느낌마저 드니 나도 뭐가 뭔지 모르겠네. 우리 같은 일반 포쾌들이야 그냥 따를 밖에."

"아무튼 고맙습니다. 좋은 얘기를 들었습니다."

"내 나름대로의 고마움에 대한 표시라고 생각해 두게. 그만 가봐야겠어. 자네와 계속 어울리다가 일자리마저 잃고 쪽박을 차고 싶지는 않거든."

추명은 연신 들이킨 술에 취했는지 얼굴이 벌게져 있었다. 탁자 위의 술동이는 어느 틈에 다섯 동이를 넘었다.

두 사람이 자리에서 일어설 무렵 노파는 이미 한구석에 기대어 잠들어 있었다.

"술값은 그냥 가면 내일 알아서 달아둘 것이네."

추명은 싱긋 웃더니 앞장서 나갔다.

"사람들 눈에 띄면 내가 귀찮으니 여기서 헤어지세. 다음에 보더라도 아는 척은 하지 말게나."

추명은 뒤도 돌아보지 않고 어기적거리며 걸어갔다.

"같이 일해볼 생각 없습니까? 혹시 쫓겨나면 찾아오세요. 언제나 환영입니다."

무영은 일단 주루로 돌아가기로 했다.

몇 달을 같이 생활했던 그를 단박에 내친 자신이 너무했다는 생각도 들었고 어차피 개봉성 안에 있으면 팽가의 무리를 피해 숨어 지낼 곳도 없다고 했다.

이제 당당하게 맞서볼 생각이었다.

제2장 남북쌍괴(南北雙怪)

"놈이 주루에 다시 나타났다고 합니다."

팽산이 죽은 지금 개봉에 파견되어 있는 팽가의 병력은 몇 되지 않았다.

지금은 팽산의 조카인 팽호(彭虎)가 팽가장의 인원을 이끌고 있었다. 아직 약관의 나이인 그는 팽산에 비해 무공이 한 수 아래라서 감히 복수를 꿈꾸지 못하고 본 장으로 급보를 보내 원군을 기다리는 중이었다.

삼십여 명이 개봉으로 왔는데 남은 인원은 십여 명도 채 되지 않았다.

이틀 전 섬서 상방의 잔당을 소탕하기 위해 성 밖으로 나갔던 십여 명의 인원도 모두 돌아오지 않았는데 알고 보니 전원 죽임을 당했다는 보고가 왔다. 조사를 해본 결과 모두 한 명의 고수에게 당했다는 결론이었다.

"아무래도 주루에서 우리와 맞선 놈들에게 당한 것 같습니다."

옆에 있던 부하 하나가 말했다.

팽호도 같은 생각이었다.

처음 주루에서 일이 터졌을 땐 단순한 마찰 정도로 생각했지만 상대의 무공이 상당하다는 보고를 받고는 이번 기회에 개봉에서 팽가장의 체면도 세울 겸 해서 팽산이 직접 나선 것이었다.

그런데 지금에 와서 보니 구탄에서 죽은 무사들과 주루에서의 사건은 별개로 볼 수 없었다. 구탄 외곽에서 죽은 시체들은 모두 일검에 깨끗이 당한 흔적이 있었고 심지어는 등에 칼을 맞고 죽은 자도 있었다.

무사가 등에 칼을 맞고 죽었다면 기습을 당했거나 달아나다가 죽었다는 말이었다. 하지만 일검에 정확히 급소를 베어 목숨을 취한 솜씨로 볼 때 기습보다는 상당한 무공의 격차에 의한 것이라고밖에 볼 수 없었다.

팽호는 무언가 좋지 않은 조짐이 일어나고 있음을 감지했다.

이제껏 산서 상방의 뒤를 보아주면서도 팽가장의 인물들이 죽거나 다친 경우는 없었다. 상대는 상인이었다.

팽산은 혼원십팔로를 완벽하게 펼칠 수 있는 팽가장 내에서도 몇 안 되는 고수로 서열이 십 위 안에 들었다.

상대는 성숙해 혈마녀의 전인이라는 보고가 있었지만 혈마녀에 대해 자세히 알지 못하는 팽호는 그 말이 가져올 파장을 알지 못했다. 다만 무공이 무척 높다는 말에 감히 경거망동하지 못할 따름이었다.

"일단 본가에 급보를 올렸으니 대책이 취해질 것이다. 그동안 놈들의 꼬리를 놓치지 말고만 있으면 된다. 어차피 우리가 어떻게 할 수 있는 놈들은 아니다."

"무슨 일인지 두 놈이 서로 말다툼을 하곤 갈라섰다고 합니다. 내분이 생긴 것 같은데 호위무사로 보이는 놈이 떠나고 장가(張家)라는 놈은 나돌아다니다 다시 주루로 돌아왔다고 하니 우리가 나서볼 수도 있지 않을까요?"

그 말에 팽호의 입가에 미소가 번졌다.

"그놈의 무공 수위는 어떻게 보인다고 하더냐?"

"차림새가 상인으로 보이지만 검을 찬 것으로 보아 몇 수의 재간은 익혔을 가능성도 있습니다."

"혈마녀의 전인이 떠난 것은 확실한가?"

"예, 아마 다시 나타나지는 않을 것 같습니다."

"모두 준비해라. 놈을 잡아 심문해 보면 정체를 알 수 있을 것이다."

팽호는 젊은이답게 서둘렀다.

본가의 지원대가 오기 전에 놈을 잡아 취조해서 정체를 알아낸다면 큰 공을 세우는 셈이었다.

무영이 다시 주루로 돌아오자 주인은 내심 불안한 마음을 감추지 못했다. 하지만 감히 거절할 수도 없었다.

설마 팽가장 사람을 몇이나 죽이는 살인을 저지르고도 다시 나타나리라고는 생각지 못했었다.

'이럴 줄 알았으면 진작 문을 닫는 건데……'

부서진 집기를 교체하고 뒷정리를 하느라 불을 켜고 소란을 피운 자신을 원망했다. 평소 같으면 문을 닫았을 시간이다.

"방 하나 주시오."

점소이들이 모두 꼬리를 말고 뒤로 빠지는 통에 자신이 직접 나서는 수밖에 없다.

방이 모두 찼다는 말이 목구멍까지 나왔지만 입으로는 뱉지 못하고 그저 굽실거리며 뒤채로 안내하는 것이 고작이었다.

"휴우……."

자리로 돌아온 주인은 십 년을 감수한 느낌이었다. 초저녁에 다투고 나간 살인귀 녀석과 동행하지 않은 것이 다행이라고 생각했지만 아무래도 팽가장에서 복수를 하겠다고 찾아올까 걱정이 됐다.

팽호가 주인의 기대를 저버리지 않고 주루를 다시 찾은 것은 그로부터 채 일 다경이 지나기도 전이었다.

주인은 칼을 빼 든 십여 명의 무사들과 함께 나타난 자가 팽산의 조카 팽호임을 대번에 알아보았다. 개봉에서 팽산과 팽호를 모르는 사람은 없었다.

특히 팽호는 나이도 어린 녀석이 팽가의 위세를 믿고 날뛰었기에 개봉 사람들의 팽호에 대한 감정은 썩 좋지 않았다. 게다가 집안 내력인지 여색을 밝히는 통에 딸 가진 부모들의 노심초사가 이만저만이 아니었다.

그나마 이곳이 개방의 총단이 있는 곳이기에 눈치를 보느라 어느 정도 자제했기에 망정이지 그게 아니었다면 개봉 처녀들은 진즉에 씨가 말랐을 것이다.

픽!

쿠당탕!

팽호는 다짜고짜 발길질부터 날렸다.

"팽가장의 원수라는 것을 알면서도 감히 손님으로 받았단 말이냐?! 이놈이 눈에 보이는 것이 없는 모양이구나!"

주인은 계산대 구석에 몸을 처박으며 나가떨어졌다.

"어이쿠!"

"다 알고 왔다. 놈은 어디 있느냐?"

"개, 객방에……."

고통을 생각할 처지가 아니었다. 답변이 늦어지면 대번에 칼을 휘두를 것이 뻔했다. 주인은 쓰러진 와중에도 입에서 피를 흘려가며 손으로 뒤채를 가리켰다.

주인의 말이 미처 끝나기도 전에 팽가장의 무사들이 멱살을 잡고 일으켰다.

"앞장서라."

주위를 오가던 몇몇 투숙객들이 그들을 보았지만 칼을 빼 든 흉흉한 기세에 눌려 감히 눈길조차 주는 사람이 없었다.

'엉?'

무영은 오늘 하루에 벌어진 여러 가지 일들로 쉽게 잠을 청하지 못하고 있었다. 그런데 객실을 향해 소리를 죽이고 오는 여러 명의 발자국 소리가 들렸다.

가볍고 규칙적인 발자국 소리. 웬만큼 수련을 쌓은 자들만이 낼 수 있는 발소리였다.

'왔구나.'

그는 머리맡에 놓아둔 검을 집어 들었다.

이미 예상하고 있기는 했다. 하지만 한둘이 아니기에 두려움이 없는 것도 아니었다.

쿠당!

"여기다!"

문을 박차고 들어선 무사 하나가 침상 위에 앉아 있는 무영을 발견하고는 소리쳤다.

십여 명의 무사들이 우르르 무영의 방으로 몰려들었다.

낮에 쓰디쓴 경험을 했는지라 모두들 칼을 빼 들고 침상을 포위하기는 했지만 감히 먼저 나서는 놈이 없었다.

"네놈이 장가냐?"

앞장선 팽호는 나이에 어울리지 않게 뒷짐을 지고 물었다.

그의 눈에는 무영이 상인으로 보였지만 그래도 검을 들고 있으니 무공을 익혔다고 봐야 했다.

"팽가장에서 왔느냐?"

"순순히 끌려가겠느냐, 아니면 가르침을 받고 가겠느냐?"

"팽가를 스승으로 모신 적이 없는데 무슨 가르침을 받아야 한단 말이냐? 미친놈들."

"이놈, 쓴맛을 보지 못했구나."

특급고수는 되는 것 같다는 호위무사가 없는 것을 보고 이미 적잖이 안심을 한 팽산은 무영의 말에 얼굴을 붉히더니 부하들에게 고갯짓을 했다.

"하얏!"

세 명의 팽가장 무사가 앞으로 나서며 무영을 베어왔다. 합격술에도 상당한 수련을 한 듯 각각 머리, 허리, 그리고 다리를 노리고 있었다.

입구가 막혀 퇴로가 차단되기는 했지만 좁은 객실이라 모두 한꺼번에 덤벼들지 못하는 것이 다행이었다.

무영은 천장에 닿을 듯 몸을 날리며 머리를 베어오던 칼을 쳐냄과 동시에 상대의 목을 베었다.

“으악!”

연이어 미처 신형을 수습하지 못한 또 한 명이 그의 일검을 맞고 쓰러졌다.

“억!”

순식간에 객방 안은 아수라장으로 바뀌었고 그 통에 방을 밝혀주던 촛불마저 꺼졌다.

팽호는 당황했다.

무영을 단순한 상인으로 본 것이 실수였다. 게다가 좁은 객방 안에서 숫자 우위는 별 의미가 없었다.

캄캄한 가운데 야안(夜眼)에만 의지해야 하는 상태에서 십여 명 가까이 들어찬 좁은 방은 같은 편을 상하게 할까 하는 우려로 팽가장 무사들은 제대로 된 무위조차도 펼치기가 힘들었다.

그러나 무영은 거리낌없이 검을 날렸다.

팽가장의 무사들은 오히려 무영의 검세를 피해 이리저리 쫓기기에 바빴다.

“으악!”

“억!”

또다시 두 명이 목숨을 잃었다.

팽호는 분을 참지 못하고 직접 앞으로 나섰다. 그는 부하들이 상하는 것을 도외시한 듯 미친 듯이 칼을 휘둘렀다.

쐐액―!

오호단문도가 스쳐 간 자리를 바람 소리가 메웠다.

팽가장 무사들은 황급히 도세를 피해 뒤로 물러났으나 피할 곳이 없자 모두 창이며 문밖으로 몸을 피했다.

강호세가의 후기지수 중 하나인 팽호의 무공은 무영과 백중지세를 이루었다.

검기와 도기가 방 안을 쓸었고 이따금 검과 도가 서로 마주치며 불꽃이 튀었다.

부딪칠 때 느끼는 묵직한 충격은 서로의 내력을 짐작할 수 있게 했는데 두 사람 모두 상대에게 감탄했다. 어려서부터 가전의 내공을 수련한 팽호에게는 당연한 일이었고, 태청심법과 어우러진 만년설삼으로 단기간에 내공 수위를 끌어올린 무영도 절대 그에 뒤지지 않았는데 오히려 약간 우위를 점했다.

팽호는 영악한 자였다.

그는 승패를 점칠 수 없는 이런 싸움을 싫어했다.

"밝은 곳으로 가서 겨루어보자."

잠시 여유를 찾은 그가 제의했다.

좁은 객방 안에서는 숫자의 이익을 볼 수 없었다.

무영은 상대의 의도를 짐작했지만 젊은 패기가 참지 못했다.

"좋다."

객잔을 먼저 나간 팽호가 경공을 전개해 앞으로 나갔고 그 뒤를 무영이 따랐다. 뒤에 남은 팽가장의 무사들도 분분히 신형을 날려 그 뒤를 쫓았다.

두 사람은 개봉성 남쪽에 얕은 언덕을 이루는 곳에서 다시 대치했다.

"네놈의 정체는 무엇이냐?"

팽호는 상인으로 보이는 무영의 무공에 크게 당황했다.

이미 이곳으로 이동하는 동안 은근히 경공으로 상대의 무공을 탐색

했었다. 그때 자신은 전력을 다했지만 상대는 그런 것 같지 않았다. 더욱이 신법이 예사롭게 보이지 않았다.

"필요없는 질문 같군."

무영은 서서히 숨을 고르며 검을 세웠다.

다섯 명의 팽가장 무사들도 뒤이어 도착했다. 경공이 달리는 그들은 조금 늦게 왔다.

순간 팽호가 눈짓을 하자 그들은 모두 무영을 둘러쌌다.

무적연환진(無敵連環陣).

하북팽가의 웅맹한 오호단문도의 위력을 바탕으로 오행(五行)의 방위에 따라 공수(攻守)를 적절히 구사하는 무적연환진은 팽가의 유일한 진법이지만 그 태산 같은 기세는 강호의 숱한 고수들을 죽음에 몰아넣은 유명한 진법이었다.

팽호는 팽가의 자제로는 드물게 머리가 잘 돌아가는 자였다. 그가 팽산의 밑에서 산서 상방의 상담 역을 맡도록 개봉에 파견된 것은 그 재간을 높이 산 팽가의 원로들 덕분이었다.

팽호는 쓸데없는 모험을 즐기지 않았다. 이미 한 수의 드잡이질로 무영의 무공이 결코 자신의 아래가 아니라는 것을 실감한지라 수하들에게 즉시 무적연환진을 펼치도록 지시했다.

비록 진법을 펼치는 무사들이 팽가의 평범한 무사들이기는 했으나 팽호 자신도 그들이 펼치는 폭풍 같은 진법의 무서움을 뚫을 수 있다고 장담할 수 없었다.

"비겁한 놈."

예상은 하고 있었지만 이렇게 노골적으로 다수로 핍박을 해오자 무영이 발끈했다.

어느새 팽가장의 무사들이 진식을 이루어 오행의 방위를 밟으며 조여왔다.

첫 번째 공격이 시작되었다.

쐐액!

두 명이 앞뒤에서 동시에 허리와 등을 베어왔다. 간단하고 절제된 공격이었으나 퇴로는 없었다.

포위를 하고 있는 다른 세 명이 언제 공격해 올지 모르는 상황에서 좌우로 피할 수도 없었다.

무영은 하는 수 없이 검과 도를 부딪쳐 갔다.

캉! 캉!

비록 내공은 무영이 앞섰지만 무기의 이점을 이용한 상대의 힘도 만만치 않았다.

검과 도가 맞부딪치며 불꽃이 튀어 어둠 속으로 빨려 들어갔다.

상대는 무공의 내력에 밀려났으나 재빨리 몸을 뺐고 이어 제이선의 공격이 이어졌다.

이번에는 좌우 어깨에서 옆구리였다.

단순했다. 하지만 여전히 퇴로는 없었다.

무영이 피할 만한 자리는 이미 상대들이 모두 선점을 한 상태였고 그가 대응할 수 있는 유일한 방법은 맞부딪쳐 가는 것뿐이었다.

무적연환진법.

세 번째 공격이 정수리에서 내려찍는 순간 무영은 무적연환진의 무서움을 실감할 수 있었다.

단순 우직함.

그러나 그 속에는 피할 수 없는 무서운 공격의 반복이 있었다.

다시 네 번째, 다섯 번째, 그리고 또 여섯 번째의 공격……

상대의 공격은 항상 힘이 넘쳤다.

육중한 오호단문도의 파공성은 끊임없이 이어졌고, 수십 번의 계속된 공격이 있었을 즈음 무영은 지쳐 가고 있었다.

차츰 손이 저려왔고 내력이 점점 고갈되고 있었다.

후방과 좌우의 적은 항상 노리고만 있을 뿐 순서가 되기 전에는 공격해 오지 않는다. 하지만 매번 전해오는 둔중한 충격은 온몸으로 그대로 전해져 공격자가 교대되는 순간의 반격을 생각할 수 없게 만들었다.

조금이라도 위치를 벗어나 보려는 무영의 노력은 도세에 밀려 번번이 좌절되었다.

'지독한 놈.'

멀찌감치 물러서 상대가 쓰러질 때쯤 자신이 나서서 단숨에 제압할 요량이던 팽호는 예상보다 훨씬 오래 버티는 무영에게 놀라고 있었다.

자신이었다면 벌써 무릎을 꿇었을 시간이다. 하지만 놈은 지치기는 했으나 아직 보법조차 흐트러지지 않고 있었다. 오히려 무적연환진을 구성하는 부하들이 먼저 지치지 않았나 하는 생각이 들 정도였다.

"후우, 후."

어느 순간 상대의 거친 숨 소리가 약간 떨어진 그의 귀에도 들렸다. 그 소리에 팽호는 회심의 미소를 지었다.

잠시 후면 자신이 나설 차례였다.

비록 부하들을 앞세우기는 했으나 젊은 나이의 호승심마저 어쩌지는 못했다.

그는 슬슬 싸움터의 전면으로 나설 준비를 했다.

외공으로 다져진 신체에서 내뿜어지는 모든 힘이 실린 오호단문도의 공격에 무영은 적절한 대응 방법을 찾지 못하고 있었다.

"웃!"

다시 옆구리를 쓸어오는 도를 막는 순간 강맹한 도세에 밀리며 소매 끝이 잘라져 나갔다. 바로 그때 팔목에 두른 묵환이 눈에 들어왔다.

'어이쿠, 왜 묵환을 잊었지?'

연이어 다음 상대가 어깨를 베어오는 순간 무영은 재빨리 한 팔을 들어 묵환으로 막았다.

쩡!

금속성과 함께 오호단문도가 부러지며 불꽃이 튀었고 충격이 팔꿈치를 통해 전해져 왔지만 이를 악물고 상대의 가슴에 검을 찔러 넣었다.

"억!"

미처 예상치 못한 치명적인 반격에 상대는 눈을 부릅뜨고 칼을 떨어뜨렸다.

다섯 명으로 구성되는 무적연환진은 오행의 방위를 따라 움직이며 적을 압박하는 진법이었는데 한 명이 갑자기 죽는 순간 급속히 진세가 흐트러졌다.

팽호는 돌발적인 반격에 수하가 죽자 당황했다.

그는 진세가 흔들리는 것을 발견하고는 자신이 자리를 메우기 위해 재빨리 빈 방위로 뛰어들었으나 무영이 더 빨랐다.

"크억!"

무영은 팽호가 진 안으로 몸을 날리는 순간 또 한 명의 무사가 무영의 검날 아래 명을 달리했다.

원래 팽가장의 무사들은 무영과는 상대가 되지 않았지만 위맹한 진법으로 상대를 궁지로 몰아갔었다. 그러나 한 명이 죽어 진세가 급격히 와해되며 곳곳에 허점이 드러나자 이제는 진세가 아니라 개개인의 무공으로 무영을 상대해야 했고 결과는 무사들의 죽음으로 나타났다.

무영은 재빨리 몸을 날렸다.

무적연환진에 말려 체력을 많이 소모한 터라 계속 싸운다면 자신에게 불리할 따름이었다.

남은 팽가장 무사들이 막아섰으나 그의 허초에 속아 몸을 피하기에 바빴다.

피잉!

무영이 경공을 전개하며 허공으로 몸을 날리는 순간 팽호는 비수를 날렸다. 비수는 전혀 암기를 예상하지 못하고 달려가기에 급급했던 무영의 등에 꽂혔다.

"억!"

무영은 자신도 모르게 묵직한 신음을 내뱉었다.

뒤를 이어 강한 통증이 등을 통해 온몸으로 퍼져 나가는 것을 느끼며 바닥으로 쓰러졌다.

팽호를 비롯한 팽가장의 무사들이 바닥에 쓰러진 무영의 주위를 신속하게 둘러쌌다.

팽호는 땅 위에 널브러져 있는 무영의 등을 사정없이 짓밟았다.

"어억!"

무영은 숨이 막혀오며 정신이 아득해지는 것을 느꼈다.

"후후후, 달아나려고? 꿈 깨시지."

팽호는 음산한 미소를 날리며 밟고 있는 발에 힘을 주었다.

"으악!"

발 밑에 깔린 무영은 입으로 고통스러운 비명을 터뜨리며 몸을 부르르 떨었다.

팽호는 무영의 등에 꽂힌 단검을 그대로 뽑아 무영의 옷에 문질러 깨끗이 닦은 후에 다시 품에 넣었다.

상처에서 피가 샘 솟듯 흘러내려 옷을 적셨다.

호위무사까지 두었던 것으로 보아 가치가 있는 놈일 것이다.

팽호는 재빨리 지혈을 시킨 후 부하들에게 눈짓을 했다. 두 명의 무사가 신속하게 나서서 무영을 일으켜 세운 뒤 양쪽에서 부축했다.

"가자."

그때였다.

팽호는 귀를 쫑긋 세웠다.

한둘이 아니었다. 누군가 주변을 포위해 오는 무리가 있었다.

그는 재빨리 사방을 둘러보았다. 야트막한 언덕을 한 무리의 사람들이 서서히 이쪽을 포위해 오고 있었다.

'아차!'

그들이 개방의 인물이라는 것을 직감한 팽호는 자신의 부주의를 원망했다. 무영을 유인해 오는 데만 신경 쓰느라 미처 이곳이 개방의 총타가 있는 곳이라는 점을 간과했다. 게다가 주위를 둘러보니 어둠 속 머지않은 곳에 번탑이 희미하게 보이는 것이 자신들이 상대를 유인해 싸우고 있는 곳은 바로 개방 총타 부근이라는 것을 깨달았다.

남의 집 앞마당에서 싸움을 벌인 격이다.

팽호의 얼굴이 일그러졌다.

"손해를 보는 일이 있어도 개방과는 절대 맞서지 마라."

본가를 떠나면서 가주가 직접 지시한 말이 떠올랐다. 신신당부와 같은 지시였다.

개봉에서 가장 큰 세력은 개방이었다.

게다가 구파일방의 한자리를 당당히 차지하고 있는 개방(丐幇)은 하북팽가가 아무리 강호세가라고는 하지만 감히 부딪칠 만한 존재가 결코 아니었다.

멍청하게 이곳으로 적을 유인해 온 자신을 탓했다.

남은 팽가의 무사들도 개방의 출현을 눈치 채고 있었고, 그들도 개방과 마찰을 빚지 말라는 지시를 알고 있었는지라 당황해하는 눈치였다.

팽호는 재빨리 손짓으로 남쪽을 가리켰다.

그쪽으로 자리를 뜨라는 지시였다. 남쪽은 비탈길로 사람이 다닐 만한 곳이 아니었으나 이미 포위망에 갇혀 선택의 여지가 없었다.

아직은 한밤중이니 이쪽의 정체를 파악하지 못했을 것이라는 생각에 부하들이 급히 죽은 팽가장 무사들과 무영을 들쳐 메고 자리를 뜨자 팽호는 무영이 떨어뜨린 칼을 재빨리 수습하고는 뒤를 따라 신형을 날렸다.

이쪽이 서둘자 포위망을 압축해 오던 거지들의 일부가 뒤를 추격했다.

"흐흐흐, 팽가장은 우리 개방이 안중에도 없는가 보구나. 하지만 아직은 때가 아니지."

사라지는 팽호 일행을 보며 앞장선 거지 하나가 말했다.

일곱 개의 매듭을 한 그는 개방 장로 걸개신장(乞丐神杖) 표전(豹電)이었다.

그는 개방 내에서 방주와 버금갈 정도로 타구봉을 잘 썼기에 사람들은 그를 신장(神杖)이라 불렀다.

개봉에서의 모든 움직임은 개방의 수뇌부에 낱낱이 보고되고 있다. 그는 눈앞의 젊은 사내가 팽가장의 젊은 신예 팽호라는 것을 알고 있었다.

이미 무영과 팽가장 간의 싸움이 벌어지는 순간부터 그들은 그곳에서 은밀히 보고 있었다. 적당한 순간에 모습을 드러내고 단단히 손을 보아주려는 마음이 내심 있었지만 팽호가 워낙 빨리 반응을 했기에 늦어버렸다.

하지만 번거롭게 팽호를 추격해서 젊은이를 구출할 마음은 없었다. 개방이 비록 강호 최대의 거대방파이기는 하지만 이번 사안은 중원 최대의 상방인 산서 상방과 관부, 그리고 팽가장이 한통속이 되어 움직이는 것을 알고 있는 표전으로선 선뜻 끼어들 마음이 들지 않았다.

자칫 일이 불거지면 총단 앞에서 벌어진 일을 두고 개방은 양보할 수 없을 것이고, 그렇게 되면 공연한 남의 일에 깊숙이 발을 들여놓는 셈이 된다는 것을 잘 알고 있었다. 그렇기에 하급제자 몇몇이 추격하는 시늉만 하는 조치를 취했다.

비록 어둠 속이라고는 하지만 팽호가 자신들을 알아보고 재빨리 자리를 떠주니 그런대로 체면은 차린 셈이었다.

"적당히 하라고 해두어라."

방주가 사천으로 출타 중이라 지금 그가 개봉을 책임지고 있는 상황이었다. 아직은 무리수를 둬가며 팽가장과 직접 부딪치는 것은 자제할 필요가 있었다.

그의 지시에 따라 팽호를 추적하던 몇몇 하급제자를 제외하고는 모두 자리를 떴다.

밤이 깊어지자 비가 추적거리며 내렸다.

반쯤 업혀가는 상태로 끌려가는 무영은 팽호가 지혈을 해준 덕분에 희미한 정신을 유지하고 있어 완전히 생각을 하지 못할 정도는 아니었다.

단검에 의한 상처는 다행히 요혈은 피해간 것 같았지만 기력의 소모가 심했고 단검에 맞은 상처가 가볍지 않아 출혈이 있었던 것이 문제였다.

'내가 빙신이지. 객잔 안에서 계속 싸웠어야 했는데…….'

그 와중에도 공연히 잘난 척하고 기백을 보이며 따라나섰다가 등짝에 단검까지 맞고 붙잡혀 가는 신세가 된 자신이 얼마나 멍청했는지 실감했다.

그는 정신을 거의 잃은 것으로 위장을 해가면서 기력을 회복해 도망가야겠다는 생각을 하고 있었다. 하지만 몸이 말을 들어주지 않았다.

어느새 뒤처졌던 팽호가 앞장서서 길을 인도했다.

팽호는 성을 벗어나 남쪽으로 향하고 있었는데 자신의 성내 거처로 돌아갈 경우 추격해 오는 개방의 무리들과 마찰이 있을지도 모른다는 생각을 했기 때문이었다.

이미 추격은 따돌렸지만 천하에 널린 거지 방파인 개방의 이목이었다.

그는 일행을 이끌고 가면서도 내심 다음 행선지에 대해 고심하고 있었다. 개봉은 본가와 너무 떨어져 있고 성안으로 다시 돌아가기에는 너무 찜찜했다.

가랑비에 옷을 적신다는 말대로 비는 심하게 내리지는 않았지만 시간이 가면서 옷이 흠뻑 젖어들고 있었다. 게다가 부하들은 격전을 벌인 뒤라 지친 기색이 역력해 보였다.

행선지도 정하지 않고 무작정 비가 오는 밤길을 계속 재촉할 수도 없었다.

"일단 오늘은 저기서 밤을 보낸다."

팽호는 머지않은 곳에 보이는 조그만 관제묘를 보며 말했다.

관제묘라고 하기에도 낯부끄러운, 초막보다 조금 나은 수준인 것이 인근 마을 사람들이 대충 세운 것으로 보였다.

'응?'

일행의 앞장을 서서 안으로 들어서는 순간 팽호는 인기척을 감지했다.

"팽가장의 팽호라 하오. 먼저 와 계신 분이 있는지 몰랐소이다. 잠시 밤비를 피해가려고 하니 조금 불편하더라도 양해해 주시기 바라오."

말썽을 일으키고 싶지 않았던 그는 은근히 팽가를 내세우며 상대를 존중하는 투로 말했다. 이 정도면 대개 순순히 물러서는 법이었다.

하지만 상대의 반응은 의외였다.

"지랄, 보면 모르냐? 이렇게 좁은 곳에서 자리를 차지하겠다고 나서면 우리가 어떻게 편히 쉴 수 있단 말이냐? 딴 곳으로 가서 날밤을 새든지 자빠져 자든지 알아서 해."

구석에서 듣기 거북한 말과 함께 한 사람이 몸을 일으키고 있는 것이 보였다.

비록 달빛이 흐린 밤이지만 제법 고수라고 자처하는 팽호가 사물을 분간하지 못할 정도는 아니었다.

'노인네다.'

노인의 말대로 좁기는 했지만 일행이 모두 머문다 해도 서로 부대끼며 불편을 끼칠 정도는 아니었다.

"노인장, 말이 심하지 않소?"

비록 남의 이목을 피해야 하는 처지라 한껏 예의를 갖췄다고 생각했는데 상대는 무례하기 이를 데 없는 늙은이였다.

"이놈아, 그럼 내가 틀린 말을 했다는 거냐? 눈알이 있으면 둘러봐라, 네놈들까지 들어오면 우리가 편히 쉴 수 있겠는지!"

상대의 말투는 점점 격해지고 있었다.

"이 썩을 늙은이가 죽으려고 환장을 했나?!"

팽호는 분기를 참지 못하고 버럭 소리를 지르며 등에서 칼을 뽑아 들었다.

그때였다.

노인 혼자만 있는 줄 알았는데 또 한 명이 구석에서 부스럭대며 몸을 일으켰다.

팽호는 순간 늙은이의 말에서 '우리' 라고 했던 것을 기억해 냈다. 그러나 그보다도 내심 그가 긴장했던 것은 좁은 관제묘 안에 또 다른 한 명이 있다는 것을 여태 감지하지 못했다는 사실이었다.

'무림고수다.'

상대는 단순히 비를 피하는 촌로들이 아니라 적어도 자신보다는 무공이 높은 고수라는 생각이 머리를 스쳤다. 그제야 야밤에 칼을 빼 들고 설치는 자신들을 보고 대뜸 하대를 했던 것도 기억했다.

기분이 좋지 않다.

"죽어라!"

그러나 그가 이 상황을 대처할 방법에 대해 머리를 굴리기도 전에 노인의 말투를 참지 못한 부하 하나가 칼을 휘두르며 노인을 향해 달려들었다.

픽!

그러나 공격을 가했던 팽가장의 무사는 가벼운 타격음과 함께 찍소리도 내지 못하고 그 자리에 주저앉았다. 워낙 순간적인 일이라 팽호가 미처 나설 틈도 없었다.

쿵!

그 무사는 눈동자를 희멀겋게 뜬 채 천천히 옆으로 쓰러졌다. 워낙 타격이 빨랐기에 팽호조차도 그가 무슨 수법에 당했는지 알 수 없었다.

"노인을 공경하지는 못할망정 대번에 칼을 빼 들고 죽이려고 들어? 이 날강도 같은 놈들아!"

상대는 마치 무슨 봉변이라도 당한 것처럼 소리를 고래고래 지르고 있었다.

"무슨 짓이냐?"

무림의 후기지수 중에서 제법 머리를 잘 굴린다고 하여 소제갈로 불리는 팽호는 역시 판단이 빨랐다. 그는 재빨리 쓰러진 부하를 나무라며 나섰다.

"노인장, 제 부하가 경황이 없어 어른을 몰라 뵙고 함부로 행동한 것 같습니다. 용서해 주십시오. 저희들은 비를 피할 다른 곳을 찾아보겠습니다."

이 자리를 빨리 피하는 것이 이롭다고 판단한 그는 얼른 고개 숙여 사죄를 하고는 상대가 미처 대꾸를 하기도 전에 부하들에게 눈짓을 했다. 뒤에 서서 반쯤 정신을 잃은 무영을 부축하고 있던 부하도 이미 눈치를 채고는 얼른 밖으로 향했다.

"억!"

그런데 일행 중 누구도 예기치 못한 상황이 벌어지고 있었다. 정신을 잃은 줄 알았던 놈이 갑자기 자기 부하를 밀쳐내며 몸을 옆으로 굴려 빠져나갔다.

미처 기력을 회복하지 못한 무영이 계속 정신을 잃은 것으로 위장을 하고 있다가 돌아가는 판세를 보고는 재빨리 몸을 굴린 것이었다.

무영은 노인들 옆으로 계속 굴렀다. 이미 노인의 무공이 보통이 아니라는 것을 그도 느끼고 있었다. 하지만 혈도가 막혀 있고 기력이 회복되지 않아 그가 할 수 있는 일은 구르는 것이 전부였다.

"사, 살려주십시오……!"

그는 얼른 소리쳤다.

어쩌면 마지막 기회일지도 모른다는 생각에 억지로 고개를 들고 기력을 짜냈다. 아직 정신을 잃을 정도는 아니었다.

돌연한 행동에 화들짝 놀란 팽호의 부하들이 재빨리 무영에게 다가가서 끌고 가려는 순간 노인이 일어섰다.

"이놈들, 이제 보니 진짜 강도들 아니야?"

뒤따라 또 다른 노인네도 일어섰는데 그는 첫 번째 노인보다 머리통 하나만큼 키가 작았다. 고수 둘이 벌떡 일어서자 무영에게 다가서던 무사들이 신속하게 뒤로 물러섰다. 이미 동료가 한 방에 나자빠지는 광경을 목도한 처지였다.

"가자."

팽호는 두 말 없이 남은 부하들을 향해 말하고는 먼저 자리를 벗어나려고 했다.

'엇!'

떠나는 팽호의 수중에 곡완주가 아끼던 검이 있는 것이 눈에 띈 까닭이었다.

"내, 내 검!"

무영이 얼른 소리를 질렀다.

그러나 팽호는 상대도 않고 관제묘 밖으로 나갔다.

"두고 가."

순간 늙수그레한 목소리가 그의 귀를 때렸다.

'헉!'

전음입밀.

생각보다 더 엄청난 고수였다.

밖으로 나온 이상 오기가 나서 이대로 뜨고 싶기도 했지만 상대의 무공을 짐작할 때 손을 벗어나기가 쉽지 않을 터였다. 그는 곡완주와 무영의 검을 관제묘 안으로 던져 버린 후에 몸을 날렸다.

텅!

안으로 떨어지는 검을 본 무영이 안도했다.

자신의 검은 별게 없었지만 곡완주의 것은 그가 무척 소중하게 생각하고 있다는 것을 잘 알고 있었다.

달아나던 팽호는 두 노인이 누굴까 생각하다가 흠칫 놀랐다.

'남북쌍괴다.'

한 명은 크고 말랐으며 다른 하나는 머리통 하나가 작은 두 노인.

팽호가 알고 있기로 무림에서 그런 외모에 같이 다니는 늙은 고수는 남북쌍괴뿐이었다. 게다가 자신이 상대의 손속조차 알아보지 못할 정도의 고수라면 틀림없었다.

'음, 판단을 잘했군.'

그는 자신의 눈치 빠른 행동에 만족했다.

"이놈은 뭐야? 살려주었으면 빨리 가버리지 않고."

노인은 귀찮다는 듯이 쓰러져 있는 무영을 보며 말했다. 무영은 이미 기진해서 입을 벌릴 기력조차 없었다.

"어, 이놈 보게. 개겨?"

말이 끝나기도 전에 발길질을 날렸다.

퍽! 퍽! 퍽!

"억! 억! 억!"

노인은 사정없이 그를 찼다.

"이놈, 좁다고 말했으면 빨리 나갈 일이지 왜 귀찮게 하는 거야?"

퍽! 퍽!

"아이구……."

"그래도 안 나가고 버티겠다 이거지?"

발길질이 계속 이어졌다.

고통에 무영의 입이 절로 벌어지고 발길질에 몸이 이리저리 쏠렸다.

한참을 그렇게 차대던 노인은 발길질을 멈추었다.

"아이구, 이제 늙어서 누굴 두들겨 패는 것도 힘에 부치는군. 운 좋은 줄 알아, 이놈아. 십 년만 젊었어도……."

그는 힘들었다는 시늉을 하더니 구석 자리로 가서 앉았다. 다른 한 명의 노인은 그때까지 단 한 마디도 하지 않고 옆에 서 있다가 그를 따라 옆에 앉았다.

무영은 사정없는 발길질의 후유증에 정신을 차리지 못했다. 늑대를 피하려다 더 악질적인 호랑이를 만나지 않았나 하는 생각까지 들었다.

그런데 발길질이 멎자 이상하게도 몸이 가벼워지는 느낌이 들며 통증이 씻은 듯이 사라지고 있는 것을 알았다. 몰래 운기를 해보니 기혈의 흐름이 정상적으로 운행되고 있고 정신도 또렷하게 돌아왔다.

"어?! 이놈, 보기는 멀쩡하게 생겨서 꾀병까지 부리고 있네."

무영이 일어서야 하나 말아야 하나를 망설이고 있는데 돌연 노인이 소리를 지르더니 무영의 등을 걷어찼다.

"우엑!"

무영은 그러지 않아도 목구멍이 간질거리는 것이 무언가 걸린 듯한 느낌이 있었는데 노인이 발길질을 하자 그만 구역질을 하며 무언가를 내뱉었다.

비릿한 냄새가 퍼졌다.

아마도 상처의 충격으로 몸 안에 생겨난 핏덩이들이 충격으로 밖으로 나온 것 같았다.

'나를 돕고 있다.'

그제야 두들겨 맞은 자리를 가만히 떠올려 보니 모두 인체의 요혈로 급소에 해당하는 곳이었다. 노인은 적당한 힘을 알맞게 조절해 그 자리를 격타하여 기혈의 운행을 원활히 하도록 도왔고 상처도 적당히 치유한 것이었다.

"구해주셔서 감사드립니다."

무영은 벌떡 일어나서 포권을 했다. 어깨 뒤쪽의 상처 때문에 아직 고통이 있었으나 위기를 모면했다는 안도감에 마음은 한결 여유를 찾았다.

"어쩌다가 팽가 놈들에게 그렇게 되었느냐?"

무영은 개봉성 안에서 있었던 일들을 간략하게 말했다.

"실례지만 은인의 존함이라도 알 수 있겠습니까?"

말을 마친 무영이 물었다.

"싸가지라고는 눈을 씻고 찾아도 없는 놈이군. 이놈아, 우리가 네놈의 이름도 모르는 처지인데 먼저 우리 이름을 밝혀야 한다는 말이냐? 버르장머리없는 놈."

"장무영이라고 합니다. 북경에 살고 있어요."

"북경? 그럼 혹시 너, 지난번 거용관에서 이름을 날렸다는 그놈은 아니겠지?"

"그놈 맞는데요."

그 말에 남괴가 무영의 위아래를 살폈다. 꾀죄죄한 몰골로 볼 때 도저히 그 유명한 명문이라는 대학사 댁의 아들놈으로 보이지가 않았다.

'음, 장무영이란 이름이 유명하다더니 나중에는 별놈이 다 사기를 치고 다니는군.'

적어도 남괴는 그렇게 확신했다.

"미친놈, 네 녀석이 장무영이면 난 황제 폐하다, 이놈아."

'음, 입이 하수도로군.'

무영은 막 나가는 노인의 말투에 마음이 편치 않았지만 도움을 받은 터라 반박하지는 않았다.

"이제 노인장께 존함을 여쭈어도 되겠습니까?"

"사람들은 우리를 남북쌍괴라고 부르지. 내가 동생인 남괴고 옆에 있는 사람은 밤낮 게으르게 밥만 축내는 형 북괴다."

남북쌍괴.

무영은 문득 변대길이 가져왔던 하오문 내부 정보에서 그들의 이름을 본 적이 있는 것을 생각해 냈다. 그가 기억하기로 남북쌍괴는 출신 내력이 알려지지 않은 형제로 무공은 초절정고수라 할 수 있는데 하고 다니는 일이 도박장에서 사기 도박을 일 삼아 하오문에 막대한 피해를 주고 있다는 사람들이었다. 하오문에서는 돈을 쓸어가는 그들 형제를 '갈구리' 라고 불렀다. 중원 일대 도박장을 돌아다니며 높은 무공을 도박에 이용해 적당히 돈을 챙긴 후 다시 다른 곳의 도박장을 찾는 식이었다.

물론 하오문에서도 몇 번 이들을 제거하려고 노력은 했으나 번번이 실패로 끝났고 나중에는 이들이 도저히 어찌해 볼 수 없는 사람들이라는 것을 알고 포기했다고 들었다.

중원에서 그들에 대한 평판은 정사(正邪) 중간으로 아직 죄없는 사람들을 죽이거나 다른 문파에 시비를 거는 등의 눈에 띌 만한 행동은 없었다.

남북쌍괴가 명성을 떨친 것은 몇 년 전 중원 제일의 청부단체인 흑방(黑幇)이 남북쌍괴가 도박장에서 긁어모은 돈이 제법 있는 것을 알고는 수십 명의 특급고수를 투입하여 강도질을 나섰다가 대부분 주살된 사건이 있은 직후였다.

흑방(黑幇)의 일급살수인 사신검수(死神劍手) 셋이면 무림의 일류고수라 할지라도 속절없이 목을 내줘야 한다는 말이 있을 정도로 인정을 받고 있었는데 만사평(萬沙平)에서 벌어진 흑방과 남북쌍괴의 혈투는 반나절이 되어서야 끝이 났다. 그 싸움에서 사신검수 수십이 목숨을 잃었다.

그 여파로 중원 최고의 살수 조직으로 이름을 떨치던 흑방은 급격히 그 세를 잃어 지금은 그저 그런 평범한 살수 집단의 하나로 전락하고 말았다.

만사평 싸움은 이내 중원 전체에 알려져 무림에서 남북쌍괴의 위상을 확실하게 알리는 계기가 되었다. 이후로 기존의 명문대파조차도 남북쌍괴와는 가급적 마찰을 피하려고 했다.

그것이 무영이 알고 있는 남북쌍괴에 대한 전부였다.

"두 분의 존함은 많이 들었습니다. 이렇게 도움까지 받게 되니 그저 감사할 따름입니다."

무영은 중원 스타일로 최대한 예의를 차려가며 말했다.

"지랄하네. 우리가 언제 네놈에게 인사치레나 받겠다고 했느냐? 그런 쓸데없는 말은 필요없고 어디 가서 장무영이란 이름을 팔며 사기나 치고 다니지 말아라."

"예?"

"못 알아들어? 인생 똑바로 살란 얘기다, 이놈아. 내가 제일 싫어하는 놈이 어떤 놈인지 아냐? 바로 남을 팔아 속임수를 쓰는 녀석들이다. 진작 그런 놈인 줄 알았으면 구해주지도 않았을 텐데. 에잉, 괜히 헛힘만 뺐네."

남괴는 말을 마치자 발라당 자빠져 뒤로 돌아누웠다. 상대도 하기 싫다는 얘기였다.

"아니, 그러는 남북쌍괴는 뭐 대단합니까? 듣기로는 도박장에서 사기나 치고 다닌다고 하더군요. 적어도 나는 누구를 속인 적은 없다구요!"

졸지에 사기꾼으로 몰린 무영이 기분 나쁜 듯이 말했다.

그 말에 남괴가 벌떡 일어났다.

"뭐? 우리가 사기 치고 다니는 걸 니가 봤냐? 봤어?"

"들었어요."

"봤냐고?"

"들었다고요."

"봤냐고?"

"드, 들었어요."

"봤냐고?"

'집요한 노인네.'

"아뇨."

"그럼 보지도 않고 왜 남을 험담해, 이놈아. 나는 이 나이 되도록 근거없이 누구를 비방해 본 적이 없는 사람이야. 젊은 놈이 그러면 되겠어? 인생 똑바로 살어, 짜샤."

"꼭 봐야 압니까? 아니라는 증거라도 봤어요?"

"따라하지 마. 대학사 아들놈 장무영은 황제한테 황금을 만 냥이나 받았다고 하던데 무슨 문제가 있다고 이런 구석에 나타나겠냐? 아무튼 니가 장무영이면 나는 황제다, 이놈아."

"흥, 맞으면 어쩌려고 그래요? 내가 장무영이 아니라는 증거가 있어요? 증거를 봤어요?"

"눈앞에 꾀죄죄한 놈이 앉아 있는데 더 이상 무슨 증거가 필요하냐? 이래 봬도 사람 보는 눈은 한 번도 틀린 적이 없다."

"내가 그 장무영이 맞으면 어쩔 거요?"

성질이 난 무영의 입도 거칠어졌다.

"흥, 내가 형님 하마."

"누가 댁 같은 형님 필요하댔어요?"

"그럼 쓸데없는 소리 말고, 오래 살려거든 운기나 한 번 한 후에 구석에 가서 자빠져 자."

남괴의 입담은 여전히 거칠었지만 무영은 더 이상 개의치 않고 한구석에서 운공을 시작했다.

단전에서 서서히 끌어내린 진기가 회음혈(會陰穴)을 지나 백회혈(百會穴)로 돌아 다시 단전으로 내려오자 창백했던 그의 안색에 다시 혈색이 돌아오며 머리 위로 시원한 바람이 이는 듯한 느낌마저 들었다.

사지백해로 부드럽게 돌아 나오는 진기의 흐름은 팽호의 단검에 다친 상처 부위를 제외하고는 오히려 이전보다 몸이 더 좋아진 느낌이 들 정도였다.

"무공은 어디서 배웠냐?"

조식을 마치자 남괴가 물었다.

"책 보고 배웠어요."

"뭐라고? 네놈의 몸을 보니 내공이 상당하던데 책을 보고 내공을 쌓았단 말이냐?"

"그럼 내가 또 거짓말을 한다는 말입니까?"

"책 보고 너만큼 무공을 할 줄 알면 중원 땅에 무인이 안 될 놈이 누가 있어?"

갑자기 남괴가 눈을 가늘게 뜨고 그의 전신을 찬찬히 살피더니 손을 내밀어 그의 완맥을 움켜쥐었다.

무영은 의외의 반응에 깜짝 놀랐지만 피하지는 않았다.

그런데 남괴는 움켜쥔 상태에서 미약한 진기를 무영의 몸속으로 흘려보내고 있었다. 그 진기에 저항을 하려다가 악의가 없다는 것을 알고는 그대로 두었다. 남괴의 진기는 상단전, 중단전, 그리고 하단전을

돌아 용천혈(湧泉穴)에서 백회혈(百會穴)에 이르는 모든 혈맥을 훑고
지나갔다.

잠시 후 손을 뗀 남괴의 눈이 커지고 있었다.

"허, 이미 온양(溫養)의 경지를 넘어섰잖아? 젊은 놈이 대단한 성취
를 이루었구나."

온양이 무언지 모르는 무영은 그저 눈만 멀뚱거리고 있었다. 온양은
대지의 양화(陽火) 기운을 몸속으로 끌어들여 임독양맥(任督兩脈)에서
진기로 화하게 할 수 있는 단계를 말했다. 이 경지에 이르면 진기가 자
연스레 몸 안에서 생성될 수 있었다. 온양의 경지를 완전히 넘어서면
그야말로 초고수의 반열에 설 수 있는 기초가 다져졌다 할 수 있다.

무영을 보는 순간 남괴는 문득 자신들에게 아직 제자가 없다는 것을
상기했다.

그동안 길을 오갈 때 어린 제자를 데리고 다니며 강호의 물정을 가
르치는 일행을 볼 때마다 부러운 마음이 들기는 했지만 특별히 제자를
두겠다는 생각을 해본 적은 없었다.

하지만 자신들도 이제는 늙었다는 사실이 새삼 와 닿았다.

더욱이 내공도 제법 단단히 다져진 녀석인데 아직 임자가 없다고 하
니 이런 호기가 없었다.

자신들은 이미 너무 늙어 뒤를 이을 전인이 필요한 나이였다.

하지만 제자를 들이기 위해 새삼 싹수있는 놈을 찾아 중원천지를 헤
매고 다닐 만큼 신경을 쓸 성격도 아니었다.

'음, 떡 본 김에 제사를 지내자.'

남괴는 마음을 굳혔다.

"쯧쯧, 하지만 제대로 인도해 주는 사람이 없으니… 안타까운지

고……."

마치 점쟁이가 손님을 유혹하듯 하는 남괴의 말투였지만 그러지 않아도 진정한 무공 사부를 만나지 못한 무영이니 그의 말이 영 틀렸다 할 수는 없었다.

"그럼 어떻게 하면 돼요?"

남괴의 말에 께름칙한 생각이 든 무영이 물었다.

"험, 제대로 배우려면 무공이 높은 사부를 만나 진기를 올바르게 인도하여 천기(天氣)와 지기(地氣)를 제대로 받아들이는 방법을 배워야 한다. 알지도 못하면서 의욕만 앞서 함부로 자기 혼자서 무공에 미쳐 무리하게 진기를 운행해 높은 경지에 오르려고 욕심을 내다가 주화입마에 빠져 미치거나, 마인(魔人)이 되거나, 목숨을 잃는 사람도 부지기수지."

마치 준비한 대사를 읊듯 숨도 쉬지 않고 주절거리는 남괴였다.

그는 자신의 말에 동의를 구하려는 듯이 형 북괴를 돌아보며 눈을 찡긋했다. 그때까지 아무 말도 않고 있던 북괴는 그의 말에 고개를 끄덕이며 동감을 표시했다.

겁을 주는 듯한 말에 무영은 내심 찔끔했다.

"하지만 제 주변에는 그런 사부님이 되어주실 분이 없는데요."

"쯧쯧, 항상 멀리서 찾으려고 하니까 그렇지. 네놈 눈에는 우리가 보이지 않는다는 말이냐?"

무영은 남괴의 말에 순간적으로 어리둥절했지만 이내 그의 속마음을 짐작했다.

"그럼 두 분께서 제 스승이 되어주시겠다는 말씀입니까?"

"에잉, 저렇게 눈치가 없어서야. 어서 사부님들께 구배를 올리지 않고 뭘 하느냐?"

'웃기는군.'

무영은 코웃음이 나왔다.

남북쌍괴의 무공이라면 그의 무공 사부가 될 자격은 충분했다. 하지만 체면이 있지 무림에서 망신스러운 짓을 하고 다니는 쌍괴를 스승으로 모시고 싶은 생각은 조금도 없었다.

게다가 이미 남우선이라는 가공할 스승으로부터 모질게 당한 경험이 있기에 또 다른 스승은 생각이 없었다.

남우선으로부터 회초리 매질이며 박달나무 몽둥이로 몇 년을 당해던가? 그걸 안 맞으려고 똥지게며 쌀알 세기며 다리에 납환까지 매달고 다녔고, 날마다 수십 장의 책장을 통째로 외워야 하지 않았던가. 군이 위안이라면 붓으로 쓴 책이기에 글자라도 컸던 것 정도였다.

가만히 남괴의 눈치를 보니 자신을 제자로 삼고 싶어하는 마음이 간절한지 그의 입만 바라보고 있었다.

"싫은데요."

"엉?"

의외의 대답에 남괴는 물론 옆에 있던 북괴까지 눈을 동그랗게 떴다. 중원에서 아직 진정한 적수를 만나보지 못했기에 은근히 최고라는 자부심까지 있었다. 그런 자신들이 제자로 삼겠다고 하면 누구라도 무조건 큰절부터 하고 보리라는 예상이 한순간에 무너지는 순간이었다.

"너, 지금 큰 실수를 하고 있다는 것을 알고 있나? 우리가 제자를 받겠다는 소문만 내면 총기있고 근골 좋은 놈들이 여기서 북경까지 열 줄로 세워도 모자랄 정도로 모여들 게다. 긴 말 않겠다. 이것도 인연이라고 한 번 더 권하는 게다. 마지막으로 묻겠다. 우리 제자가 되겠느냐?"

남괴는 마지막이라는 말에 힘주어 말했다.

"저도 두 분의 높은 무공에 대해서는 귀가 닳도록 들었기에 제자가 되고 싶은 마음이 간절하지만 사실은 하고 싶은 일이 있어 어디 매여 있을 처지가 아니걸랑요. 그리구 제가 사기꾼이라면서요? 그런 놈에게 제자는 무슨 제잡니까?"

"쪼잔한 놈. 삐쳤냐?"

"노인장도 도박장에서 사기 쳤다고 하니까 기분 나쁘다며 따지고 나왔잖아요?"

"그건 네놈이 대장군을 사칭하니까 같잖아서 그랬지."

"누가 사칭을 해요?"

"흥, 네놈이 대장군 장무영이라는 증거를 대면 내가 형님 하마."

"증거는 무슨 증거, 하는 행동을 보니 일구이언하는 사람 같아서 대고 싶지도 않아요."

"뭐야?"

남괴는 정말 화가 났다.

자신 앞에서 건방지게 구는 놈은 처음이라 귀엽게 봐주었고 근골도 그런대로 괜찮은 것 같아 제자로나 삼을까 했었는데 갈수록 건방이 하늘을 찔렀다.

"그러니까 네놈이 말한 요지는 평소 내가 식언을 밥 먹듯이 한다는 말이냐?"

"아니라는 증거를 대봐요."

"그렇다는 증거를 대봐!"

"그럼 내가 사기꾼이라는 증거를 대봐요!"

"아니라는 증거를 대봐!"

"나는 아니라는 증거를 대야 하고 노인장은 맞다는 증거를 대야 하니 불공정하잖아요. 그런 법이 어디 있어요?"

그러고 보니 자기가 우긴 면이 없지 않았다는 것을 깨달았다.

"좋다, 나는 네놈이 사기꾼이 아니라는 증거를 댄다면 평생 형님으로 모시겠다."

"흥, 증인도 없는데 누가 그 말을 믿어요?"

"우리 남북쌍괴는 평생 거짓말을 한 적이 없다."

"그 말도 믿지 못하겠어요."

사실 남괴는 오랜만에 무영과 장난 같은 대화를 은근히 즐기고 있었다. 누가 감히 자신들이 남북쌍괴라는 것을 알고도 이토록 건장지게 굴었던가? 정말 그냥 재미였다.

그런데…

"이놈이!"

남괴가 손을 쳐들었다.

"이제 무공으로 패 죽이겠다 이겁니까?"

무영이 머리통을 앞으로 내밀었다.

사실 너무했나 싶어 은근히 뒤가 마렵기는 했지만 체면이 있지 접을 수 없었다. 대개 이런 성향의 사람들이 그런대로 뒤끝이 깨끗하다는 기대를 가지고.

'음, 아니지, 잘 구슬려 제자로 삼아야지.'

"좋다, 우리 남북쌍괴는 네놈이 증거만 댈 수 있다면 형님으로 모실 것을 천지신명을 두고 맹세한다. 대신 이 자리에서 증거를 대지 못하면 무조건 우리 제자가 될 것을 맹세해라."

말을 해놓고 보니 설사 진짜 대학사의 아들이라 해도 '내가 누구네 집 아들이오' 하고 증명서를 써가지고 다닐 턱이 없으니 자신이 생각해도 머리를 잘 굴린 것 같았다.

"험! 험!"

쓸 만하고 재미있는 제자 놈 하나 얻었다는 생각에 기분이 좋아진 남괴는 연신 헛기침을 해댔다.

"좋아요. 일구이언?"

"이부지자."

무영은 품속에서 물건들을 꺼냈다.

"이건 황제 폐하께서 하사하신 관인과 영팹니다. 증거가 이렇게 있으니 이제 내가 형님이네요? 아니지, 형님이네?"

"억!"

남괴의 눈이 휘둥그레졌다.

그는 무영의 손에 든 영패를 뺏아 들고는 이리저리 살펴보더니 깨물어보기까지 했다.

"왜 황제 폐하께서 하사하신 영패에 이빨 자국을 냅니까?"

"음, 아무래도 가짜 같아."

남괴는 우기기로 했다. 일단 그렇게 마음을 먹으니 가짜 관인이나 영패를 가지고 다니는 놈들도 있다고 들은 기억이 나는 것 같기도 했다.

"뭐요? 흥, 이제 오리발입니까?"

"험, 내가 좋아하는 건 닭발이다."

'밀고 나가야 한다.'

손자뻘도 되지 않을 녀석에게 형님이라 부르는 상황을 그는 정말 생각하고 싶지 않았다.

"이게 가짜라는 근거가 뭡니까?"

"그건 공방에 가면 간단하게 만들 수 있는 거다. 내가 아는 사람도 몇 개 만들어 가지고 다닌다고 하더라."

일단 작정을 하니 말이 청산유수였다.

"그럼 관아로 가서 확인을 해보면 될 게 아닙니까?"

"흠, 약속하기를 이 자리에서 증거를 대라고 했다."

딴청을 피우듯 말하는 남괴였다.

"그런 억지가……."

"그럼 하사받았다는 황금을 꺼내 보여라. 그러면 믿으마."

"그 무거운 걸 들고 다니는 놈도 있답니까?"

"거봐라, 가짜지."

"말 안 끝났어요. 이렇게 전표로 바꾸어 다니지."

무영이 품속에서 천 냥짜리 전표 뭉치를 쏟아냈다.

"허걱!"

"이만 하면 증거가 충분하지 않습니까?"

"한 장, 두 장, 세 장……."

위기의 남괴는 이번에 전표를 트집 잡을 생각이었다. 정말이지 은자한 냥이라도 맞지 않으면 다시 우길 생각이었다. 하지만 전표는 정하게 백 장이었다.

"맞죠? 은자 십 만냥."

"험, 험, 맞기는 맞구나."

그는 밤에도 개미 지나가는 것까지 잘 볼 수 있을 정도의 시력을 가졌지만 '혹시 가짜일지도 몰라' 하며 화섭자를 꺼내 불까지 밝히고 다시 살폈지만 이상이 없었다.

'엿됐다.'

"흠, '형님' 해봐."

"이 녀석아, 아무리 그래도 이 나이에 네놈에게 형님이라고 불러야 한다는 말이냐?"

"일구이언?"

"……."

"일구이언?

"험, 험, 자, 장 공자……."

"일구이언?"

"허참, 젊은 사람이……."

"일구이언!"

남괴가 대답을 못하고 있었는데 갑자기 구석에 말없이 앉아 있던 북괴가 벌떡 일어나 무영에게 큰절을 했다. 형님으로 모시겠다는 뜻이었다. 북괴는 남괴의 형이었다. 그걸 본 남괴의 표정이 일그러졌다. 제자 하나 얻어보려다 그야말로 인생 조져 버렸다.

흉신악살 같은 마두라면 이 자리에서 무영을 없애 버리고 입 씻고 가면 그뿐이었지만 남괴나 북괴나 천성이 그 정도로 더럽지 않았거니와 여태껏 식언을 한 적도 없었다.

"저, 이렇게 하면 안 될까? 자네가 형님이 되는 것을 물리면 우리가 무공을 전수해 주는 걸로."

"자네가 아니라 형님."

"에, 그러니까 형님이 우리 무공을 배우고 형제 관계는 거꾸로 하자는 말이지. 남 보기에도 그렇지. 자네, 아니, 형님도 노인을 공경할 줄 모른다고 욕 먹는다구."

'음, 그도 그렇기는 하지.'

생각해 보니 머리가 허연 노인네를 동생으로 두는 것은 아무래도 그랬다.

"아무래두 내가 손해 보는 것 같은데."

무공이라도 제대로 배우려면 일단 협상을 유리하게 끌고 가서 확실히 해둘 필요가 있었다.

"그럴 리가? 생각해 보게, 그깟 형님 아우가 무슨 보탬이 되겠나? 그저 상승 무공이나 확실히 배워두는 것이 득이지. 자네도 알다시피 우리 무공은 천하에서 짝을 찾기 어려운 절정의 무공이 아닌가? 그걸 배울 수 있는데 그보다도 더 좋은 기회가 어디 있겠나? 게다가 우리 같은 노인들을 협박해 동생으로 두었다는 소문이라도 나면 남들이 대학사님의 이름을 욕되게 한다고 할 걸세."

"무공을 제대로 가르쳐 준다는 보증이 어디 있어요?"

"천지신명께 맹세하지. 아니, 아니, 여기 내 형 북괴가 보증하도록 하지. 나는 못 믿어도 북괴는 믿겠지?"

남괴는 황급히 북괴를 끌어다 세우며 말했다. 북괴는 그 말에 동의를 한다는 듯이 고개를 끄덕여 주었다.

"알맹이는 쏙 빼먹고 허접만 가르쳐 주면 안 됩니다."

"허어, 그럴 리가 있는가? 사람을 어떻게 보고……. 여기 북괴 형님이 알맹이만 가르친다고 보증을 할 걸세."

"음, 생각해 볼 만하군요."

"생각할 게 뭐 있어? 그냥 좋습니다, 형님. 이렇게 한마디면 되는데. 어디 이런 기회가 흔한가? 거저라구, 거저."

딴은 그렇기도 했다. 거저지.

"그런데 내가 바빠서 무공을 가르치지 못할걸요."

"그러니까 바쁘신 몸이라 안 된다 이거냐?"

남괴는 어이가 없다는 표정이다.

"꼭 그래서는 아니지만 제가 두 분의 무공을 배운면 두 분 뒤를 따라다녀야 할 테니 그건 좀 어렵다 이런 말이지요.

기분이 상했는지 남괴의 얼굴이 구겨졌다.

사실 남괴는 일단 아우로 해놓고 무공을 가르치면 무영이 무공에 혹해서 제자가 되겠다고 자청할지도 모른다는 생각이었다.

눈치를 살핀 무영이 얼른 타협안을 제시했다.

"가끔 만나서 무공만 전수해 주시면 안 될까요? 사실 무공은 별 관심도 없고요. 제가 이번에 집을 나온 것은 중원 제일의 거부가 되겠다는 꿈 때문이거든요."

"잉? 그러니까 돈 벌려고 가출까지 한 마당에 무공을 배우겠다고 다시 매여 있을 수는 없다 이거냐?"

"거의 그렇지요."

"음……."

남괴는 이리저리 머리를 굴리며 무영을 위아래로 계속 살폈다. 그는 무영을 제자로 삼고 싶은 생각이 굴뚝같았지만 어째 일이 잘못되어 이렇게 사정하는 꼴이 돼버렸는데, 그나마 시간이 없다고 하니 속에서 열불이 나고 괘씸한 생각마저 들었다.

'저런 녀석을 또 만날까 무섭군.'

본래 귀찮은 것을 싫어하는 그는 다시 무영을 위아래로 보다가 마침내 결단을 내렸다.

"좋다, 그렇게 하지. 우리가 가끔 네 녀석에게 나타나서 무공을 가르치는 것으로."

"나타나지 않으면 어떡해요?"

"속고만 살았냐? 내 인격을 걸고 약속하지."

남괴는 배를 쑥 내밀며 말했다.

'음, 인격은 제법 있군.'

남괴의 튀어나온 배를 보니 믿을 만하기는 했다.

"좋습니다. 대신 오 년 안에 모든 상승 무공을 가르쳐 주시는 것으로 해야 해요."

"약속했다?"

"예."

무영은 얼른 기분을 맞춰주며 절을 올렸다.

"형님, 잘 부탁합니다."

"험, 험."

무영이 절을 하자 기분이 좋아진 남괴는 입을 헤벌쭉 벌리며 연신 헛기침을 했다. 북괴도 고개를 끄덕였는데 그의 표정도 남괴와 다르지 않았다.

"그런데 돈을 벌려고 가출했다며?"

"가출이 아니고 당당하게 허락을 받고 나온 겁니다."

"집 가(家)에 날 출(出), 집 나오면 가출이지 뭘 그리 따지냐? 우리도 지금 돈을 벌겠다고 이리저리 다니며 고생 중인데 무슨 좋은 생각이 있기에 가출까지 했냐? 좀 끼워주면 안 되냐?"

"형님은 무공을 가르치는 데나 관심을 가지지 왜 동생 돈 버는 데 관심을 가집니까?"

"무공을 제대로 전수하자면 서로 자주 대화를 해야 하고 그러자면 공통 관심사를 갖는 것이 가장 좋은 방법이란 것을 모르느냐? 그리구 네놈하고 우리가 어디 남이냐?"

"음, 듣고 보니 그도 그러네요. 하지만 아직 일을 배우는 중이라 뭐라고 말씀드리기는 그렇고, 나중에 대충 윤곽이 잡히면 끼워드릴게요."

"그런데 내공이 보통이 아니던데 어떤 기연이라도 얻었냐?"

"황제 폐하께서 만년설삼을 내리셔서 복용한 적이 있어요."

"맞아, 맞아. 그 소문은 나도 들었지. 하지만 그걸 본원진기로 흡수하는 것은 보통 일이 아닌데… 하기는 아직 제대로 흡수를 하지 못한 것 같기는 하더군."

"아직 수양이 부족한 모양이지요."

"그런데 가출까지 하다니 넌 돈에 무슨 한이 맺혔냐? 듣자 하니 아비가 대학사라니 나라에서 녹봉도 제법 쏠쏠히 받았을 텐데 무슨 돈타령이냐?"

"쓸 데가 있어요."

대답은 단순하게 했지만 어렵게 살다가 돌아가신 할머니가 떠올라 자신도 모르게 안색이 어두워졌다.

남괴는 자신의 한마디에 무영이 한동안 침중한 안색이 되자 신기한 표정을 지었다. 그는 마음속으로 무영의 내력이 결코 호락호락하지만은 않을 거라고 생각했다.

"동생아, 너도 무슨 고민이 있냐? 인생은 다 그렇고 그런 거야. 남을 생각해서 항상 아래를 보며 살 줄도 알아야 하는 것이니 자기 처지가 어렵다고 너무 슬퍼할 필요는 없다."

피식.

어울리지 않는 그의 말에 웃음이 새어 나왔다.

"형님들은 하오문에서 돈을 그렇게 뜯어가서 뭐에 써요?"

말이 길어지는 것을 피하고 싶었던 무영이 화제를 바꾸었다.

"흐흐, 그거 알고 있냐? 사실은 불쌍한 사람들한테 나누어 줬지. 아마 내가 그 은자를 다 모았다면 지금쯤 황금마차에 비단옷을 입고, 첩은 열 명쯤 두고, 중원 곳곳에 별장을 지어놓고 살아도 충분했을 게다."

"정말요?"

남북쌍괴에게 그런 면이 있는 줄은 전혀 몰랐다.

들기로 은자만 아는 괴곽하기가 이를 데 없는 노인네들로 여겼는데 홍길동이나 일지매쯤 되는 일을 하고 다녔다는 것이었다.

새삼 남북쌍괴가 달리 보였다.

"이놈아, 그럼 내가 이 나이에 거짓말이나 하고 다니는 늙은이로 보이냐? 우리가 비록 좀 야비하게 벌기는 했지만 쓰는 곳은 누가 말해도 정당하다."

"들자 하니 하오문에서는 형님들만 나타나면 꼬리를 말고 난리 법석을 피운다던데."

"히히히, 그놈들 돈이 어디 자기들이 일해서 번 돈이냐? 다 손님들 등쳐 먹은 돈인데 내가 다시 그놈들 등을 쳤다 해서 무슨 문제가 된단 말이냐?"

남괴는 흐뭇한 미소를 띠며 자랑스러운 어조로 말했다.

"자칭 무림 최고수라는 분들이 하오문이나 드나들며 등쳐 먹고 사는 게 안쓰러워서 그래요."

"먹고 살기가 힘든 사람들이 어디 한둘이냐? 네놈은 여태 공자님 소리를 들어가며 호의호식하고 살아온 모양인데 세상에 하루 벌어 하루

먹고 살기도 힘든 사람들이 어디 한둘인 줄 아느냐? 아비 잘 만난 줄이나 알아라."

'하기는.'

그 말을 들은 무영은 한순간 말문을 닫았다.

"그런데 형님들은 어느 문파에서 무공을 배웠어요?"

강호에 그들의 내력이 전혀 알려지지 않았다는 것을 떠올리며 물었다.

"아직 우리들의 내력을 밝힌 적은 없지만 네놈을 동생으로 삼았으니 대충 말해 주마."

할 이야기가 길어진다는 것을 암시라도 하듯 남괴는 관제묘 구석 자리로 옮겨 토벽에 기대더니 말을 시작했다.

남북쌍괴는 세상 사람들이 알고 있는 것과 같이 친형제가 아니었다. 강남에 흉년이 들어 식구들이 모두 굶고 지내다가 결국 어린 자식을 남기고 남괴의 부모 먼저 세상을 떠났다.

남괴가 홀로 된 것은 다섯 살 때였다.

그는 이리저리 주린 배를 채우기 위해 유랑 걸식을 하던 중 길에서 우연히 처지가 비슷한 두 살 많은 북괴를 만나 같이 다니게 되었다.

남괴는 어린 나이에 부모를 잃고 몇 년을 비렁뱅이 노릇을 하며 지낸 처지인데다 사람들에게 '이놈', 이 '거지새끼' 등으로 불린 탓에 이름도 잊었다. 어쩌다 사람들이 물을라치면 그저 '남쪽에서 왔는데요' 하는 것이 고작이었다.

둘은 몇 년을 그렇게 떠돌며 같이 다녔는데 제대로 먹지도 자지도 못하는 상황이 계속되자 불행히도 북괴는 언제부터인가 말을 하지 못하는 증세를 보였다.

번갈아 오는 가뭄이며 홍수는 사람들의 인심을 야박하게 만들었고,

변변히 먹을 것을 얻어먹지 못한 둘은 어느 날 탈진해 길에서 쓰러졌다.

그들을 구한 것은 천축을 떠나 고행을 하던 한 노승이었다. 노승은 그들을 거두어 무산으로 들어가 산속에 조그만 암자를 짓고 그곳에서 수십 년을 같이 지냈다.

노승은 원래 천축 청룡사라는 절의 주지였는데 후계를 둘러싼 제자들의 암투에 염증을 느껴 그만 홀연히 그곳을 떠나 중원을 돌다가 그들을 만난 것이었다.

노승은 자신들에게 청룡사의 절기는 물론 자신이 창안한 여러 가지 무공을 전해주었다.

스승이 죽은 후에도 무산의 깊은 산속에 남아 무공을 연마하며 자연을 벗 삼아 세월을 보내던 두 사람이 팔십이 다 되어가는 나이에 다시 중원으로 나선 것은 십여 년 전에 다시 찾아온 대흉년이 계기였다.

우연히 마을로 내려온 그들은 계속된 대흉년에 집을 버리고 먹을 것을 찾아 떠도는 백성들과 순진한 백성들이 산도적이 되어 물건을 강탈하는 현장을 곳곳에서 목격을 하고는 배고팠던 어린 시절을 잊지 못해 그들을 돕기로 하고 산을 내려왔다.

하지만 마땅히 돈을 벌 방법을 알지 못했던 그들은 가장 손쉬운 방법이 도박장에서의 무공을 이용한 사기 도박이라는 것을 알고는 중원 각지의 도박장을 전전하며 은자를 모아 가난한 사람들에게 나누어 주었다.

"세상이 싫었고 항상 새로운 무공을 배우는 재미에 사람 그리운 줄 몰랐지."

말을 해가며 옛일을 회상하게 되자 남괴는 눈을 반쯤 감고 아련한 추억 속으로 빠져드는 듯 보였다.

그러나 남괴는 무영을 앞에 앉히고 등에 금창약을 발라주었다.

등을 내맡기고 돌아서 앉은 무영에게는 간밤에 벌어진 일들이 꿈만 같았다.

"어디로 갈 예정이냐?"

"정주에서 섬서 상방 사람과 약속이 있고, 그 직후에 서안에서 또 다른 약속이 있습니다."

"더럽게 바쁜 놈이구나. 그런데 왜 혼자 다니냐?"

"중간에서 헤어졌습니다."

말을 하면서 문득 곡완주가 생각났다.

완주는 잘 있을까?

한순간의 화를 참지 못하고 곡완주를 쫓아 보낸 자신이 원망스러웠다. 곡길한이 신신당부를 하며 잘 돌보아달라고 부탁하지 않았던가? 그게 아니더라도 그동안 곡완주와 함께 지내며 알게 모르게 정이 들었다. 마치 친동생같이 느껴지는 녀석이었다.

무영의 눈길이 관제묘 밖을 향했다.

어느새 희미한 여명이 비추어왔고 부슬부슬 내리던 비마저도 그쳐 물기를 머금은 수목이 고요한 새벽을 맞은 대지에 생기를 불어넣었다.

제3장 섬서 상방의 최후

곡완주는 마음이 다급해졌다.

주루 주인의 말대로라면 팽가장 놈들이 찾아와 무영을 유인해 간 것이 분명했다.

'바보, 뭐 하러 다시 주루로 돌아와서는…….'

화를 내며 자신을 내치기는 했으나 이내 후회하고 주루로 돌아와 자신을 기다리다가 놈들에게 변을 당했다고 생각하니 미안한 마음뿐이었다. 무영도 그렇지만 스승님이 남긴 검까지 찾아야 하는 곡완주는 마음이 급해졌다.

아직까지 기다려도 돌아오지 않는 것을 보면 자신의 우려가 영 기우만은 아닌 것이 분명했다.

곡완주의 두 눈에서 살기가 돌았다.

"팽가장 놈들이 머물고 있는 곳은 어디냐?"

곡안주는 주루 주인의 멱살을 붙잡고 물었다.

"예, 예, 서부가(徐府街)에 있는 종루객잔(鐘樓客棧)을 통째로 세내어 머물고 있다고 들었습니다."

"서부가는 어느 쪽으로 가나?"

"저, 저쪽······."

노삼의 떨리는 손끝이 한 방향을 가리켰다.

주인 노삼은 정말이지 죽을 맛이었다. 어제 초저녁부터 재수에 옴이 붙어도 단단히 붙은 것이 분명했다.

'우쒸!'

노삼은 곡완주가 바람같이 사라진 순간 자신의 목덜미를 어루만지며 아직 제대로 붙어 있는 것에 감사했다. 한동안은 가위에 눌려 잠도 제대로 잘 수 있을 것 같지 않았다.

개봉성 종고루(鍾鼓樓) 앞에 있는 종루객잔은 팽가가 묵고 있는데 몇 달째 썰렁한 분위기였다. 그동안 팽가장 무사들만 들락거렸는데 그나마 대부분이 죽은 지금은 인기척이 거의 없다시피 했다.

곡완주가 종루객잔을 찾은 것은 잠시 후였다.

쾅!

객잔 문을 발길로 차고 들어간 그녀는 계산대에 앉아 화들짝 놀라는 주인의 목에 검집을 들이대었다.

"팽가 놈들은 어디에 묵고 있느냐?"

"위, 위층 특실에······."

미처 잠이 덜 깬 주인은 제정신을 차릴 겨를도 없었다.

"안내해라."

워낙 살벌한 표정이라 주인은 군말없이 벌벌 떨며 앞장서 갔다.

그도 이미 근자에 팽산을 비롯한 많은 팽가장 무사들이 죽었다는 소문을 접하고 있었다. 게다가 간밤에 기세등등하게 나갔던 팽호도 몇 명의 수하를 잃고 방금 지친 몰골로 들어왔다. 행여 불똥이 자신들에게 떨어질까 두려워 팽호가 묵고 있는 특실 주변에는 점소이들도 얼씬하지 않으려고 했다.

위층에 올라온 여관 주인은 한 방을 가리키더니 재빨리 눈치를 보고는 달아났다.

팽호는 이미 일어나 있었다.

그는 미처 잠자리에 들기도 전 일층에서 들려오는 객잔 문짝이 부서지는 듯한 요란한 소리에 이미 불청객이 왔음을 직감했다. 종루객잔에 자신들이 묵고 있는 것은 개봉 사람들이라면 다 알고 있기에 이토록 요란하게 들어오는 놈이 친구일 리는 만무했다. 게다가 이쪽을 알고도 겁없이 설치는 것을 보니 보통 놈은 아니었다.

"음……."

정말 일진이 사나운 날이었다.

하루 사이에 워낙 큰일을 당했는지라 온몸에 흐르는 긴장을 억제해 가며 조용히 칼을 움켜쥐었다. 비상시를 대비해 설치한 줄을 당기자 부하들이 즉시 그의 방으로 달려왔다.

때를 맞춘듯 요란하게 계단을 밟고 올라오는 소리에 부하 하나가 문밖으로 고개를 내밀었다. 순간 손 하나가 불쑥 들어와 부하의 목을 움켜쥐었다.

"커억!"

갑작스런 기습을 당한 부하는 목이 잡힌 채 뒤로 질질 밀려났다.

"공자는 어떻게 했느냐?"

곡완주는 살기가 뚝뚝 흐르는 냉막한 어조로 물었다.

팽호는 이미 그의 정체를 짐작했다.

예쁘장하게 생겨먹은 스무 살 전후의 젊은 놈, 팽산 숙부가 혼원십 팔로를 모두 펼치고도 죽음을 맞았다는 고수였다. 분수를 아는 팽호는 그 소식을 듣고도 감히 복수하러 가지 못했다.

'정신 차려야 한다.'

팽호는 어쩌면 이 자리가 자신의 마지막이 될 수도 있음을 직감했 다. 밤새 아무 성과도 없이 괜한 벌집만 쑤셔놓은 격이었다.

이미 객관적으로 무공의 고하는 가려져 있는 것이나 마찬가지였다. 공자란 그 젊은 상인 놈을 말하는 것이리라.

"남북쌍괴가 데려갔소."

"그놈들은 누구냐?"

중원 정세를 잘 모르는 곡완주였다.

차도살인(借刀殺人)?

팽호는 문득 자신에게 재수만 좀 따라준다면 눈앞의 젊은 놈을 제거 할 수도 있겠다는 생각이 들었다.

놈이 제법 무공이 높다고는 하지만 남북쌍괴의 적수가 될 수는 없을 것이었다.

"나도 모르는 놈들이오. 내가 공자와 대화를 나누던 중에 홀연히 나 타나 강제로 공자를 데려갔소. 워낙 무공이 높은 놈들이라 어찌할 수 없었소."

팽호는 '강제로' 라는 대목에 힘을 주었다.

"네놈은 왜 공자를 유인해 갔느냐?"

"유인해 간 것이 아니라 숙부님의 죽음에 관해 자세한 것을 알기 위해 자리를 마련한 것이오. 숙부님이 돌아가셨는데 가만히 있어야 한다는 말이오?"

팽호는 살얼음판을 걷는 기분이었다.

하지만 그는 이런 불리한 상태에서도 상대에게 믿음을 주기 위해 힘을 주어 말해야 될 대목을 알고 있었다.

그의 말에 곡완주는 내심 그럴 수도 있겠다는 생각이 들었다.

끓어오르는 속마음으로 치자면 단칼에 요절을 내야 하겠지만 그러지 않아도 무영으로부터 사람을 함부로 죽인다는 질책을 들은 터라 억지로 마음을 가라앉혔다.

무영이 살아 있고 검을 되찾을 수만 있다면 이런 놈들쯤은 언제라도 용서해 줄 준비가 되어 있었다.

"그놈들은 어디에 있느냐?"

"성 밖 남쪽 이십여 리 정도 내려가면 조그만 관제묘가 있소. 아직 새벽이니 길을 떠나지는 않았을 게요."

상대의 기세에 눌려 버린 팽호는 가까스로 정신을 차려가며 말하고 있었다.

그는 남북쌍괴가 그곳에서 움직이지 않았으리라 확신하고 있었다. 둘이서 시비가 붙어 이놈이 죽어준다면 그보다 더 좋은 일은 없을 것이다.

"흥, 거짓말이면 팽가장의 풀뿌리도 남겨두지 않을 것이다."

말을 하는 곡완주의 눈에서 가공할 살기가 뿜어져 왔다. 팽호는 감히 눈빛을 마주하지 못했다.

"목을 내어놓겠소."

팽호는 아랫배에 힘을 줘가며 말했다.

순간적으로 곡완주가 옆에 섰던 팽가장 부하의 검을 뽑아 빗살처럼 그에게 날렸다.

"윽!"

털썩.

팽호의 왼팔이 방바닥에 떨어지며 퍼덕거렸다.

다음 순간 곡완주가 창문을 박차고 허공으로 날았다.

"공자를 불러낸 대가다. 그리고 너는 분명 목을 걸었다."

곡완주는 멀어져 가면서도 그 말을 남기는 것을 잊지 않았다.

"으……."

팽호는 한동안 정신을 차릴 수 없을 정도로 충격을 받았다.

놈은 눈빛만으로도 충분히 자신을 압도하고 있었다. 자신의 무공도 무림명가의 후기지수 중에서는 제법 축에 끼인다고 자부해 왔지만 더 이상은 아니었다.

숙부가 놈에게 죽었다는 말을 들었을 때도 그저 막연히 상대를 얕보다가 당했을지도 모른다는 의구심이 있었던 것이 사실이다. 하지만 놈과 마주하는 순간 팽산 숙부가 혼원십팔로를 끝까지 펼치고도 죽임을 당한 이유를 분명히 알았다. 자신의 팔을 잘라낸 그 한 수, 칼을 뽑아 대응을 했더라도 막을 수 없었으리라.

재빨리 팔에 지혈을 한 그는 몸에서 분리되어 아직도 떨고 있는 팔을 보며 남몰래 가슴을 쓸어 내렸다.

'목숨값이다.'

"짐을 꾸려라. 일단 본가로 철수한다."

혹시 일이 잘못되어 상대가 다시 적이 되어 돌아왔을 경우 자신의 목숨을 보존하기 어려울 것임을 직감했다.

팽호는 대충 경과를 적은 전서구를 본가로 날렸다.

"어디로 갈 테냐?"

"정주(鄭州)로 갑니다. 그곳에서 사람을 만나기로 했거든요."

"그럼 일단 처음 동생이 생긴 기념으로 회선표(回旋鏢) 한 수 가르쳐 줄 테니 배워두어라."

남괴는 품속에서 마치 부메랑과 비슷하게 생긴 나무로 된 암기를 꺼내 들었다.

"이건 내가 산속에 있을 때 몸 보신을 위해 토끼 같은 산짐승들을 잡을 때 쓰던 것인데 무기로 써도 손색이 없을 게다."

그는 회선표를 사용하는 무공으로 여섯 가지의 초식을 전수했는데 각 초식마다 여섯 가지씩의 변화를 담고 있어 삼십육회선비표술(三十六回旋飛鏢術)이라 부른다고 했다.

"이름이 좀 기네요?"

"절초의 이름은 원래 긴 법이지."

"음, 그렇군요?"

"산속에서 심심해 이걸 가지고 짐승들을 잡으며 이것저것 재간을 부려봤는데 강호에서 제법 쓸 만한 수법이라 가르쳐 주는 게다."

"산토끼 말인가요?"

"호랑이도 잡았다."

"못 믿겠어요."

토끼나 잡던 재간이라니 실망도 조금 있었지만 한 술 밥에 배부르랴 싶어 경청을 하던 무영은 이내 감탄했다.

이미 그의 무공도 웬만큼 경지에 올라 있기에 무공을 보는 눈도 달라져 있었다. 그는 남괴가 펼치는 한 수 한 수를 배워가며 사냥용 초식이라는 남괴의 말이 얼마나 겸손한 말인가를 실감했다.

'음, 정말 절초라서 이름이 긴 모양이군.'

일식에서 삼식까지는 방어를 위주로 한 운용이었고, 삼식에서 육식까지는 고수와 싸우며 다수의 적을 살상하거나 고수와 대적할 때 상대의 시선을 빼앗을 수 있다는 묘용이 있었다. 각각의 변화가 무쌍해서 잠시라도 방심하면 그대로 목이 잘릴 수도 있었다.

회선표의 묘용은 일반 암기와 달라서 한 번 피했다고 끝나는 것이 아니었다. 상대가 쳐냈다고 안심한 회선표가 어느 틈에 다시 돌아와 뒤를 노리고 있어 적은 동시에 두 명을 상대해야 하는 격이었다. 게다가 날리는 사람의 공력이나 숙달 여하에 따라 절묘한 각도와 강도로 적의 급소를 공격할 수도 있었다. 운용의 핵심은 약간의 진기를 나누어 회선표가 계속 허공을 날며 적을 위협할 수 있게 하는 데에 있었다.

반 시진에 걸쳐 회선표 운용을 위한 기본 초식의 구결 및 묘리를 배웠는데 몇 번 시켜보던 남괴는 그만하면 됐다 싶었는지 고개를 끄덕이고는 말했다.

"이론은 그만하면 됐으니 이제는 실습을 통해서 숙달하는 일만 남았다. 나머지는 네놈이 하기 나름이니 알아서 해라."

남괴는 말을 마치고 북괴에게 눈짓을 했다. 떠나자는 뜻이었다.

"가시게요?"

"그럼 네놈 뒤를 졸졸 쫓아다니면서 뒤라도 닦아주어야 한다는 말이냐?"

무영이 입을 다물었다.

남북쌍괴는 뒤도 돌아보지 않고 경공을 펼쳐 그의 시야에서 사라져

갔다.

"다음에 봐요!"

뒤에다 있는 힘껏 소리치고는 자신도 성안으로 향했다. 곡완주가 혹시 돌아와 자신을 기다릴지도 몰랐다.

멀리 개봉성이 여명에 깨어나고 있다.

무영은 간밤에 일어난 일은 자신도 믿기지 않을 정도였다. 단검이 꽂혔던 뒷등은 약간 이질감이 느껴질 뿐 어떤 불편도 없었다.

주루에 도착한 무영은 벌써 곡완주가 다녀간 것을 알았다.

주루 주인이 일러준, 팽가장이 묵고 있다는 종루객잔도 이미 텅 비어 있다. 그는 다시 주루로 돌아가 주인에게 자신이 황 행두와 약속한 곳으로 향한다는 전언을 남겨 혹시 곡완주가 돌아오면 알 수 있게 해두었다. 정주라고 굳이 밝히지 않은 것은 며칠 새 흉흉한 일을 겪다 보니 다른 사람이 알 수 있게 행선지를 밝힌다는 것이 께름칙했기 때문이었다.

산서 상방(山西商幇) 개봉 공소(開封公所).

행두(行頭) 적발(翟勃)은 가슴을 진정시켰다. 드디어 그동안 준비했던 최후의 일격을 날릴 결행일이 다가왔다.

총방에서 전서구를 통해 지시받은 것은 방금 전이었다. 그동안의 성과로 총방에 자신의 능력을 충분히 입증했다. 이제 마지막 마무리만 남았다.

"예상대로 놈들이 정주에 집결해 있습니다."

공소 내에서 적발이 가장 신임하는 수하인 가봉신(加奉辰)이었다.

"몇 명이나 되느냐?"

"북경에서 내려온 황 행두 일행 십여 명에 개봉과 정주의 섬서 상방 놈들이 총집결했다는 보고입니다. 이보다 더 좋은 기회가 없어 보입니다."

"총방에서의 지시는 일망타진이다. 다시는 섬서 상방이라는 이름이 중원 상계에서 들리지 않도록 준비해라."

섬서 상방의 조직을 꿰고 있는 그였다. 북경 섬서 회관 황영기 행두라면 상방의 제이인자지만 총행두가 죽고 없는 지금 놈이 실질적인 총행두 대행이라는 것은 불문가지였다.

놈은 아마도 개봉에서의 참사 소식을 듣고 급히 내려왔다가 감히 개봉으로 들어오지 못하고 정주에 나타났으리라.

적발은 흥분을 감추지 못했다.

"흑방 사신검수 열 명입니다. 게다가 총방에서 비밀리에 파견한 상검수(商劍手)들이 제이진을 구성해 놈들이 있는 곳을 포위하고 있고, 팽가장에서는 비록 외삼당 총당주인 팽산이 불의의 사고로 죽었지만 휘하 삼 개 당의 당주들이 부하들을 이끌고 정주로 통하는 길목을 에워싸고 있으니 설사 놈들이 신선이라 해도 빠져나갈 수는 없습니다. 지금 정주는 가히 천라지망(天羅地網)이 펼쳐져 있다고 할 수 있습니다."

가봉신은 자신에 찬 어조로 말했다.

"본 상방의 주요 인물들은 모두 개봉에 남는다. 행여 나중에 중원 상계(商界)에서 구설수에 오를 수가 있으니 처신에 각별히 유의하도록 지시해라. 그리고 개봉에서 팽산을 죽인 놈들의 행방을 예의 주시하라고 일러라. 아무래도 그놈들은 섬서 상방에서 초빙한 무림고수가 아닌가 하는 의심이 든다. 행여 천려일실(千慮一失)의 우(愚)를 범하지 않도록 주의해라."

가봉신은 가볍게 고개를 숙였다.

"염인(鹽引)을 반드시 빼앗아와야 한다. 놈들이 써먹지 못하고 가지고 있는 염인은 적게 잡아도 백만 냥은 족히 넘을 것이다. 놈들에게는 지금 휴지 조각이지만 우리에게는 모두 현금이다. 따로 인원을 구성해서 염인만을 집중적으로 찾도록 지시를 내려라. 특히 황가 놈을 잡아 집중적으로 심문하라고 일러라."

관리의 부패로 인해 염인이 남발되어 염인을 가지고도 실제로 염전에서 소금으로 바꿀 수 없는 경우가 많아 그 유통이 상당히 막힌 상태였다. 그러나 관부에 막강한 줄을 대고 있는 산서 상방한테 그런 것은 전혀 문제가 되지 않았다. 그들에게 염인은 여전히 귀한 가치를 가지는 증서였다.

놈들이 가지고 있는 염인도 빼앗아올 수만 있다면 이번 거사에 들인 모든 비용을 공제하고도 수십만 냥은 남길 수 있다는 것이 그의 계산이었다.

꿩 먹고 알 먹고, 도랑 치고 가재 잡고.

적발은 끝고물을 생각했다. 어차피 놈들이 얼마나 염인을 가지고 있는가를 정확히 아는 사람은 아무도 없었다. 그걸 모두 총방으로 보낸다는 것은 정녕 우둔한 짓이었다.

"알겠습니다."

"관아의 동정도 잊지 않고 파악했겠지?"

"이를 말씀입니까. 정주 관병들은 오늘 아침 비적 토벌을 위해 대부분 광무산(廣武山)으로 출동한다고 했습니다."

번갈아 찾아오는 가뭄과 홍수, 그리고 높은 세금과 요역에 견디지 못한 백성들이 곳곳에서 무리를 지어 조정에 대항하고 있었다. 심지어 관병들마저 비적의 무리에 합류하는 경우도 심심치 않게 생겨나는, 그야말로 난세였다.

실상 이번 일은 미리 그런 정보를 입수해 놓은 가봉신이 계획했다고 해도 과언이 아니었다. 그러나 밑바닥 인생을 살고 있는 가봉신이 능력을 발휘할 수 있게 한 사람은 자신이었다.

"후후후, 절대 네 얼굴이 알려지지 않도록 주의해야 한다. 그리고 총방에 올릴 서신의 초안이나 미리 잡아두도록 지시해라."

적발은 자신의 미래가 환히 열리는 것을 느꼈다.

대산서 상방 개봉 행두의 자리도 결코 만만히 볼 자리는 아니지만 이번 기회에 그는 총방의 요직으로 나갈 작정이었다. 게다가 개봉은 연이은 대홍수로 많은 주민들이 타지로 떠나 상권이 크게 위축된 처지라 상방 내에서는 이미 개봉 행두 자리는 한직이라는 말까지 떠돌고 있는 실상이었다.

'교둥고(喬螢高)의 시절은 이미 갔다.'

산서 상방은 늙고 노쇠한 교둥고 총행두 대신 방 내의 실권을 장악한 아들 교평천(喬平天)이 실세가 되어 총방을 주무르고 있었다.

그동안 그의 손발이 되어 움직인 자신이 이번 일만 제대로 마무리한다면 중앙무대 진출은 따놓은 당상이었다.

섬서 상방의 상인 놈들이 떼거지로 모여 머리를 맞대는 것도 이번이 마지막이었다. 황영기만 처리하면 서안(西安)과 사천(四川)만 남은 섬서 상방은 중원에서 이름을 영원히 접으리라.

자신이 칼자루를 쥐고 그 화려한 대미를 장식한다는 사실에 적발의 입가는 희미한 자족(自足)의 미소가 번졌다.

섬서 상방 정주 공소(鄭州公所)에 모인 사람들은 황영기를 위시하여 모두 다섯이었다. 이미 분위기가 심상치 않게 돌아감을 감지한 그들은 나름대로 제법 한다고 하는 무사들을 호위로 고용하여 안전을 도모하고 있었다. 게다가 공소 주변은 상방 내에서도 무술을 제법 한다고 하는 건장한 상인들이 철통같이 경비하여 주변은 그야말로 개미 한 마리 얼씬거리지 못하는 분위기였다.

북경 섬서 회관의 관주이기도 한 황영기는 임시 회의를 주관하는 자리에 있었다.

지금 휘하에 온전한 회원과 상권을 보존하고 있는 지역은 사천(四川)과 서안(西安) 두 곳이 전부였다. 열 군데가 넘던 지부의 회관들이 몇 달 사이에 모두 쓰러졌다. 게다가 서안을 맡고 있던 막청마저 세상을 떠난 서안 공소는 행두 자리가 비어 공석이었다.

"안타깝지만 일단 한발 물러서 충돌을 피해야 합니다. 얼마 전까지도 중원 사대상방의 한자리를 당당히 차지했었지만 지금 우리의 처지는 십대상방의 말석에 끼이는 것조차 부끄러울 지경에 처해 있소. 공연히 맞서다가 그나마 남아 있는 기력마저 죄다 소진해 버린다면 종내에는 중원 상계에서 우리 섬서 상방의 이름은 더 이상 찾기 어려울 것입니다. 이곳 정주도 위험하니 속히 서안이나 영하, 또는 사천으로 철수해야 할 것으로 보입니다."

모두 고개를 숙였다.

어디서부터 단추가 잘못 끼워진 것인가?

원래 산서 상방과 섬서 상방은 중원 상계(商界)에서 마치 동맹을 맺은 듯 행동해 왔다.

변경에 주둔하는 군대에 양식을 제공하고 국경 밖으로부터 각종 물자를 들여와 중원에 팔았고, 중원의 물품은 국외에 파는 등 하는 업종이 비슷했기에 자연스레 하나로 뭉쳐 상인들을 노리는 강도나 비적에 대응하고 기존 상권에 도전하며 성장했다.

너무 비대해졌음인가?

언제부터인가 두 상방 간에 조금씩 틈이 벌어지기 시작했고, 곳곳에서 지역 상권(商圈)을 두고 두 상방 간에 보이지 않는 치열한 전투가 자주 생기더니 그때마다 섬서 상방은 조금씩 밀리기 시작했다.

그러나 그것은 섬서 상방의 불행한 종말을 예고하는 작은 서곡일 따름이었다. 지금 중원에 남은 섬서 상방은 과거의 영화를 덮어쓴 껍데기인 이름뿐이었다.

그러지 않아도 가라앉은 회의장의 분위기는 황영기의 말에 한층 더 어두워졌다.

갑자기 회의장 문이 열리며 달운이 모습을 나타냈다.

황영기는 달운을 보는 순간 가슴이 덜컥 내려앉았다.

이곳에서 무공이 가장 고강한 사람은 청해삼호였다.

그는 회의가 진행되는 동안 일체 사람을 들이지 말도록 신신당부를 해둔 처지였다.

그런데…….

긴장한 황영기는 분위기를 깨지 않으려는 듯 자리에서 일어나 달운에게 다가갔다.

"아무래도 주변 공기가 심상치 않습니다. 공소 주변은 행인들의 인적이 완전히 끊기고 무공고수들만이 내뿜을 수 있는 은은한 살기만 넘쳐흐르고 있습니다. 제 생각에는 조속히 적을 맞을 준비를 해야 할 것 같습니다."

"상대방의 세(勢)를 짐작할 수 있겠소?"

달운의 나직한 경고에 자신의 예감이 틀리지 않은 것을 안 황영기는 그를 한구석으로 끌고 가며 물었다. 심상치 않은 상황은 이내 모두에

게 전염되어 사람들 모두 그들의 귓속말에 귀를 기울이니 실내는 순식
간에 적막이 흘렀다.

"저도 보지 못했습니다. 그러나 상당한 고수들로 짐작됩니다. 그것
도 한둘이 아니라 수십입니다."

"관아에 알려 관병들의 도움이라도 받을 수는 없겠소?"

"불가능합니다. 이미 살기가 사방에서 물씬 풍겨나고 있습니다. 포
위당한 것이 분명합니다. 아무래도 작정을 하고 나선 듯한데 사람들을
그냥 내보내 주겠습니까?"

섬서 상방의 공소는 정주성 안에 있으니 성안에 칼부림이 난다면 관
병의 출동은 필연의 수순이었다. 아무리 강력한 집단도 성안에서 관병
과 맞선다면 대역의 죄를 뒤집어쓰기 십상이니 그런 경우는 없었다.
하지만 관아에 알리는 것도 불가능할 것 같다는 달운의 말에 황영기는
충격에 휩싸였다.

"정체 불명의 적도들이 우리 공소를 포위한 것 같습니다. 일단 중요
문서는 각자 따로 챙기고 모두 몸을 피할 준비를 하셔야겠습니다."

황영기는 실내에 있던 십여 명의 사람들에게 사실을 알렸다. 이미
두 사람의 대화를 듣고 있던 사람들의 얼굴이 흙빛이 되었다.

"으아악!"

미처 사람들이 행동에 들어가기도 전 날카로운 비명 소리가 적막을
찢었다.

"억!"

"아악!"

죽음을 알리는 비명 소리는 이내 사방에서 들려왔다. 상방 호위무사
들이 기습을 당하고 있는 것이 분명했다.

'엄청난 고수들이다.'

병장기가 마주치는 소리마저도 나지 않는다는 것이 달운의 마음을 한층 어둡게 했다. 무공의 차이가 뚜렷하다는 증거였다.

"행두어른, 우리 형제의 주변을 절대 벗어나지 마십시오. 지금은 다른 사람들의 목숨까지 걱정할 처지가 아닙니다."

달운의 말이 황영기를 더욱 절망에 빠뜨렸다.

그는 자신들의 안위도 돌보기 힘들다고 하지 않았는가?

참석한 다른 행두나 공소 대표들이 데려온 호위무사들의 무공 수위는 보지 않아도 짐작할 수 있었다.

사람들이 창가로 몰려가 밖을 내다보니 그야말로 일방적인 도살장이었다. 그나마 겨우 버티는 사람들은 청해삼호 형제들과 고용한 호위무사들이었고, 나머지 상방의 무술 상인들은 마치 썩은 짚단처럼 쓰러지고 있었다. 그러나 무슨 이유인지 회의장 안으로 들어오는 적도는 없었다.

모두들 오늘이 섬서 상방 최후의 날이라는 것을 직감했다.

'너무 성급했다. 일이 벌어진 개봉이 지적인데 여기에 머물 생각을 하다니.'

설마 성안에서 무슨 일이 있으랴 하는 생각이 화를 불렀다.

방심한 것은 아니었지만 상대는 허를 찔러 상상을 초월할 정도의 강력한 힘으로 숨 쉴 틈조차 주지 않고 몰아치고 있었다.

황영기는 자책감에 고개를 떨구었다.

곳곳에서 비명 소리가 그치지 않았다. 달운은 밖에 있는 동생들이 걱정되어 견딜 수 없었다. 달운이 황영기를 재촉하려는 순간 그는 품속에서 황토색 영기를 꺼내 달운의 손에 쥐어주었다.

"만일 내가 이곳에서 죽거든 이 영기를 공자에게 전해주시오. 우리 상방을 상징하는 깃발이오. 그리고 내가 맡긴 염인을 쓸 수만 있다면 공자가 마음대로 사용해도 좋다고 전해주시오. 아무런 조건도 달지 않겠소."

어차피 여기서 뼈를 묻으면 아무 소용이 없는 것들이었다. 그는 무영을 신뢰하고 있었기에 이 마당에 어떤 부담도 주고 싶지 않았다. 말을 하지 않아도 도울 수만 있다면 상방을 도와줄 젊은이였다.

갑자기 쾅 소리와 함께 회의장 문이 열리며 달우가 안으로 뛰어들어왔다.

"형님, 빨리 피해야 합니다! 보통 놈들이 아닙니다! 전문 살수들 같습니다!"

달우는 이미 옆구리에 피를 흘리고 있었는데 무척 다급한 표정이었고, 그의 말은 회의장 내의 상인들 모두에게 공포감을 심어주기에 충분했다.

"가시지요."

달운의 말에 상인들이 저마다 검을 꺼내 들고 그들의 뒤를 따랐다.

"크악!"

문을 나서자마자 상인 하나가 밖에서 날아온 표창을 이마에 맞고 뒤로 자빠졌다.

"문밖으로 나오는 놈은 모두 죽는다."

음산한 말소리와 함께 세 명의 복면인들이 허공에서 떨어져 내렸다. 순간 앞장선 달우의 검이 허공을 번뜩였다.

"으악!"

세 명 중 앞에 나섰던 복면인 하나가 팔을 떨구며 뒤로 물러섰다. 그는 달우를 평범한 상인으로 보고 방심하다가 크게 손해를 본 것이다. 이어 달뢰도 대적하던 적을 버려두고 달려와 등을 보이고 서 있던 복면인 하나를 베어갔다.

복면인은 재빨리 몸을 돌려 피했으나 어깨에 비스듬히 일검을 맞았다. 세 명의 복면인은 순식간에 뒤로 밀리며 당황했지만 잇따라 세 명의 복면인이 보강되면서 거꾸로 이쪽이 뒤로 물러섰다.

달운이 나서려는 순간 황영기가 그의 소매를 잡았다.

"세 분만이라도 달아나시오. 우리가 문만 벗어나지 않으면 죽이지는 않을 모양이오."

"그럴 수는 없습니다."

달운은 소매를 뿌리치고 밖으로 내달았다.

달운이 가세하자 다시 복면인 하나가 추가되었다. 복면들의 무공은 하나같이 독랄해 한 수에 끝장을 보려는 전형적인 살수의 무공이었다. 벽을 등지고 싸울 수 있는 것이 그나마 다행이었다.

하지만 그 순간도 그리 길지 않았다.

갑자기 수십 명의 복면인들이 잇따라 담장을 넘어 날아 내렸다. 청해삼호의 도움으로 겨우 버티던 호위무사들마저도 순식간에 뒤로 밀리며 쓰러져 갔다. 죽음을 알리는 단말마의 비명이 뒤를 이어 들리는 것이 아비규환이 따로 없었다.

하지만 놈들은 별실의 인물들에 대해서 심한 공격을 가하지 않고 달아나지 못하도록 핍박만 했다. 하지만 이미 상황은 끝난 것이나 진배없었다.

무영이 정주 공소에 도착한 것은 그 무렵이었다.

물어물어 섬서 상방의 정주 공소를 찾아오던 그는 멀리 공소 건물이 보이는 곳에서 비명 소리와 병장기 소리를 들었다.

공소가 공격을 받고 있었다.

청해삼호와 황 행두를 생각하며 걸음을 빨리하는 순간 세 명의 건장한 사내들이 막아섰다.

"지금 이 길은 다닐 수 없다. 돌아가라."

"누군데 백주에 길을 막고 그러느냐? 썩 비켜라!"

퍽! 퍽! 퍽!

마음이 다급한 그는 발을 날려 순식간에 세 장한의 명치를 후려차 순식간에 바닥에 쓰러뜨리고는 공소로 달려갔다.

건물의 문을 열고 들어서려는 순간 자욱한 피비린내가 코를 찔렀고 병장기 부딪치는 소리도 더 이상 들려오지 않았다.

그는 조심스레 몸을 숨기고 건물 안으로 다가섰다.

이십여 명의 복면인들이 한 별채를 에워싸고 있었고, 그들 앞에는 청해삼호가 몇 명의 무사들과 함께 결연한 표정으로 문 앞을 막아서며 복면인들의 접근을 막고 있었다. 하지만 그들이 지키고 있는 건물은 사방에 창이 나 있어 복면인들이 마음만 먹으면 언제라도 들어갈 수 있었다. 마치 먹이를 잡고 희롱하는 사자와 같이 복면인들은 그런 상황을 잠깐 즐기고 있는 것처럼 보였다.

사방을 살피던 무영은 복면인 중에서 십여 명의 특출한 자들이 있다는 것을 간파했다. 그들은 다른 복면인들의 앞에 나서서 건물로 통하는 요지마다 감시하고 있었다.

주변에 피를 흘리며 죽어간 상인들의 시체가 즐비했고 간간이 복면인들의 시신도 눈에 띄었다.

대충 상황을 파악한 무영은 앞장선 복면인들의 인솔자로 보이는 놈에게 묵환으로 일으킨 강력한 장력을 날렸다.

"컥!"

붉은 홍광이 번쩍하는 순간 복면인의 가슴이 시커멓게 타며 저만치 나가떨어졌다.

즉사였다.

"웬 놈이냐!"

당황한 복면인들 몇몇이 무영이 몸을 숨긴 곳으로 달려왔다. 무영은 재빨리 묵환장을 한 번 더 날렸다. 그는 무공이 고강한 자만 골라 정확히 죽였다.

"크윽!"

앞장섰던 또 한 명의 복면인이 쓰러지자 모두들 주춤했다. 그 순간 무영은 재빨리 다른 곳으로 몸을 날렸다.

"공자가 왔소."

홍광이 번쩍이며 순식간에 두 명이 쓰러지자 달운은 재빨리 안쪽을 향해 말했다. 그는 홍광이 무영이 날리는 묵환장이라는 것을 알고 있었다. 기회를 잡았다고 느낀 청해삼호는 재빨리 서로 눈짓을 하며 허둥대는 복면인들을 공격했다.

"크악!"

뒤쪽에 정신을 팔던 복면인 중 하나가 속절없이 목을 내주었고 장내는 순식간에 난전으로 치달았다.

무영이 숨바꼭질을 하듯이 이리저리 숨어 다니며 묵환장을 날려대는 통에 잠깐 사이에 복면인 다섯이 목숨을 잃었다.

무영도 나름대로 헉헉거리고 있었다.

무리하게 신법을 운용해 가며 간간이 날린 묵환장은 막대한 내공을 소모시키고 있었다. 복면인들의 추격에 잠깐의 휴식도 가질 수 없는 상황이라 무영 자신도 몰리는 상황이었다.

다행히 청해삼호와 살아남은 무사들이 복면인의 집중적인 공격을 막아주는 역할을 했지만 워낙 수적으로 열세라 차츰 가망이 없는 형편으로 갔다.

'완주라도 있었으면…….'

새삼 곡완주가 아쉬웠다.

죽고 사는 무림에서 공연히 인명이 어쩌고 하며 헛소리를 했던 자신이 얼마나 한심한 놈이었는가를 이삼 일 사이에 몸으로 체험하고 있었다.

복면인 셋이 그를 그림자처럼 따라붙었다.

그들은 무영의 뒤를 계속 쫓으며 더 이상 묵환장을 펼치지 못하도록 했다. 세 명의 복면인은 철저한 연수합격술을 훈련받았는지 도무지 빈틈을 주지 않고 그를 몰아붙였다.

무영은 허둥대며 몸을 피하기에도 급급했다. 겨우 아물어가던 등의 상처도 다시 도진 듯 쑤셔오고 있었다. 무영의 활약으로 힘을 얻은 청해삼호와 호위무사들이 그래도 강력하게 저항을 하는 통에 쉽게 무너지지 않고 있다는 것이 그나마 다행이었다.

시간을 끌수록 불리한 것은 복면들이었다.

성안에서 대낮에 복면을 하고 습격한 것은 대단한 모험이었지만 결행한 것은 순식간에 일을 마무리할 수 있다는 강한 자신감과 만반의 준비였다.

하지만 고수들 몇 놈이 상인들 틈에 있다는 것을 예상하지 못한 데다가 지금 엉뚱한 놈이 나타나서 휘젓고 다니는 통에 일이 엉망이 되고 있었다. 그들은 총력을 펼치며 서둘렀다.

싸움의 승패가 곧 자신들의 생사와 직결되는 상황이기에 황영기를 비롯한 상인들은 숨을 죽이며 창문을 통해 돌아가는 추세를 주시하고 있었다. 무기를 들고 나가 도와주고 싶었지만 자신들의 무공으로는 도움은커녕 방해만 될 뿐이라는 것을 잘 알고 있는지라 건물 안에서 숨만 죽이고 있는 처지였다.

싸움은 어느덧 막바지로 가고 있었다.

그러나 그 방향은 상인들이 원하는 쪽이 아니었다. 시간이 갈수록 수적으로 열세인 그들 쪽이 밀리는 것이 눈에 확연히 드러났다. 싸움이 벌어진 지 꽤 시간이 흘렀는데 관병들은 그림자도 비치지 않고 있다는 사실이 그들의 가슴을 더 무겁게 만들었다.

"모두 건물에 불을 지릅시다."

황영기가 나서며 말했다.

엉뚱한 말에 상인들은 황영기의 입을 지켜보았다. 이런 상황에서 무턱대고 쓸데없는 소리를 할 사람은 아닌 까닭이었다.

"관병들이 이쪽 상황을 모르거나 놈들이 미리 손을 썼다고 봐야 합니다. 불을 질러 사방으로 번지게 하면 관병이나 성안 사람들이 불을 끄기 위해서라도 오지 않을 수 없을 게요."

그제야 그의 뜻을 눈치 챈 상인들이 서둘러 화섭자를 꺼내 별실 곳곳에 불을 놓았다. 그들은 불이 웬만큼 붙자 재빨리 창문을 통해 밖으로 나와 옆 건물에 불을 질렀다. 목조로 지어진 건물은 순식간에 화염에 휩싸이며 검은 연기를 내뿜었다.

다행히 싸움이 치열해 한눈을 팔 겨를이 없었던 복면인들은 불길이 한창 치솟자 그제야 당황해하며 사람을 나누어 불을 지르고 다니는 상인들에게 덤벼들었다.

세 명의 상인들이 잠깐 사이에 목숨을 잃었다.

하지만 십여 명의 상인들도 약간씩의 재간은 모두 익히고 있는 데다 청해삼호와 호위무사들의 분전이 그들로 하여금 적극적인 공격을 하지 못하게 했다.

"불이다!"

"불이 났다!"

그때까지 병장기 소리와 비명이 터지는 칼부림에 숨을 죽이고 있던 인근 주민들은 큰 불길이 하늘을 찌르자 모두 집 밖으로 달려나와 소리를 지르고 우왕좌왕하며 어찌할 바를 몰라 했다.

황영기의 방화는 확실이 효과가 있었다.

그는 이어 상인들이 가지고 있던 신호용 폭죽을 쏘아 올릴 것을 지시했다. 몇 사람이 품속에서 폭죽을 꺼내 불을 붙였다.

펑! 펑! 펑!

탕! 탕! 탕! 탕!

매캐한 화약 냄새와 함께 폭죽들이 요란한 소리를 내며 터졌다. 공소 주변은 불을 끄기 위해 몰려나온 주민들과 칼부림을 벌이는 무인들, 그리고 불을 붙이고 폭죽을 쏴대는 상인들로 인해 그야말로 난장판이었다.

가봉신의 눈에서 불꽃이 튀었다.

담을 넘어 섬서 상방의 조무래기들의 목을 사정없이 떨구는 흑방 사신검수들의 솜씨를 직접 눈으로 보며 역시 거금을 들여 초빙한 보람이 있다고 했던 그였다.

하지만 황영기와 동행했다고 보고받은 세 명의 무공은 사신검수가 대여섯은 붙어야 할 정도로 고강한 놈들이었고, 그 바람에 상당히 시간이 지체된 데다 난데없이 나타난 젊은 놈이 기습을 하는 통에 많은 사상자가 났다.

이번 기습에 동원한 상방 고수들은 총방에서 특별히 파견한 상검수들로 상단에서 특별한 고가품을 운송할 때나 동원되는 귀중한 재원들인데 십수 명이나 손실을 보았다.

상검수는 무공도 무공이지만 상재(商材)가 뛰어나면서도 무공이 높아 일을 은밀하게 처리하기 위해 가급적 외부인을 쓰지 않는다는 차원에서 총방에서 특별히 파견한 자들이 아니던가?

그 정도 인물들은 산서 상방을 통틀어도 일이백에 불과한데 지금 여기서만 그 삼 분의 일이 전사라는 막대한 손실을 입었다.

하지만 이제는 머뭇거릴 여유도 없었다. 연기는 하늘로 치솟았고 이미 수백 명의 사람들이 공소 주변으로 물동이를 들고 몰려들고 있었다.

아무리 미리 손을 써두었다고는 하지만 이쯤 되면 관병이 출동하는 것은 시간문제였다. 일이 성공하는 것만큼 중요한 것은 꼬리를 드러내지 않는 것이었다.

'죽일 놈들!'

가봉신은 길길이 거품을 물고 날뛸 적발이 걱정되지 않는 것은 아니었지만 과감하게 철수 지시를 내렸다. 이미 실패로 끝난 일에 연연하다가 더 큰 실패를 만들 수는 없었다.

가봉신의 지시에 따라 나머지 복면인들이 분분히 허공으로 뛰어올랐다. 그는 달아나며 품속에서 어렵게 구한 벽력탄 하나를 꺼내 상인들이 모여 있는 곳으로 집어 던졌다.

만약을 대비해 어렵게 구한 화탄이다.

'뒈져라, 섬서 상방의 찌꺼기들.'

가봉신은 주문을 외듯 뇌까리고는 다른 복면인들의 무리에 섞여 달아났다.

쾅!

벽력탄은 그의 기도문대로 정확히 상인들의 중앙에 떨어져 강력한 폭발음을 내며 터졌다.

비명도 없었다.

피와 살점이 허공으로 튄 자리를 자욱한 연막이 덮었다.

복면인들의 퇴각으로 한숨 돌리던 무영과 청해삼호는 상인들의 돌연한 죽음에 망연자실했다. 자신들을 겨냥하지 않고 상인들에게 던진 것이 놈들의 목적을 분명히 보여주었다.

'섬서 상방의 말살.'

우르릉.

불타고 있던 건물들이 화탄의 충격에 요란한 소리와 함께 옆으로 힘없이 무너져 내렸고 불길은 순식간에 사방으로 번져 섬서 상방의 정주 공소는 이제 형체마저 알아볼 수 없을 지경이었다.

"저놈들이 불을 지른 놈들이다!"

거지 중에 앞장선 자가 퇴각하는 그들을 보고 소리를 질렀다.

가봉신은 정말 재수가 없었다.

사실 불을 지른 것은 섬서 상방의 사람들이었지만 자세한 내막을 알리 없는 사람들에게는 불길 속에서 복면을 한 채 달아나는 그들이 당연히 방화범으로 보였다.

"방화범을 잡아라!"

"잡아라!"

거지들은 개방 정주 분타 소속의 개방 방도들이었다. 그들은 일제히 타구봉을 휘두르며 달려들어 복면인들의 앞길을 막아섰다.

"으악!"

"억!"

그러나 거지들은 흑방의 사신검수마저 섞여 있는 복면인들의 상대가 아니었다. 앞장섰던 십여 명의 거지들이 순식간에 칼에 맞아 목숨을 잃거나 다쳐 쓰러지자 복면인들의 고강한 무공에 놀란 개방도들은 황급히 물러서며 길을 터주었다.

살생이 목적이 아니었기에 복면인들은 그 틈을 이용해 재빨리 땅을 박차고 달아났다.

무영 일행은 번져 가는 불길을 피해 멀리 떨어져 안타까운 마음으로 지켜볼 도리밖에 없었다.

"황 행두님은?"

미처 인사를 나눌 겨를도 없이 황영기의 생사부터 물었다.

청해삼호는 모두 고개를 떨구었다.

"그럼?"

달운은 말없이 고개를 끄덕였다.

그는 벽력탄이 떨어지는 순간 상인들이 모여 있는 곳을 보게 되었는데 아무것도 모른 채 마지막 순간까지 상인들을 독려하던 황영기를 보았고, 다음 순간 벽력탄이 떨어지며 폭음과 자욱한 연기가 그 자리를 덮는 것도 목격했다. 연기가 사라진 곳에는 시커멓게 탄 시신과 살점들뿐이었다.

달운의 표정을 보는 순간 무영의 가슴 한구석이 횅하니 뚫리며 찬바람이 지나갔다.

무영은 말없이 타오르는 상방의 공소를 바라보았다.

불길은 더욱 거세져 걷잡을 수 없이 일었고 시커먼 연기와 불에 탄 집기가 불길을 따라 하늘을 뚫고 올라갔다.

'황 행두님, 잘 가세요.'

저 불길 속 어디엔가 황영기의 시신도 타고 있겠지.

자신을 마치 친자식처럼 대해주며 하나라도 더 가르치려고 애쓰던 그의 모습이 떠오르자 무영의 눈에서 소리없이 눈물이 흘러내렸다.

"일단 서안으로 가지요."

풍진악과 약속한 날짜도 다가오고 있었다.

황 행두를 위해 해줄 것이 아무것도 없다는 것을 가슴 아파하며 무영은 마음만큼이나 무거운 발길을 돌렸다.

네 사람 모두 말이 없었다.

곡완주는 허망한 표정을 감출 수 없었다.

섬서 상방의 공소가 있던 곳은 온통 불바다를 이루며 검은 연기를 내뿜고 있다.

곡완주의 가슴이 철렁 내려앉았다.

남북쌍괴를 찾지 못한 그녀는 정주에서 만나기로 했던 황영기와 무영 간의 약속을 상기하고 정주 공소로 왔다. 그러나 그녀가 도착했을 때는 이미 공소가 화염에 휩싸여 있을 때였다.

불은 하루가 다 지나서야 겨우 꺼졌다.

그녀는 불이 꺼질 때까지 기다렸다가 공소가 있던 자리를 중심으로 반경 수백 장을 샅샅이 수색했지만 며칠이 지나도록 불에 탄 몇 구의 시신 외에는 아무런 흔적도 찾을 수가 없었다.

가슴 한구석에 그 시신 중 하나가 무영의 것일지 모른다는 생각도 들었지만 그녀는 믿고 싶지 않았다.

남북쌍괴라는 자들이 납치를 해갔다는 팽호의 말을 믿자면 무영이 이곳에 있을 리 없다는 것이 첫째 이유였고, 불이 났을 때 불을 질렀다는 복면인들이 먼저 달아나고 곧 이어 네 명의 장한들이 자리를 떴다는 인근 주민들의 목격담이 두 번째 이유였다.

게다가 무영이 죽었다면 검이라도 남아 있을 터인데 그것마저 보이지 않는 것에 오히려 안심이 되었다.

애써 수소문할 것도 없이 그런 소리는 주루에서 자연스레 들을 수 있었는데, 불이 나는 장면을 목격한 사람들 중 일부가 주루에서 마치 대단한 무용담을 말하듯이 떠벌리는 내용을 심심치 않게 들을 수 있었던 까닭이다.

황 행두와 동행했던 청해삼호의 무공 정도라면 불길 속에서 몸을 빼는 것은 그리 어렵지 않았을 테니 화재 직후 떠났다는 네 명의 사내 중 세 명을 청해삼호로 가정다면 다른 한 명은 무영일 가능성이 컸다.

어떻게 해야 하나?

중원천지에 아무런 연고도 없는 곡완주가 할 수 있는 일은 많지 않았다.

무작정 남북쌍괴를 찾으러 나설 수도 없는 처지라 일단 서안으로 가보기로 했다. 서안에서 곤륜파 사람들과 약속이 있다는 것은 그녀도 알고 있었다.

'서안의 금양객잔이라고 들었는데……'

마음이 조급해진 곡완주는 걸음을 빨리했다.

제4장 곤륜파 결성

정주에서 서안으로 가기 위해서는 낙양(洛陽)과 삼문협(三門峽), 그리고 동관(潼關)을 지나야 하는 먼 길이기 때문에 약속을 지키기 위해서는 서둘러야 했다.

길을 떠난 지 며칠이 되자 그동안 침울해하던 일행도 풍진악 등을 만날 대비를 할 필요를 느꼈다.

"그런데 곤륜파를 어디에 세우는 것이 좋지요?"

서안으로 향하는 길에서 그 일에 관해 이야기를 나누던 무영이 청해 삼호에게 물었다.

이런저런 얘기를 나누던 중 지금 문파를 곤륜산에 세우는 것은 중원 활동에 문제가 있으니, 자금과 발전을 생각한다면 당장에는 중원에 분파만 설치하여 운영을 하자는 쪽으로 의견의 일치를 보았다.

다음은 중원 분타의 개설 시 장소에 관한 것이었는데 곤륜산과 중원의 중간 정도라고 할 수 있는 서안부가 장소로는 가장 적당했으나 부근에 종남파가 너무 지척에 있어 충돌의 우려가 많았다.

종남파는 비록 미약하지만 어차피 지금 새 출발을 하는 곤륜파에 비할 바는 아니었다. 그들의 앞마당을 곤륜파의 중원 분타가 버젓이 차지한다는 것은 아무래도 곤란했다.

"그럼 낙양이 어떨까요?"

무영이 묻자 달운이 펄쩍 뛰었다.

"아이구, 공자. 거기는 숭산(嵩山)에서 가까운 소림사의 앞마당입니다. 말이 중놈이지 자리 싸움에 얼마나 민감한 놈들인데요. 오죽하면 근처 수십 리에서 장사를 하려 해도 소림사의 허가없이는 어림도 없다는 말이 있겠습니까?"

"젠장, 그럼 명문거파가 없는 곳은 어디 있어요?"

무영이 짜증난다는 듯이 말하자 다들 입을 다물었다. 하기야 중원천지가 넓기는 하지만 여기도 화산파와 종남파가 있고, 더 서쪽인 청해 근처로 간다고 해도 공동파며 천산파가 있는 형국이니 빈자리가 어디 있겠는가?

"제일 놀기 좋은 곳은 어디유?"

무영이 장난스런 표정으로 달운을 보고 물었다.

어차피 그럴 바에야 놀기라도 좋은 곳이 최고 아닌가.

"놀기는 뭐니 뭐니 해도 항주가 최곱니다. 거기는 강남의 미녀들이 죄다 모이는 곳이라고 할 만하지요."

무영의 눈이 반짝 빛났다.

"그럼 결정했다. 곤륜파 중원 분타는 항주로 하자구요."

"예?"

달운이 눈을 동그랗게 뜨고 물었다.

모두들 같은 생각인지 무영의 입만 바라보았다.

"그럼 다른 대안 있는 사람은 내놔봐요."

관중평원의 중심에 있는 서안을 역대 왕조가 도읍으로 삼은 것은 사방이 화산, 종남산, 진령 등의 험준한 산으로 둘러싸여 있어 방어가 용이했고 서역에서 들어오는 각종 물자들이 통과하는 관문이기에 문물이 번성하기 때문이었다.

그러다 보니 이곳은 다른 어느 곳보다도 객잔의 수도 많았는데 그중에서도 금양객잔은 수대에 걸쳐 이어온 서안의 명물 중에 하나였다.

그런데 금양객잔의 주인 임평달은 요 며칠 통 장사가 되지 않아서 울상을 짓고 있었다.

객잔에는 어디서 촌닭 같은 놈들 십수 명이 떼로 와서 묵고 있는데 그 몰골에 무공들은 한가락씩 익혔는지 죄다 검을 차고 있었다. 복장도 어설픈 데다 무기까지 든 놈들이 객잔 안을 이리저리 설치고 있으니 일반 손님들이 얼씬도 하지 않는 통에 객잔 방의 반 이상은 비워두고 있는 형편이었다.

그의 등쌀에 점소이들이 나가 겨우 호객을 해와도 객잔 내 분위기를 파악한 손님들은 아무 말도 없이 도로 나가 버리는 판국이니 장사가 될 리가 만무했다. 더구나 어디서 온 촌놈들인지 비싼 요리라고는 시킬 생각도 않고 밤낮 소면이나 소채류만 잔뜩 시키니 매상은 그야말로 바닥이었다.

게다가 무림인들이 객잔에 잔뜩 묵고 있으니 개방 거지 떼들이 웬일인가 하여 수시로 드나드는 사람들을 기웃거리며 신경을 쓰는 통에, 안에는 무기를 찬 촌놈들이요 밖은 거지들이니 한창 방 값까지 올려가며 손님들을 받을 수 있는 대목에 속 끓이며 파리 떼와 씨름만 하는 처지였다.

그렇다고 그 무식하게 생긴 놈들에게 그만 나가달라고 할 만큼 임평달의 간은 크지 않았다.

"어서옵쑈!"

그런데 오랜만에 들어보는 점소이 아삼 놈의 당찬 인사에 화들짝 놀라 반쯤 졸던 눈을 뜨고 문 쪽을 보니 일견 보기에도 귀공자 풍의 젊은이 하나와 세 명의 장한이 들어서는 것이 아닌가?

임평달은 너무나 반가운 나머지 눈물이 핑 돌 지경이었다. 하지만 여전히 객점 안을 검을 차고 설쳐 대는 촌닭들을 보는 순간 가슴이 덜컹 내려앉았다.

'또 놓쳐 버릴라.'

걱정이 된 임평달은 화급히 계산대를 박차고 일어나 손님을 모시러 달려나왔다.

"헤헤, 어서 오십시오. 저희 금양객잔은 백 년이 넘는 전통을 자랑……."

"됐소, 이곳에 묵으려고 하니 특실 네 개를 준비해 주시오."

"예? 아, 예. 걱정 마십시오."

'대박이다.'

금양객잔에는 특실이 다섯 개밖에 없었는데 숙박비가 다른 객실의 두 배에 가까워 성수기가 아니면 여간해서는 손님이 들지 않는 곳이었다.

앞장선 임평달의 입이 찢어졌다.

특실 네 개.

눈치 빠른 아삼 녀석이 재빨리 물수건이며 특실 손님에게만 제공되는 과일 바구니를 가져다 탁자 위에 올렸다.

"이곳 사람들은 차보다도 과일을 즐겨 듭니다. 아마 날씨 탓이겠지요. 차는 따로 주문하면 나옵니다."

으레 올라오는 찻주전자 대신에 과일이 먼저 나오는 것을 무영이 주의 깊게 보는 것 같자 달뢰가 설명해 주었다.

식욕이 당기지 않았던 무영은 그중에서 대추 하나를 집어 들었다.

"취조(醉棗)라고 하는 섬북(陝北) 특산품이지요. 대추를 햇볕에 말려 단지에 넣고 백주(白酒)를 뿌린 후 보름쯤 두면 대추가 탱탱해지면서 술 냄새가 배게 되지요. 몸에도 좋고 간식거리로도 그만입니다."

정주에서의 충격이 채 가시지 않은 무영의 기분을 돌려보려는 듯 달뢰가 연신 거들며 나섰다.

그런 마음 씀씀이가 고맙게 느껴져 빙그레 미소 지으며 살짝 베어 물으니 은근한 주향(酒香)이 입 안에 맴돌았다.

"회자정리(會者定離)라 하지 않습니까. 마음에 담고 있으면 화기에 몸이 상합니다. 우리라고 왜 가슴이 아프지 않겠습니까? 그저 앞일만 생각하며 살아야지요."

달뢰의 말에 무영이 피식 웃으며 가볍게 고개를 끄덕였다. 그래도 문자를 쓰는 것을 보니 스승님의 가르침이 헛되지는 않았구나 하는 엉뚱한 생각이 들었기 때문이다.

"그런데 풍가 녀석은 아직 오지 않은 모양인데요?"

달운이 두리번거리며 말했다.

그런데 주변을 하릴없이 오가던 젊은 사내 하나가 그 말을 들었는지 갑자기 고개를 돌리더니 다가왔다.

"혹시 기련신룡 풍진악을 찾아오셨소이까?"

일행은 반색을 하며 일어섰다.

"그럼?"

"맞군요. 저는 종리충이라고 하고 풍진악은 제 친구입니다. 지금 위층에 있습니다. 저희도 사흘 전에 도착했는데 풍가 놈은 하루도 빠지지 않고 종일 방 안에 처박혀 무공만 연구하고 있습니다."

종리충은 햇볕에 그을린 우직한 얼굴의 젊은이였는데 편한 말투하며 한눈에 호감이 가는 시골 청년 같은 외모였다.

"저희가 조금 늦었군요. 풍 공자를 불러주시겠습니까?"

종리충이 나는 듯 달려가 풍진악을 데려왔다.

어느새 풍진악의 일행들도 탁자 주변으로 모여들어 서로 인사를 나누느라 한동안 정신이 없었다.

풍진악 일행은 그를 위시하여 모두 열여섯 명이나 되었는데 그중 셋은 노인 축에 속할 정도의 나이였고 일곱 명은 청년이었으며 세 명의 젊은 여자도 있었다. 나머지 여섯은 중장년으로 보였다.

간단한 상견례가 끝나자 노인 중에서 연장자로 생각되는 풍요립이라 자신을 소개했던 노인이 나섰다. 그는 무영과 비무를 했던 풍진악의 부친이었다.

"우리는 그동안 마교를 피해 숨어 살았소. 우리 아버님은 곤륜파 외삼당의 총당주셨는데 중원에 일이 있어 당의 주력을 이끌고 나가시는 바람에 화를 면한 것이오."

풍요립은 자신의 아버님으로부터 들었던 얘기를 해주었다.

외삼당 총당주였던 풍요립의 부친이 중원무림맹의 요청으로 지원차 문파를 떠난 사이 마교가 수백 명을 이끌고 본산을 기습해 왔다. 그들은 장문인을 비롯한 모든 문도를 살해하고 건물에 불을 질러 곤륜파는 그야말로 초토화가 되어 멸문에 이른 것이다.

풍요립의 부친은 어떻게든 곤륜파를 재건해 보려고 했으나 무림맹에서는 전혀 지원을 해주지 않았고 오히려 복수를 염려한 마교가 집요하게 추적해 왔다. 그 바람에 그나마 남아 있던 문도들 대부분이 그때 죽고 겨우 이십여 명만 남아 곤륜 문도임을 숨기고 산속 깊은 곳으로 스며들어 마을을 이루고 살아왔다.

그러나 곤륜을 재건하라는 선조들의 유명을 잊지 않고 살아왔으며 그동안 몇만 냥의 돈을 모으기는 했으나 문파 재건에는 턱없이 부족했다. 게다가 전해 내려오는 무공도 일부에 불과해 문파를 세우기에는 역부족이었는데 우연히 풍진악이 돈을 모으기 위해 출도했다가 하미왕국에서 무영을 만난 것이라고 했다.

"일단 나가서 간단한 비무를 통해 서로의 무공 수준을 알아보는 게 어떻겠습니까?"

풍요립의 제의에 일행은 모두 성을 나와 한적한 곳으로 갔다.

먼저 청해삼호와 풍요립을 비롯한 성낙훈, 종리강 등 삼 인의 대결이 있었다. 그들은 모두 곤륜파가 존재할 당시 외삼당 당주 직계 후손이었는데 무공이 모두 풍진악보다는 높았다.

그들은 금룡검법을 위주로 하고 가끔 운룡대팔식을 전개하기도 했는데 승부를 보자는 것이 아니어서 일 다경 후에는 비무를 종료했다.

"나머지 분들의 무공 수위는 어떻습니까?"

풍요립에 의하면 장년층의 무공이 그 다음이고 나머지 후기지수들 중에서는 풍진악의 무공이 가장 높다고 했다.

"사실 저희들은 그동안 여러분들이 살아 계신 것을 모르고 곤륜파 재건을 위해 힘써왔습니다."

무영은 품속에서 며칠 전부터 길을 떠나오며 작성한 곤륜파의 조직

구성표를 보여주었다.

구성표를 살펴보던 세 노인의 안색이 변했다.

달운이 장문인으로 표시된 까닭이었다. 자신들의 조상 대대로 백 년 가까이 염원하던 일이었다. 게다가 풍요립은 그동안 자기 무리에서 은근히 장문인 대우를 받아왔었기에 심중으로 자신이 장문이라는 생각을 굳히고 있었다.

눈치를 알고 있는 무영은 동시에 품속에서 십만 냥에 달하는 전표 뭉치를 꺼내 들었다.

'아버지, 미안해요. 하지만 이 사람들도 알고 보면 불쌍한 사람들이니 제가 돈을 엉뚱한 곳에 잘못 쓰는 것은 아닙니다. 그리고 더 불쌍한 사람들은 나중에 벌어서 도울게요.'

마음속으로 아버지에게 사죄를 한 그는 입을 열었다.

"그동안 각고의 노력으로 모은 돈이지요. 이거면 그래도 훌륭하지는 않아도 웬만한 건물을 세우는 데 무리가 없으리라 생각합니다."

그들은 엄청난 금액의 전표 뭉치에 놀랐다.

그러나 풍요립만은 여전히 굳은 얼굴 그대로였다. 하기는 평생을 염원했던 자리이니 당연한 반응이었다.

'휴우……'

풍요립은 마음속으로 긴 한숨을 쉬었다.

어쩌면 그동안 자신이 너무 과분한 것을 기대하고 있었는지 모른다고 생각했다.

하지만 무영의 내심은 달랐다.

자신이 작성해 두었던 조직표를 보여준 것은 곤륜파가 재건되더라도 달운 등에게 높은 자리를 보장해 주기 위한 시위용이었다.

풍요립 등을 보는 순간 나이나 경륜으로 보아 달운을 장문인으로 추대하는 것은 무리가 있다는 것이 그의 생각이었다. 이런 상황에서 무리수를 두다가는 좋은 만남 자체가 깨질 우려도 있었다.

비록 달운에게 곤륜파 장문인 자리를 약조하였지만 달운의 무공이나 나이로 볼 때 무리하게 장문인이 된다면 앞으로 이들과의 마찰이 충분히 예상되고도 남았다.

무영은 풍요립에게 잠깐 양해를 구하고 달운을 한곳으로 조용히 불렀다.

"달운 아저씨, 저쪽 사람들을 아저씨 아래로 두기에는 나이가 너무 많은 것 같아요."

무영은 심각한 표정을 지으며 말했다.

"나도 그렇게 생각은 해요."

달운도 내심 떨떠름해하고 있었다.

하지만 장문인 자리는 절대 양보할 수 없다는 것이 그의 생각이었다.

"저 사람들 곤륜 무공 중에서 모르는 부분이 많아서 그렇지 우리가 비급을 개방하면 금방 무공 수위가 올라갈 사람들로 보여요."

맞는 말이었다.

풍요립 등은 곤륜 무공을 적어도 몇십 년간 공부했는지라 내공의 깊이나 무공의 수위는 청해삼호와 비교할 수 없을 정도의 차이가 있었다. 다만 초식 전체를 알지 못해 군데군데 이빨이 빠져 있는지라 흐름이 원만하게 이어지지 않는다는 약점이 있을 뿐이었다.

반면에 청해삼호는 곤륜 비급을 체계적으로 배웠다고 할 수 있었다. 빠진 초식 없이 모두 배운 데다 학문이 높은 남우선이 깊이 있는 해석을 해주어 수준있는 무공 수련을 할 수 있었다. 그러나 무공을 수련한 연륜에서 차이가 심하게 나기에 둘 간의 비무에서 박빙의 수준을 유지할 수 있었던 것이다. 하지만 비급에 없는 곤륜의 잡다한 다른 무공은 전혀 모르는 것이 그의 큰 약점이었다.

"이러면 어떨까요? 이번에는 저분에게 장문인 직을 넘기고 대신 차기 장문인은 달운 아저씨가 대통을 잇는 것으로 서로 간에 합의를 보는 게?"

"그러죠 뭐. 나도 마음이 편치는 않더라구요."

달운은 잠깐 생각을 하더니 망설임없이 대답했다.

그러지 않아도 조직도를 꺼내 보이는 무영을 보며 마음이 불편했던 달운이었다. 나중에 장문인 자리가 보장되는 절충안이 오히려 더 마음에 들었다.

"고마워, 달운 아저씨."

달운이 끝까지 장문인을 하겠다고 우긴다면 마음이 편치 못했겠지만 원만하게 풀린 것 같아 가슴이 시원했다.

대충 장내가 수습이 되자 일행은 다시 객잔으로 돌아왔다.

풍요립은 장문인 자리를 달운에게 내줘야 하는 상황으로 알고 의기소침한 표정이었다.

무영이 풍요립을 조용한 방으로 불렀다.

"우리가 양보하겠습니다. 풍 노사께서 장문인을 맡으시고 대신에 차기 장문인은 달운 아저씨로 공표하는 선에서 서로 합의를 보고 싶군요."

그 말에 풍요립도 내심 흡족한 마음을 숨길 수 없었다.

사실 무영이 내민 조직표대로 상대 측에서 계속 장문인 자리를 주장한다면 본인은 물론 여태껏 자신을 믿고 따라왔던 사람들을 납득시킬 수는 없을 것이다.

풍요립 자신도 길을 떠나오며 두 집단이 서로 합치는 상황에서 상대에게 적당한 배려가 필요할 것이라는 생각은 이미 가지고 있었다. 비록 정통성을 따지자면 자신들이 적자(嫡子)지만 상대는 곤륜의 사대비급을 가지고 왔고, 재건의 희망을 가질 수 있는 막대한 자금 또한 예상치 못했던 좋은 선물이었다. 그런 자금이 없다면 문파의 재건을 비급이나 사람만으로 이룰 수는 없었다.

그는 무영의 제안이 가장 적절한 해법이라는 데에 동의했고 서로의 손을 굳게 잡았다.

대충 곤륜파의 큰 구도가 정리된 것처럼 보이자 무영은 자리에서 일어났다.

"말씀들 나누시지요. 저는 일이 있어 잠깐 다녀오겠습니다."

곤륜파의 일에 깊숙이 간여하고 싶은 생각은 없었다.

그보다 막청이 유언으로 부탁한 일과 보고 싶은 유승과 방극을 만날 요량이었다.

상인들과 접촉이 잦아야 하는 업무의 특성상 낙양 마방(洛陽馬幇)은 객잔이 밀집해 있는 곳에 위치한 금양객잔에서 그리 멀지 않은 곳에 있었다.

낙양 마방은 수백 년이 넘는 전통을 가진 마방이었다.

원래 낙양 마방은 이름대로 낙양에서 일을 시작했지만 마방의 주요 사업이라는 것이 말에 짐을 싣고 험로를 다녀야 하는 것이라 변방과 중원의 경계일수록 사업이 잘되었기에 오래전에 이곳으로 자리를 옮겼다.

"허허허, 마가두님이 나더러 늙었다고 상행에서 빼고 장부 정리나 시키더니 이런 기쁜 일이 있을 줄이야……."

허름한 간판을 단 조그만 사무실 안에서 혼자 장부(帳簿)를 보며 씨름을 하고 있던 방극이 그를 보자 반갑게 맞았다. 비록 길지 않은 만남이었지만 생사의 경계선을 함께 타고 내렸던 그들인지라 한동안 얼싸안고 떨어질 줄 몰랐다.

"그나저나 섬서 상방이 너무 안됐더군. 개봉과 정주마저 무너졌으니 이곳 서안도 산서 상방이 그냥 보고 있을 리 없지. 그래도 섬서 상방이 믿을 곳이 서안하고 사천인데 여기는 막청이 죽은 이후로 상방 조직이 계속 흔들리고 있는 판이니… 그래도 우리 마방의 가장 큰 고객이었는데. 휴우……."

한동안 서로의 안부를 묻고 하던 중에 방극이 섬서 상방의 일을 거론했다. 그는 상인들과 접촉이 잦은 마방 사람이라 그런지 정주성에서의 사건까지 이미 알고 있었다.

"나도 이제 나이도 있고 하니 일을 그만두고 싶네. 내 옛 친구들은 거의가 섬서 상방 사람들인데 그 사람들이 고통을 겪는 것을 바로 옆에서 보고 있자니 가슴이 무척 아프더군. 그놈의 돈이 뭔지……."

방극은 진심으로 섬서 상방의 몰락을 가슴 아파 하고 있었다.

"혹시 막 행두님의 집을 알고 계신지요?"

"아, 자네가 막 행두의 마지막 가는 길을 지켜보았었지?"

당시 같이 동행했던 방극도 막청이 남은 가족에게 전하는 유품을 무영에게 부탁했다는 것을 알고 있었다.

"막 행두님의 부인도 그 충격으로 세상을 떠났네. 가족이라고는 딸하나만 달랑 남겼지. 졸지에 부모를 잃은 그 아이를 보니 얼마나 눈물이 나던지……."

방극의 말에 무영도 가슴이 아팠다.

그는 품속에서 곤옥(崑玉)으로 만든 나비 모양의 노리개를 꺼내 들었다. 막청이 아내에게 보내는 이승에서의 마지막 선물이었다. 하지만 이제 선물의 임자도 세상을 떠났다.

"그 딸아이를 한번 보고 싶군요."

"아이가 아닐세, 스물둘의 당찬 처녀지. 그런 험한 일을 당하고도 상방 사람들을 잘 이끌어오고 있으니 막 행두님도 지하에서 그걸 아시면 기뻐하실 걸세."

"이걸 그 낭자에게 주어야겠군요."

무영은 곤옥으로 만든 나비 노리개를 만지작거리며 말했다.

"아마 상방 공소에 가면 찾을 수 있을 걸세. 나는 마방이 비어 자리를 떠날 수 없으니 자네가 혼자 가봐야 할 걸세."

방극을 뒤로한 무영이 막혜(莫慧)를 만나 것은 그로부터 잠시 후였다.

막혜는 무영을 반갑게 맞았다.

"아버님의 마지막을 지켜주신 분이라고 들었어요. 그동안 많이 기다렸답니다."

"죄송합니다. 여러 가지 일이 있어 빨리 찾아뵙지 못했습니다. 막 행두님께서 이걸 전해달라고 하셨습니다."

무영은 품속에서 노리개를 꺼내어 막혜에게 주었다.

막혜는 나비 노리개를 받아 두 손으로 꼭 쥐었다. 일 년 중에 집에 있는 날이 한 달도 되지 않을 정도로 너무나 집안에 무심했던 아버지였다.

집을 두고도 일 때문에 바쁘다고 상방에서 숙식을 하기 일쑤였던 아버지를 그러나 막혜는 원망하지 않았다. 철이 들면서 오히려 그런 아버지의 모습을 자랑스러워했고, 비록 여자의 몸이지만 상인의 길을 가겠다며 혼사도 마다했다.

하지만 아버지의 죽음마저 남의 입을 통해 들어야 하는 지금 막혜의 눈에는 눈물이 고였다.

객사를 하셨기에 시체마저 집으로 모셔올 수 없었다.

아버지는 차라리 그곳에 그렇게 묻혀 계시기를 더 원하실 거야라며 스스로를 위안해 보지만 그런다고 공허한 마음이 채워지는 것은 아니었다. 게다가 아버지가 평생토록 몸 바쳐 가며 애써왔던 모든 일들도 차례로 무너져 내리고 있었다.

막혜는 그런 아버지의 죽음을 헛되이할 수 없다며 마음속으로 이를 앙다물고 힘을 쏟았지만 사방에서 들려오는 것은 무너져 내리는 상방 상인들의 탄식 소리뿐이었다.

"막 행두님은 제 생명을 구해준 분이시기도 합니다. 그분은 마지막까지 가족들과 상방을 염려하셨지요. 정말 훌륭한 분이셨습니다. 제가 도울 일이 있으면 최선을 다하겠습니다."

무영은 나름대로 예의를 차려가며 정중하게 말했다.

"흥, 다 망해가는 섬서 상방에 무슨 도울 일이 있겠어요? 공자님의 일이나 잘하시면 됩니다."

막혜는 마치 비꼬는 듯한 투로 말해 놓고는 당황했다.

자신도 모르게 한 말이었다.

그녀는 절대 예의를 모르는 그런 여자가 아니었다. 근동 사람들이 말하는 그녀에 대한 평은 예의 바르고 활달하며 항상 일에 매달리는 그런 것이었다.

무엇 때문에 자기 입에서 그런 말이 나왔는지 몰랐다. 그렇게 말없이 가버린 아버지와 먼저 떠난 어머니에 대한 원망, 그리고 자신이 느끼는 좌절감이 적절한 상대를 찾지 못하고 마음 한구석에 쌓여 있다가 마침내 폭발한 것일까? 아니면 그동안 숨겨왔던 홀로 남은 세상에 대한 두려움이 아버님의 마지막을 지켜보았다는 이 청년을 보는 순간 드러나 그런 말을 하게 만들었을까?

자신조차 혼란해지는 막혜였다.

"정말 죄송해요. 제가 미처 마음을 수습하지 못하고 큰 결례를 범했군요."

자신의 말에 어찌할 바를 모르고 당황해하는 무영을 보며 막혜는 얼른 사과의 말을 했다. 그러나 이미 밖으로 나온 말을 주워 담을 수는 없었다.

"진심입니다. 막 소저는 절대 혼자가 아닙니다. 저는 막 행두님 덕분으로 살아날 수 있었습니다. 말씀만 하시면 항상 최선을 다하겠습니다."

무영은 자신의 말이 너무 틀에 박힌 형식적인 것이라 막혜가 그렇게 반응했다고 생각했다. 그는 진심을 강조하며 얼른 말을 덧붙였다.

"저도 상인이 되려고 하는 사람입니다. 그런데 중원 물정을 너무도 몰랐는데 막 행두님께서 많은 가르침을 주셨습니다. 막 행두님이 제게 베푸신 것은 생명뿐이 아닙니다."

아버지에 대한 말이 나오자 막혜는 더 이상 이 자리를 견디기가 힘들었다.

"이만 가주세요. 오늘은 제가 더 이상 손님을 접대할 수 없을 것 같군요."

"금양객잔에 머물고 있습니다. 꼭 연락을 주십시오."

무영은 고개 숙여 인사하고는 상방을 나왔다.

옅은 흐느낌 소리가 발길을 돌리는 무영의 귀에도 들렸다.

문득 막청의 얼굴이 떠올랐다.

'좋은 분이셨는데.'

총호법 달운.

사대호법 달우, 달뢰, 성낙훈, 종리강.

내삼당 비응당:당주 설소소 정보 수집.

　　　호가당:당주 조일, 호위 및 경비.

　　　재건당:당주 감일웅, 총무(재무, 인사, 관리).

　　　　　문하생 모집.

외사당 청룡당:당주 검위평.

　　　백호당:당주 종리충.

　　　주작당, 현무당.

총순찰:풍진악.

훈련단:단주 미정, 당분간 달우, 달뢰가 겸임.

　　　새로운 문도 훈련.

감찰단:단주 장무영(임시직).

"이게 뭡니까?"

객잔에 도착했을 때 달운이 무영에게 내민 종이에 써 있는 것들이었다.

"풍 노선배와 우리가 결정한 건데 일단 공자께서 최종 결정을 내려야 한다고 해서 미루어둔 거요."

달운은 그런 중대사를 자기들한테만 맡기고 밖을 싸돌아다닌 무영을 원망하는 어투로 말했다.

"곤륜파 일은 이제 나한테 말하지 말고 아저씨들이 그쪽 사람들과 의논해서 하세요. 그리구 내가 언제 감찰단주를 하겠다고 했어요."

"너무 직급이 낮아서 그러우? 그럼 호법에 집어넣어 달라고 하지요."

"그게 아니라 내가 언제 곤륜파 문인이 되겠다고 했어요."

"아니, 그럼 이런 어려운 판국에 우리한테만 맡겨놓고 이제 손을 싹 떼고 나 몰라라 하겠다 그겁니까?"

"그럼요?"

"곤륜파 장문인을 시켜주겠다는 약속을 믿고 삼 년을 넘게 견마지로(犬馬之勞)를 다했건만 그런 식으로 말해도 되는 겁니까?"

순 어거지였다.

그간 형제들과 무영이 쌓은 정은 친형제 이상이었다.

이제 각자의 길을 가야 한다면 자신의 막내 동생 같은 무영과는 이별을 해야 할지도 몰랐다. 달운은 그게 싫었다.

"그럼 장문인이 될 때까지 곁에 있어야 한다는 말이세요?"

어이가 없어진 무영이 황당하다는 표정을 지으며 물었다.

"당연하지요. 사나이끼리의 약속 아닙니까?"

심술이 가득한 달운의 얼굴이었다.

무영이라고 그들 형제의 본심을 모를 리 없다. 하지만 자신은 따로 해야 할 일이 있기에 끼어들지 않으려는 것뿐이었다.

하지만 달운의 말에 그도 마음을 돌렸다.

"알았어요. 그때까지 하면 되잖아요. 그 대신 내 일에 간섭하지 않기로 약속을 받아주세요."

"하하하, 고맙소, 공자. 내가 믿고 있었소."

하지만 그날 저녁 무영은 곤륜파 재건을 위한 토론 회의장에 참석해야 했다.

"우선 중원에 분타를 먼저 건설한 뒤 기반이 잡히면 나중에 곤륜산에 정식으로 문파를 재건하는 것이 좋겠습니다."

달운의 말에 모두들 어리둥절해했다.

"뿌리가 없는 나무가 어디 있다는 말이오? 아무리 그래도 본산이 먼저 건설돼야 하는 것이 아니오?"

풍요립은 도저히 이해할 수 없다는 듯이 말했다. 누가 생각해도 틀린 말이 아니었다.

무영이 응원 사격에 나섰다.

"저는 곤륜파에서 가장 선결적으로 해결할 문제를 세 가지로 꼽고 있습니다. 첫째, 무림 동도들에게 곤륜파가 다시 살아났음을 알리는 일이고, 둘째, 우리 자신의 무공 수준을 높이는 일, 그리고 마지막으로 본산의 건물들을 제대로 짓는 일입니다."

그 말에 모두들 공감하는지 고개를 끄덕였다.

"중원 중심에 분타를 먼저 개설해야 한다는 것을 지지하는 이유는 이 세 가지를 모두 고려한 생각입니다. 그 이유는 현재 우리의 무공과 재력, 두 가지가 다른 문파에 비해 크게 부족하다고 할 수 있습니다. 무공은 우리가 산속에 틀어박혀 홀로 연습을 한다고 느는 것이 아닙니다. 곤륜 무공의 기틀 위에 중원의 여러 문파와 교류하여 장단점을 보완하는 것이 무공에 투자하는 시간을 줄일 수 있다고 생각합니다. 또 중원에 있음으로 해서 자금을 빨리 모을 수 있는 장점이 있습니다. 우리는 아직도 자금이 충분치 않습니다. 돈이 도는 곳에 있어야 빨리 벌 수 있다는 것이 제 생각입니다. 바로 중원이 그곳이지요."

무영은 잠시 숨을 고르며 생각을 정리한 뒤 다시 말했다.

"게다가 우리가 중원에 존재를 다시 부각시키려면 중원의 중심에서 활동하지 않으면 안 된다는 거지요. 출발점을 본산에 두고 시작한다면 그 시간은 무척 길어질 것입니다. 우선 중원 중심과 곤륜산과의 거리만 해도 만 리가 넘는다고 할 수 있는데, 그렇다면 활동에 상당한 제약을 받을 수밖에 없습니다. 그래서 제 생각에는 일단 중원 분타로 출발하여 활동을 하면서 남몰래 본산을 재건하는 편법이 필요하다는 것입니다."

무영은 열변을 토하듯 말했다.

곤륜파를 다시 키우는 것이 마치 자신의 숙명적 의무라도 되는 듯한 자세로 논리 정연하게 말하자 모두들 감동을 받았는지 깊이 생각하는 표정을 지었다.

"으음, 본인의 생각이 짧았소이다. 문파의 재건에만 급급했지 그 방법론에 있어서는 별다른 생각을 가지지 못했으니⋯⋯."

장문인이 된 풍요립은 마치 자신이 무슨 잘못을 범하기라도 한 것처럼 말했다.

"다른 고견들이 없으면 그리 결정된 것으로 하고 장소를 정했으면 좋겠소. 다른 이견이 있소?"

풍요립은 장문인으로 추대된지라 이제 곤륜파 문제에 있어서는 그의 결정이 최종적이었다.

그도 무영을 더 이상 공자라 칭하지 않았다.

다만 장문인 자리를 사전에 저쪽에서 양보했으니 이번에는 무영의 의견을 따른다는 생각이었다. 지금은 장소가 중요한 것이 아니었다. 듣고 보니 무영의 말도 상당한 일리가 있었다.

"본인은 항주를 추천하고 싶습니다."

무영의 말에 풍요립 등이 또 놀랐다.

"사실 개봉이 더 적절하다고 할 수 있으나 개방의 총단이 그곳에 있으니 아무래도 마찰이 생길 소지가 많습니다. 게다가 항주는 유흥업이 크게 발달해 은자가 많이 도는 곳이니 그만큼 재건 자금을 빨리 모을 수 있다는 얘기가 되지요."

"하지만 본산에서 너무 멀리 떨어진 곳이 아니오?"

풍요립은 장문인으로 추대되기 전에도 곤륜파 후손들의 수장 격인 지라 항상 대표로 나서서 말했기에 다른 사람들은 당연히 그의 말을 따르는 것이 습관화되어 있는 것 같았다.

"맞습니다. 하지만 이곳 서안은 종남파와 화산파가 있고 낙양은 소림에서 멀지 않으니 또 문제가 있습니다. 해서 다른 곳을 정해야 하는데 남경 같은 곳도 생각할 수 있겠지만 어차피 본산과 멀리 떨어져 있다면 차라리 항주가 더 낫겠다는 것이지요."

"음… 그도 그렇구려."

풍요립도 동감을 표시했고 달우나 달뢰도 사전에 언질을 받은 터라 더 이상 말이 없었다.

달운은 곤륜파의 재건이 가시적이 되는 순간부터 남몰래 각 파의 장문인의 언행록이나 그에 관련된 책을 몰래 구입하여 읽어왔었는데 이번에 양보하게 되자 서운한 감이 없지 않았는지 말수가 많이 줄어 있었다.

풍요립은 자신이 내놓은 삼만 냥의 전표와 무영이 가지고 있던 십만 냥을 더해 모두 십삼만 냥이라는 거금을 가지고 분파 건립 사업을 계획하기로 했다. 먼저 수뇌진이 가서 적당한 터를 물색한 연후에 건물 공사부터 시작하기로 결정을 보았다. 일행은 조씨 오형제도 기다려야 했기에 주루를 통째로 세내어 며칠 묵으며 자세한 세부 사항을 준비하기로 했다.

연신 비싼 술과 요리를 주문하며 축제를 벌이는 그들을 보며 주인

임평달은 입이 찢어졌다. 객잔을 통째로 세내어 빈방 값도 모두 얹어서 청구할 수 있으니 당연했다.

마침내 기다리던 반가운 손님이 찾아왔다.

"공자, 인사드립니다."

예정보다 며칠 늦게 서안부에 도착한 조씨 오형제가 무영에게 인사를 했다.

"그래 양가창법의 진수는 조금 배워 가지고 왔느냐?"

물론 외인비전(外人非傳)의 전통이 있는 양가에서 함부로 창법의 진수를 전수했을 리 만무하지만 그래도 일반 도장에서 배우는 것보다는 훨씬 나았을 터였다. 금의위 창술 사범이었던 양겸은 그래도 정이 많은 사람이다.

"양문에서 창법을 열심히 배우기는 했지만 사범님의 말씀으로는 아직도 부단히 정진해야 할 것이라고 하셨습니다."

무영은 조씨 오형제를 풍요립 일행에게 소개하고 곤륜파를 재건하는 상황에 대한 얘기를 간략하게 해주었다.

"조일 니가 호가당(護家堂) 당주 해라."

"제가요?"

조씨 오형제의 맏이인 조일은 화들짝 놀랐다. 아직 스물도 안 된 자신에게 한 문파의 당주라니 가당치도 않은 얘기다.

"왜? 문제있냐?"

"아뇨, 하지만 너무 젊은데……."

"이미 결정났어. 그리구 나이는 세월 가면 먹잖아?"

"예."

'음, 손해는 없겠지.'

무영이 무슨 말을 하면 항상 자신에게 득 될 일이 별로 없었다는 것을 잘 기억하고 있었지만 잘되면 당주고 나중에 아니면 손 털고 만다는 생각이었다. 뭐가 뭔지는 몰라도 잘하면 한자리 차지할 수도 있겠다 싶었는지 얼른 대답했다. 자고로 높은 자리 앉으라고 해서 싫어할 사람은 절대 없었다.

나중에 조직표를 본 조일이 무영의 말이 농담이 아니라는 것을 알고 입이 찢어졌음은 당연한 일이었다.

이어 축하연 겸 술자리가 열려 한창 흥겹게 술잔이 오가는데 남북쌍괴가 돌연 나타났다.

"동생아, 네놈 일도 대충 마무리가 된 듯하니 오늘부터는 우리하고 좀 지내면 안 되겠냐?"

청해삼호를 제외한 사람들은 갑자기 노인들이 나타나서 동생 운운하자 이상한 눈초리로 무영을 바라보았고, 내막을 아는 청해삼호도 무영의 응대를 호기심에 찬 눈으로 바라보았다.

"하하하, 형님들 오셨어요? 우리 일이 마무리된 것을 아셨다면 그동안 죽 지켜보셨다는 얘기가 되는데 기왕 내친 김에 곤륜파 태상호법 자리는 어떻습니까? 물론 여기 계신 다른 높은 분들의 허락도 있어야 하지만요."

'형님들? 바쁘신 국사에도 불구하고 대학사님이 언제 저렇게 늙은 아들을 낳아 키웠지?'

무영의 호칭에 청해삼호와 조씨 오형제도 고개를 갸웃했다. 그들이 알고 있는 장씨 족보에는 없는 사람들이었다.

"흥!"

남괴는 무영의 말에 곤륜파 따위는 콧방귀나 뀔 정도밖에 아니라는 듯한 태도였다.

"제가 곤륜파의 제자인데 다른 문파의 무공을 배울 수 있겠습니까? 그러니 두 분께서도 곤륜파로 입문하시는 길밖에 없지요."

"자꾸 일을 귀찮게 만들면 안 가르쳐 준다."

남괴가 겁주듯이 말했다.

"남아일언?"

"음, 알았다."

현재 곤륜파의 가장 큰 문제는 다른 문파와 어깨를 나란히 할 만한 고수가 없다는 것이다. 남북쌍괴라면 훌륭한 대안이 될 수 있었고, 게다가 자칭 천하제일 무공이라고 하니 활약상을 기대해 볼 수도 있을 것 같았다.

"네놈이 곤륜파를 나오면 되지 않느냐?"

남괴가 입을 삐죽이며 말했다.

"이미 응낙을 했는데 다시 나오라는 말은 곤륜파의 문규를 우습게 알지 않은 다음에야 할 수 없는 일이지요. 게다가 한 번 문파를 배신한 사람은 강호에서 손가락질받기 십상이지요. 설마 동생이 그렇게 되는 것을 바라지는 않겠지요?"

"홍, 다른 사람 밑에 있기는 싫다."

"걱정 마십시오. 그런 분들을 위해서 우리 곤륜파에서는 항상 태상호법 자리를 비워두고 있지요."

무영은 뒤를 돌아보며 모두를 향해 눈을 찡긋했다.

'음, 또 무슨 잔대가리야?'

청해삼호는 조용히 지켜보기로 했다.

"곤륜파에 있어서 태상호법의 직위는 방 내 여러 가지 일에 구애받지 않으며 행동할 수 있고 필요할 경우에만 문파를 도와주시면 돼요."

"흠……."

자유롭게 다닐 수 있다는 말에 남괴는 홍미를 보였다.

"솔직히 말씀드리자면, 우리 문도들이 아직은 전체적으로 무공 수준이 낮아 앞으로 중원에서 어려움이 많을 것 같으니 도와달라는 겁니다."

"그럼 우리더러 너희들 꽁무니나 쫓아다니며 보호를 해달라는 말이냐?"

생각만 해도 짜증이 나는지 남괴의 얼굴이 구겨졌다.

"그건 아니지요. 대부분 우리가 알아서 하지만 강적을 만나 문파의 존립이 위태롭다면 나서는 것이 당연한 게 아닙니까? 게다가 천하제일 고수이니 적수도 없을 테구요."

은근히 부추기듯 '천하제일고수'를 강조했다.

과연 남괴는 다른 얘기는 무시하고 그 대목만 되짚었다.

"당연하지. 무공이야 우리가 최고지. 아직 호적수를 만난 적이 한 번도 없다고 내가 얘기했던가?"

남괴도 그리 어수룩한 사람은 아니었다. 다만 한 번도 높은 자리에 올라가 본 적이 없었기에 태상호법이라는 자리가 제멋대로 해도 된다고 하니 관심이 있기는 했다.

"하하하, 그러시다면 좋습니다. 제가 장문인께 주청을 드려보겠습니다."

무영은 풍요림에게 말했다.

"장문인, 남북쌍선께서 우리 곤륜파에 가입할 의향이 계시다고 하니 적절한 조처를 부탁드립니다."

쌍괴가 졸지에 쌍선으로 둔갑했다.

"무공이 강호에서 둘째가라면 서러울 정도인 쌍선께서 이토록 우리 곤륜을 위해 나서주시겠다니 본 장문인은 기쁘기 한량없습니다."

사람 좋은 풍요립은 상황을 잘은 모르겠지만 일단 무영이 하는 일이니 협조나 해주자 하는 식이었다.

"험, 험."

남북쌍괴는 돌연한 호칭 변경에 쑥스러웠는지 헛기침만 연발했다.

"다만 다른 여러 원로들의 의견도 들어봐야 하니 잠시 기다려 주시지요."

풍요립은 촌구석에만 틀어박혀 있다가 나온 관계로 강호의 고수들에 대해 아는 바가 없었다. 무영이 태상호법으로 추천을 하니 그만한 이유가 있겠다 싶어 달운을 비롯한 다른 호법들과 함께 잠시 자리를 비우더니 금방 돌아왔다.

"모두들 쌍수를 들어 환영한다고 하니 두 분을 곤륜파의 태상호법으로 모시고 싶습니다. 잘 부탁드리겠습니다."

"험, 험, 이거… 아무튼 장문인을 비롯한 다른 문도들이 잘 도와주시기를 바랍니다."

문파라고는 난생처음 가입하는 남북쌍괴는 당혹스러움에 어찌할 바를 몰라 했다.

모두들 박수를 치며 남북쌍괴의 가입을 축하한 그날 저녁 새로이 결성된 곤륜의 문도들은 코가 비뚤어지게 술을 마셨다.

다음날 날이 밝자 일행은 모두 삼삼오오 짝을 지어 항주로 향할 준비를 했다. 한꺼번에 몰려다니면 여러 사람의 눈에 띄어 경계의 대상이 될 수도 있기 때문이었다.

무영은 남북쌍괴와 함께 움직이기로 했는데 청해삼호와 떨어져 지내는 것은 그들에게 풍요림 일행과 친해질 수 있는 시간을 주려는 것이었다.

"손님이 찾아왔습니다."

출발 준비를 하고 있는데 점소이가 방으로 찾아와서 손님의 내방을 알렸다.

"여자?"

손님이 여자라는 말에 무영은 막혜를 떠올렸다. 가면서 들러 인사나 하고 떠나려고 했는데 그녀가 먼저 찾아왔다.

아래층으로 가니 과연 막혜가 기다리고 있었다.

"저번에는 실례가 많았습니다."

그녀는 단정한 옷차림으로 왔는데 오늘 보니 성숙한 여인의 매력이 물씬 풍겼다.

남괴는 그를 향해 기묘한 미소를 지어 보이며 북괴를 끌고 나가 자리를 비켜주었다.

"염치 불구하고 부탁을 드리러 왔습니다."

그러나 막혜는 제대로 말을 꺼내지 못하고 머뭇거렸다.

"체면이나 차리려고 돕겠다고 한 것이 아닙니다. 막 행두님은 제가 진심으로 존경했던 분이시고 많은 걸 제게 가르쳐 주셨지요. 그리고 저도 상인의 길을 걷기로 했으니 서로 도울 수 있는 길이 있을 게 아닙니까? 떠나면서 찾아뵈려는데 먼저 오셨군요."

무영은 그녀가 편하게 말할 수 있는 분위기를 만들어주려고 노력했다.

"감사합니다. 그래서 드리는 말씀인데, 이번에 우리 공소 상인들이 소주에서 비단을 구입하기로 했는데 상황이 워낙 좋지 않아서 염치없지만 공자님의 도움을 받고자 말씀을 드립니다. 공자님께도 화가 미칠

지 모르는 일이라 망설였지만 만일 우리 상방 소속 상인들이 거래처에 물건을 계속 공급하지 못한다면 결국 그 자리를 산서 상방에 내주는 꼴이 되고 말겠기에 앉아서 죽을 수는 없다는 각오로 다시 상행을 나서기로 했습니다. 보표(保鏢)를 구해보려고 했지만 아무도 나서지 않으려고 해서……"

막혜가 이곳을 찾은 것은 마지막까지 상행(商行)의 보표를 구할 수 없기 때문이었다.

섬서 상방이 망해간다는 소문은 이미 중원 전체에 파다하게 퍼져 있었다.

거래처에서 신용으로 물건을 구입한다는 것은 불가능한 일이고 외상을 깔아놓은 곳에서는 마치 망하기를 기다리는 듯이 이런저런 이유를 대가며 차일피일 지불을 미루었다. 당장 자금의 흐름이 막혔지만 이들에게 도움을 줘야 할 총방이 먼저 문을 닫은 형국이니 소상인들은 손을 벌릴 곳조차 없었다.

세상 인심은 정말 무서웠다.

서안의 점포 상인들 사이에서 공공연한 말이 오갔다.

'섬서 상방이 망하면 장강 이북은 산서 상방의 천하가 된다. 괜한 의리를 찾다가 잘못되면 나중에 후회한다.'

이런 분위기 아래서는 그동안 제법 오랜 기간 인연을 맺어왔던 점포들도 섬서 상방과의 거래를 기피할 수밖에 없었다.

하지만 아직도 섬서 상방이 완전히 죽은 것은 아니었다.

상방 회원들은 마지막 기름을 짜듯 힘을 모아 소주(蘇州)로의 원행(遠行)을 결정했다. 어차피 깔아놓은 외상값도 받아야 하고 새로운 물건도 구입해야 한다. 그게 상인이 할 일이었다.

하지만 보표가 또 문제였다.

그동안 협력 관계를 유지해 왔던 사해표국(四海鏢局)에서 당연히 보표를 구할 수 있을 것으로 믿었지만 그건 세상 인심을 너무 모르는 소박한 생각이었다.

"허, 이거 죄송해서……. 표사들이 모두 표행을 나가 보표를 보낼 인원을 도저히 맞출 수가 없군요. 게다가 요새 섬서 상방 보표는 죽은 목숨이라는 말까지 공공연하게 나돌고 있는 판이니……."

'섬서 상방 보표는 죽은 목숨.'

국주의 마지막 말은 막혜의 입을 닫게 만들었다.

'그래도 간다!'

사해표국을 뒤로한 막혜는 입술을 피가 나도록 물었다.

체면이 밥을 먹여주지는 않는다.

'할 수 있는 일은 뭐든지 한다.'

그길로 막혜는 무영이 묵고 있다는 금양객잔으로 왔다.

그녀도 혈랑단과 싸움에서 보인 무영의 활약에 대해 다른 이들로부터 귀가 따갑게 들은 바가 있었다. 게다가 알아보니 금양객잔에는 무영의 일행인 듯한 무림인들이 이십여 명이나 묵고 있는데 하나같이 무공이 녹록치 않아 보인다는 말이 있었다.

마치 아버지에게 진 빚을 자신에게 청산하라는 모양새가 되어 내키지 않았지만 다른 방법이 없기에 그를 찾았다.

"상단(商團)의 규모는 얼마나 됩니까?"

"시국이 너무 우리 상방에 불리하게 돌아가 겨우 이십여 명밖에 모이지 않았습니다. 하지만 모인 사람들 대부분 경험이 많고 각오가 대단해서 보표만 구할 수 있다면 아무리 위험한 길이라도 즉시 떠나겠다고 합니다."

"제가 보표를 구해보지요. 그 대신 조건이 있습니다. 저도 같은 상
인으로 장사를 할 수 있게 해달라는 것입니다."

막혜의 얼굴이 환하게 펴졌다.

더 이상의 좋은 결과가 없었다. 만일 무영도 투자를 한다면 더욱더
헌신적으로 도와줄 것이 아닌가? 그만큼 상방 상인들의 안전에 도움이
된다는 것을 의미했다.

"그런 조건이라면 쌍수로 환영하겠습니다. 다른 상인들도 모두 좋아
할 것 같군요."

어두운 얼굴로 찾아왔던 막혜는 언제 그랬냐는 듯이 환한 표정이 되
어 객잔을 나갔다.

무영은 그 길로 풍요립과 호법들을 불러 모았다.

"장문인, 이건 일석이조의 기회입니다. 소주는 항주와 지척이고 한
푼이 아쉬운 이때 가는 동안 돈을 쓰면서 가는 것이 아니라 벌어가며
갈 수 있지 않습니까? 두세 달은 족히 걸릴 테니 모르긴 해도 한 사람
당 매월 은자 스무 냥만 받아도 육십 냥에, 사람 수가 있으니 모두 합
한다면 천 냥은 벌 수 있는 좋은 기회입니다."

"음, 굉장히 좋은 기회이기는 하오. 나도 수입이 좋은 괜찮은 일이라
고 생각하오. 한데… 돌아올 때도 우리가 보표를 해주어야 하지 않소?"

말은 부정적으로 했지만 풍요립은 이미 이 일에 욕심이 있었다. 자
신들이 수십 년을 대를 이어가며 먹을 것 제대로 못 먹고 허리를 휘어
가며 모은 돈이 겨우 은자 삼만 냥이다. 두세 달에 천 냥이나 모을 수
있는 기회는 흔치 않았다.

호법인 성낙훈(成樂勳), 종리강(鍾離剛) 등도 장문인이 머뭇거리자

안타까운 얼굴이었다.

"그건 그때 가서 다시 생각하면 방법이 있을 겁니다. 딱히 우리가 아직 할 일도 없으니 재건 자금을 마련한다는 취지에서 보자면 못할 것도 없지 않겠습니까? 어차피 지금은 자금 마련이 가장 급선무인 처지인데 오히려 좋은 일거리라고 생각합니다. 당분간은 문인들이 어디 마땅히 거처를 정할 시간도 필요한 처지니까요. 게다가 이번 기회에 상방 사람들과 인연을 쌓는다면 앞으로도 이런 기회가 자주 있을지도 모릅니다."

"저도 그렇게 생각합니다."

"그렇습니다."

다른 호법들은 그의 말에 얼른 맞장구를 쳤다.

"좋소, 해봅시다. 감찰단주의 의견이 일리가 있고 호법들 모두 찬성을 하니 그렇게 결정을 하겠소."

풍립이 멈칫거린 이유는 이런 일치된 결정을 듣기 위한 것이었다. 만일 중도에 일이 잘못되어 서로 간에 책임을 떠넘기거나 불평을 한다면 이제 막 새 출발을 하는 곤륜파에게 내부적으로 큰 짐이 될 수가 있었다.

섬서 상방 상인들이 제시한 조건은 일 인당 매월 은자 오십 냥의 좋은 조건이었다. 예상보다 많은 액수에 풍요림을 비롯한 사람들은 모두 기쁜 마음으로 나섰다.

정주나 개봉은 이미 산서 상방의 수중에 들어갔다고 봐야 했다. 막혜와 협의를 거친 일행은 종남산(終南山)을 넘어 한 수의 지류를 타고 장강으로 나가기로 했다.

한수는 장강의 큰 지류였다.

장강까지만 가면 무창과 남경을 지나 운하를 이용해 곧바로 소주에 이르렀다. 그쪽은 휘주 상방이 세력을 떨치고 있는 곳이니 안전하다는 것이었다.

산서 상방의 감시의 눈길이 있을지 모르니 서안을 벗어날 때까지 상단을 넷으로 나누어 이목을 피하기로 했다.

풍요립을 비롯한 다섯 명의 호법은 보표를 하기에는 체면이 서지 않아 뒤로 빠져 은밀히 돕기로 하고 청룡당주 검위평(劍偉平), 호가당주 조일(曹一), 재건당주 감일웅(甘一雄), 백호당주 종리충(綜理忠) 등이 상인들을 따라 각각 나누어 길을 떠났다.

모두 길을 떠나고 마지막으로 출발하는 막혜 일행을 기다리는 무영과 남북쌍괴만 남았다.

막상 떠나게 되자 무영은 아라 공주가 못내 그리웠다. 하미가 지척인데 가지 못하고 있으니 마음이 편할 리 없었다.

원래 이곳에 오면 하미로 가서 아라 공주를 데려오리라고 마음먹었지만 여러 가지 정황을 볼 때 도저히 엄두가 나지 않았다.

그는 아라 공주 앞으로 보내는 장문의 편지를 썼다.

자신이 지금 중요한 일로 항주로 가야 해 그곳을 방문할 수 없으니 좀 더 기다려 달라는 내용이었다.

편지를 정성스레 봉투에 넣어 낙양 마방에 들러 작별 인사를 하며 방극에게 맡겼다.

"꼭 좀 전해주세요."

"허허허, 알고 있네. 이걸 제대로 전하지 못하면 자네가 나를 그냥두지 않겠지?"

곡완주가 금양객잔에 도착한 것은 무영 일행이 객잔을 떠난 다음날이었다.

주인에게 물어보니 무영은 객잔에 묵었던 일행과 함께 어제 떠났는데 섬서 상방의 막혜와 같이 떠났다고 했다.

무영을 만나지 못한 것이 못내 아쉬웠지만 일단 살아 있다는 것을 확인하니 그동안 그녀의 마음 한구석을 짓눌러오던 불안감이 말끔히 가셨다. 사부의 해한검도 무영을 만나기만 하면 찾을 수 있겠다는 생각이었다.

불행하게도 주인은 무영 일행의 행선지를 잘 몰랐다.

점소이에게 은자 한 냥을 쥐어주니 낙양 마방의 방극 노인이 객점에 한번 와서 공자를 만난 적이 있다는 말을 듣고 그를 찾았다.

방극이라면 무영에게 들은 기억이 있었다.

"혹시 곡 공자가 아니시오?"

무영의 행방을 묻자 방극이 되물었다.

"곡완주라고 합니다."

"하하하, 그럼 맞소이다. 마침 장 공자가 깜빡 잊고 객잔에 전언을 남기지 못했다고 하면서 내게 곡 공자가 오면 소주로 갈 예정이라고 일러주라 합디다. 소주에 가서 섬서 상방 사람들을 찾으면 연락이 될 거라고 합니다."

곡완주는 그 길로 오던 길을 돌아 낙양으로 향했다. 방극의 조언에 따라 낙하(洛河)에서 배를 타고 소주로 갈 계획이었다.

'내가 왜 이러고 있지?'

자신이 생각해도 한심한 걸음이었다.

강아지 훈련 과정도 아니고 계속 꽁무니만 쫓고 있었다.

'나쁜 자식.'

공연히 원망이 솟구쳤다.

사부님의 말씀이 옳았다. 남자란 자기밖에 생각을 하지 않는 족속들이었다.

'기다려 주면 어디가 덧나나? 거기다 내 검까지 들고 가?'

곡완주의 눈가에 눈물이 비쳤다.

이런저런 혼자만의 생각을 머리에 가득 담은 채 길을 재촉한 그녀가 낙양에 도착한 것은 서안을 출발한 지 사흘 만이었다.

배편을 알아보고 나서도 속상한 마음을 삭이지 못해 바람도 쐴 겸 거리를 쏘다니고 있는데 칼을 든 세 명의 노인이 곡완주 앞을 막아섰다.

곡완주는 그들의 무기를 보고 한눈에 팽가의 사람들임을 알아보았다. 그러나 그 기도는 이제껏 상대해 왔던 수준과 달랐다.

"팽가장 호법으로 있는 벽력삼노(霹靂三老)다. 네가 팽산을 죽이고 팽호의 팔을 자른 놈이냐?"

"그렇다면?"

"흐흐, 제대로 찾았군. 혈채(血債)를 갚아야겠지. 팽가의 사람들을 죽이고도 무사할 줄 알았느냐? 팽산은 내 조카다."

"대단한 집안이군. 너희들 다음은 또 누구지? 사촌 형님이 오시려나?"

"흐흐흐, 듣던 대로 어린놈이 무척이나 건방지구나. 성숙파파가 제자를 아주 잘못 두었구나. 무얼 믿고 그렇게 설치는 거냐?"

"후후후, 나밖에 믿지 않는다. 긴 말은 필요없으니 실력을 보여라, 늙은이들."

벽력삼노의 안색이 일제히 붉어졌다. 이 나이 먹도록 강호에서 이토록 무례한 말을 들은 기억이 없었다.

"싸가지없는 놈."

성질이 가장 급한 막내 팽린(彭麟)이 참지 못하고 수염을 떨며 칼을 휘둘러 왔다.

가뜩이나 울적했던 마음에 팽린의 공세를 그녀는 이미 기다리고 있었다는 듯 살짝 옆으로 피하며 목을 베어갔다.

'으헛!'

팽린은 기절할 듯 놀라며 몸을 뒤로 뺐다.

설마 이 정도인 줄은 몰랐다. 젊은 놈이라고 얕본 것이 망신을 자초했다.

아무리 성숙파파의 전인이라고는 하나 자신의 기습적인 공격을 순식간에 무력하게 하고 어느 틈에 치명적인 반격을 해오는 것이 아닌가? 검집에 들어 있던 검이 언제 자신의 목을 노렸는지 미처 보지도 못한 무서운 발검과 공격이었다.

"과연 성숙파파의 전인다운 솜씨."

놀란 것은 팽린뿐이 아니었다.

맏이인 팽작(彭鵲)과 둘째인 팽구(彭龜)도 경악을 금치 못했다.

저 정도 실력이라면 팽산이 죽은 것은 당연했다.

팽산이 죽었다는 전서를 받고 긴장했으나 막상 놈을 마주 대하는 순간 백면서생(白面書生) 같은 외모에 마음을 놓았었다. 그러나 그게 아니었다.

'형제 중에서 하나만 왔다면 아마 당해내지 못했겠구나.'

팽린만의 생각이 아니었다.

"젊은이, 자리를 옮기는 것이 어떤가?"

팽작이 말했다. 그는 무림인으로서 예를 갖추었다. 상대는 자격이 있었다.

그는 삼형제 중에서 맏이답게 신중한 성격이었다.

놈을 제압하려면 아무래도 도성 안에서는 이목이 많아 행동에 제약이 많았다. 만약 강호에 이 사실이 알려지기라도 한다면 그야말로 고개를 들 수 없을 것이다.

도전을 피할 곡완주가 아니었다.

그녀는 차가운 미소를 띠며 가볍게 고개를 끄덕였다.

망산(邙山).

낙양의 북쪽에 있기에 북망산(北邙山)이라고도 불렀다.

대황하를 북에 두고 남쪽의 낙하(洛河) 사이에 있는 야트막한 구릉산인 북망산은 역대 제왕들의 무덤이 곳곳에 황량하게 방치되어 있어 잡초를 스치는 강바람 소리와 함께 어우러져 한층 을씨년스러운 분위기를 풍겼다.

곡완주는 북망산의 들풀이 뒤덮인 이름없는 한 묘지 앞에서 벽력삼노와 마주섰다.

마음을 가다듬었다.

강호출도 이래 맞은 최대의 강적이었다.

오늘은 성숙해(星宿海)에서 배운 모든 실력을 내보여야 한다.

'사부님, 저를 지켜주세요.'

"평기순심(平氣順心), 네가 검을 잡았을 때 항상 가져야 할 마음가짐이다. 기(氣)가 흔들리고 마음이 순(順)하지 않으면 결코 검을 다스리지 못할 것이다."

사부가 처음 검을 들었던 날 어린 그녀에게 한 말이었다.

"우리는 출도 이래 항상 함께해 왔네. 오해가 없기를 바라네."

팽작이 조용한 목소리로 말했다.

합공을 하겠다는 뜻이었다.

"하지만 우리가 손을 함께한 경우는 많지 않다네. 진정한 고수를 만났을 때만이지."

그 말과 동시에 팽작의 손에 들려진 대도가 허공으로 서서히 올라갔다. 그것이 신호이기나 한 듯 팽구와 팽린이 곡완주를 품(品) 자로 둘러쌌다.

곡완주의 검이 검집을 벗어났다.

당분간 해한검 대신 쓰려고 열 냥을 주고 구입한 그저 그런 검이었다.

"나는 팽작이라고 하네."

"팽구일세."

"팽린이네."

"성숙해의 곡완주라고 하오."

그들은 마치 술자리에서 인사를 건네듯 서로를 밝혔다.

'힘든 싸움이 되겠지.'

곡완주가 자세를 바로 했다.

팽작을 선두로 그들은 서서히 왼쪽으로 돌았다.

몇 년 전부터 벌어진 남궁가와의 세력 싸움으로 팔대호법 중에서 셋이 죽고 다섯만이 남았다.

어쩌면 오늘 싸움으로 두 명만 남을 수도 있었다.

검을 든 곡완주에게서 은연중에 풍기는 기세는 자신들 개개인의 내공 화후를 넘고 있음을 느끼게 했다.

"하앗!"

팽작의 도가 허공을 쓸어가고 이어 팽린과 팽구도 각자의 방위에서 곡완주를 공격했다.

벽력삼재진(霹靂三才陣).

강맹한 오호단문도의 위력을 천지인(天地人)의 조화로움으로 풀어내는 팽가장의 진법이었다.

무당이나 청성 등에 삼재진이 없는 것도 아니지만 벽력삼재진은 웅혼한 외기를 바탕으로 삼재의 방위에서 끊임없이 상대를 압박해 가는 것이 특징이었다. 상대는 계속 이어지는 강맹한 도(刀)를 맞받아쳐야 하고, 그 충격은 고스란히 몸으로 전해져 종내에는 기진맥진해져 허점을 보일 수밖에 없었다.

마치 격산타우(隔山打牛)의 수법을 연상케 하는 벽력삼재진은 팽가장만이 만들어낼 수 있는 무서운 진법이었다.

곡완주의 신형이 바람처럼 쓸렸다.

한쪽을 맞받아치면 다른 두 곳에서 후려쳤다.

그녀는 날렵하게 몸을 날려가며 재빨리 적의 공세를 막아가고 있었지만 뼛속까지 저려오는 강력한 도세를 막아가기엔 여자의 몸으로써 한계가 있었다.

검과 도가 맞부딪칠 때마다 몸이 충격을 받아 움찔거렸다.

무덤 주변의 작은 나무들과 풀잎들이 검풍과 도풍에 베어져 이리저리 쓸려 다니며 허공을 날았고 검과 도가 일으키는 불꽃과 소리가 북망산을 메웠다.

어스름 저녁 무렵에 시작한 싸움은 사위가 캄캄해지고 별이 총총히 제 모습을 드러낼 때까지도 계속됐다.

어느 순간부터인가 강맹하고 재빠르게 이어지던 도검(刀劍)들도 서서히 그 힘을 잃어갔다.

벽력삼노는 지쳤다.

도대체 저 여자같이 가냘픈 몸매의 저 젊은 놈이 어떻게 자신들을 상대로 두 시진이나 버틸 수 있는지 이해할 수 없었다.

자신들이야 팽가장 독문의 수련법으로 어려서부터 근골을 다져 수십 년의 외공을 쌓아 체력에 관한 한 소림사도 무승(武僧)들도 혀를 내두를 몸이 되어 있다지만, 이제 약관을 갓 넘어 보이는 놈의 지칠 줄 모르는 검세는 끝을 보일 줄 몰랐다.

공수가 바뀐 지 오래였다.

벽력삼호의 입에서 간헐적으로 거친 숨 소리가 새어 나왔다.

그러나 곡완주는 아직 틈을 잡지 못했다.

죽은 사부가 그녀에게 가르쳐 준 것은 태산보다 많았지만 완전히 자신의 것이 되기에는 곡완주의 나이가 아직 어렸다.

사부는 그녀에게 어려서 벌근세수(伐根洗髓)를 시켜주었고 죽기 전에는 자신의 진원지기까지 전해주었다. 하지만 아직 사부의 모든 것을 받아들일 몸을 준비하지 못했다.

그녀는 고지식하게 버텼다.

강호의 십대고수들도 감히 사부의 앞에서는 큰소리를 치지 못했다고 들었다. 팽가장의 노쇠한 호법들 따위에게 질 수는 없었다. 숨이 가빠오고 몸이 지치기는 했지만 그건 상대도 마찬가지였다.

하지만 이대로 간다면 자신의 내공도 바닥날 우려가 있었다.

"성숙해의 후인임을 잊지 마라."

사부가 남긴 말이었다.

곡완주는 이를 앙다물었다.

"하앗!"

산화수(散花手)로 단숨에 상대의 공세를 흩뜨린 그녀의 몸이 허공으로 솟구쳤다.

다음 순간 곡완주의 검이 허공에서 뿌려지며 달빛에 반사된 검광이 수백 수천 개의 꽃잎을 만들며 밤하늘을 수놓았다.

"애화만천(哀花滿天)!"

꽃잎은 너풀너풀 하늘을 날아 대지를 덮었다.

벽력삼노는 어느 한순간 꽃잎들 속에서 무언가 불쑥 나와 자신의 목줄기를 스치는 것을 느꼈다.

'황홀하다.'

벽력삼노가 이승에서 마지막으로 느낀 감정이었다.

곡완주의 신형이 지면에 내려섰다.

그녀는 검을 지팡이 삼아 휘청거리는 몸을 겨우 바로잡았다.

'이겼다.'

울컥!

한 움큼의 선혈이 입에서 튀어나왔다.

그녀의 비틀거리는 걸음으로 아무렇게나 팽개쳐진 세 자루의 오호단문도를 주워 각각의 몸 위에 얹어주었다.

'후회없는 승부였겠지.'

북망산 무덤 부근에는 갈 곳 없는 거지들의 잠자리로 사용되는 고묘(古墓)도 여럿 있었다.

개방 낙양 분타에서 전서구가 날았다.

청년고수 출현.

청년에게 싸움을 건 자는 팽가장 벽력삼노. 북망산에서 대결 중 패해서 사망.

사인은 검강에 의한 것으로 추정.

삼노는 죽은 팽산의 복수를 위해 싸운 것으로 추정됨.

죽인 자는 곡씨 성을 가진 약관의 청년임.

성이 장(張)이라는 젊은 상인의 호위무사로 알려져 있음.

젊은 상인은 섬서 상방과 관련이 있다는 미확인 제보도 있음.

청년고수는 성숙해 성숙파파의 전인으로 보임.

외모 특징은 여자같이 작은 체구에 상당한 미남.

무공 수위의 정확한 추정은 불가. 벽력삼노를 죽인 것으로 볼 때 십대고수에 근접하는 것으로 평가됨.

목격한 본 방 제자들에 따르면 공정한 대결이었다고 함.

본인은 앞으로 본 방 연락 서신에 그를 백면살귀(白面殺鬼)라 호명하겠음.

제5장 **낙성유한(落星有恨)**

장자맹은 분노에 몸을 떨었다.

아무리 큰일이 닥쳐도 언제나 평정과 위엄을 잃지 않던 그였지만 오늘은 주름 진 턱에 난 흰 수염까지 덜덜거릴 정도로 화를 참지 못했다.

"아무리 자기 잇속이 중하기로서니 대명의 백성으로서 어찌 오랑캐에게 군량과 식염을 공급하고 무기를 팔아먹는다는 말이냐?! 그게 말이나 되는 소린가?! 산서 상방 상인들은 대명의 백성이 아니란 말이더냐?!"

마치 자신 앞에 앉은 아명이 산서 상방 사람이기라도 한 듯이 소릴 질렀고 입 주위에는 게거품이 묻어났다.

"저희 상방에서는 조정의 몇몇 고관들도 이 일에 깊숙이 간여된 것으로 추측하고 있습니다."

아명은 섬서 회관 사람으로 회관이 폐쇄된 지금 북경에 남아 연락을 담당하던 자였다.

장자맹이 그를 불러들인 것은 우연한 일이었다. 그는 아들이 섬서 상방 사람들과 동행한 것을 알고 아들의 안부나 알아볼 겸 사람을 시켜 북경에 남아 있는 상방 사람들을 알아보던 중 백문호의 소개로 그를 찾았다.

정중히 집으로 모시고 말을 나누던 중 산서 상방과 섬서 상방 간의 상투(商鬪)에 대해 이야기를 듣게 되었는데, 놀라운 사실은 산서 상방 사람들이 동북(東北)의 오랑캐와 밀거래를 한다는 것이었고, 더 놀라운 것은 조정의 관리들도 한통속이 되어 있는 자가 있다는 사실이었다.

지금은 전시였다.

동북의 오랑캐 중에 애신각라(愛新覺羅)라는 성을 가진 여진인이 후금(後金)이라는 나라를 세워 천자에 대한 조공을 폐지하고 전쟁을 일으킨 것은 이미 북경에 사는 모든 사람들이 알고 있었다. 청하성(淸河城)이 오랑캐에 떨어지고 정벌을 나섰던 두송(杜松) 장군마저도 수만 병사를 잃고 전사했다는 소식에 더해 각종 유언비어가 저잣거리에 온통 난무하는 어지러운 형국이었다.

이 마당에 후금에 군량과 무기를 공급한다는 것은 반역도 이만저만한 반역이 아니라 매국(賣國)이나 다름없었다.

아명이 돌아간 후에도 장자맹은 분노를 가라앉히지 못했다. 누구에게 시킬 것도 없이 자신이 직접 지필묵을 준비해 먹을 갈고 하여 황제 폐하께 올리는 장문의 상소문을 쓸 준비를 했다.

분노에 떨리는 손을 겨우 가다듬고 눈물을 흘려가며 장문의 상소문을 한 자 한 자 써 내려갔다.

글 쓰기를 마친 장자맹은 상소문을 서탁에 고이 모셔두고는 예전에 입었던 관복 차림으로 구배(九拜)를 올렸다.

'폐하, 부디 성찰하소서.'

이어 그는 자신의 붕우(朋友) 남우선에게도 편지를 썼다. 아들을 부탁하는 내용이었다.

아들에게도 글을 쓰려고 준비했지만 할 말이 너무 많아 도무지 무엇부터 어떻게 써야 할지 떠오르지 않았다.

'허허허, 철이 들었으니 이제는 이 아비가 죽어도 이해하겠지.'

하지만 우국충정으로 가득 찬 그의 상소문은 끝내 황제에게 올려지지 못했다.

교가장(喬家藏).

중원 제일의 상방인 산서 상방(山西商幇) 총행두가 바로 장원의 주인이었다.

별채 앞 조그만 연못가에 총행두 교등고의 장자인 교평천이 혼자서 무언가 불에 태우고 있었다.

"게거품 장자맹의 성격으로 보아 반응이 없으면 계속 상소문을 올리든지 직접 나설 것이 분명합니다. 빨리 그를 제거해야 할 것 같습니다."

어디선가 사람의 말소리가 들렸으나 목소리뿐 형체는 보이지 않았다.

"후후후, 관직에서 쫓아내는 것으로 그쯤 해두려고 했더니 장자맹 그 늙은이가 끝내 무덤을 파는구나."

교평천의 얼굴에서 살기가 피어올랐다.

"내일 해가 뜨기 전까지 장자맹은 물론이고 놈에게 그런 정보를 흘린 놈까지 말끔하게 청소해라. 그리고 나중이라도 그 일에 대해 떠드는 놈이 생기지 않도록 장자맹과 관련된 자들에 대해서도 은밀히 손을 써라."

"존명."

흐릿한 신형이 연못 맞은편 수목 사이에서 사라져 갔다.

"후후후, 순진한 늙은이. 상소를 올린다고 모두 황제 앞으로 가는 줄 알면 오산이지. 세상에 돈보다 우선하는 것은 없다는 것을 모르는 모양이군."

사는 게 무엇이고 돈이 무엇인지 모르는, 정말 쓸모없이 나이만 먹은 철없는 늙은이였다.

'내가 무기나 소금, 식량을 오랑캐에게 판다고 중원의 지배자인 대명이 무너지기라도 한다는 말인가?'

'설사 무너지면 어떻다는 말인가?'

패권은 능력있는 놈이 차지하는 것이 이치였다.

'내가 바꾸는 것이 아니라 능력있는 놈이 그렇게 되는 것뿐이야.'

'어느 놈이 옥좌에 앉든 정객(政客) 대권을 쫓고 상인은 그저 이문을 쫓으면 그뿐인 것이지.'

왕후장상(王侯將相)의 씨는 따로 있는 게 아니다.

명(明)이 어제부터 대명이었나?

따지고 보면 명 태조(太祖) 주원장도 마교의 그저 그런 사이비 교도였다가 피 튀기는 싸움의 승자가 되었기에 그 자손들이 권세를 누리고 있는 것이다. 태초에 만물이 생길 때부터 하늘이 주씨 가문에게만 대대로 황제를 해먹으라고 지정해 준 것도 아니다.

황제도 옷을 벗기고 보면 다리 밑에서 비럭질을 하는 거렁뱅이와 똑

같은 평범한 사람일 따름이었다. 중원 땅을 오랑캐 황제가 밟고 나라를 세운 것도 처음은 아니다.

태양처럼 솟았다가 바람처럼 스러져 간 나라가 한둘이었나?

물은 아래로 흐르고 연기는 위로 피어오르는 법이다.

교평천이 나뭇가지로 불에 타는 종이를 뒤집자 흰 연기가 하늘을 향해 솟아올랐다.

오늘 아침 태감 하나가 사람을 시켜 자신에게 몰래 빼돌린 장자맹의 상소문이었다.

황실의 구석구석 자신의 눈이 미치지 않는 곳은 없었다.

이미 황제는 허수아비였다. 황제가 내리는 칙령의 내용은 해당 관청에 도달하기 전 교평천 자신이 먼저 알았다.

검은 먹구름은 이내 하늘을 덮었다.

"큰 비가 오려나? 사람이 죽기에는 딱 좋은 날씨군."

교평천은 나뭇가지 하나를 꺾어 다 타고 재만 남은 자리 위에 글자를 썼다.

사(死).

교평천의 입가에 비웃음이 흘렀다.

그는 나뭇가지를 정원 한구석에 아무렇게나 던져 버리고는 안으로 발길을 돌렸다.

용도가 폐기된 물건은 버려야 했다.

하늘에 먹장구름이 몰려왔다.

검은 구름은 순식간에 해일처럼 밀려와 하늘을 가득 메웠다.

툭. 툭. 툭. 툭.

한두 방울씩 떨어지는 빗방울이 재를 적시더니 이내 요란한 소리를 내며 굵은 빗줄기로 바뀌었다.

비는 밤이 다 가도록 내렸지만 하늘은 여전히 개일 줄을 몰랐다.

장자맹은 묘시(卯時)가 시작될 무렵 자리에서 일어나 앉았다. 그는 옆 자리에서 아직도 잠에 빠져 있는 아내를 가만히 내려다보았다.

같이 살을 맞대온 인생이 벌써 사십 년을 훌쩍 넘은 지 오래였다.

"설하."

그는 부인의 이름을 나지막이 불러보았다.

같이 살면서 한 번도 불러본 적 없고 한 번도 써본 적 없는 이름이었다.

구리 거울을 꺼내 들고 머리를 풀어헤친 그는 행여 주설하가 잠에서 깰까 조심스런 걸음으로 옷장 깊숙한 곳에서 상복을 꺼내 입었다. 준비성있는 아내가 자신이 죽으면 쓰려고 미리 마련해 둔 수의(壽衣)였다.

마지막으로 그는 아내의 이마에 가볍게 입술을 댔다. 나이를 먹었어도 자신이 보기에는 주름만 빼면 여전히 젊었을 때 보던 그 아리따운 모습이었다.

가만히 손을 잡았다. 손등의 주름은 자신을 따라 힘겹게 살아온 인생의 증표이리라.

그는 주설하의 몸이 가볍게 움직이자 얼른 멀리 떨어졌다.

어젯밤 이미 비장한 결의를 다졌다.

자신의 상소문이 황제의 손에 들어갔다면 나라 전체가 떠들썩해져야 마땅하고, 사실을 확인하기 위해 조정에서 관리가 나와 자신의 집으로 찾아왔어야만 했다. 하지만 하루 해가 저물고 밤이 다 지나도록 들리는 소문도 없고 아무도 그를 찾지 않았다.

장자맹은 당금 조정의 비리를 대충 알고 있었다.

아마 황제는 상소문을 받아보지도 못했을 것이다.

이제는 직소밖에 없었다.

장자맹은 조용히 안채의 문을 열고 밖으로 나왔다.

장대비가 억수처럼 쏟아지고 사방천지는 어둠에 가려 한 치 앞도 분간하기 어려웠지만 그는 처마 밑 한구석으로 고개를 돌렸다.

그곳에는 마 집사가 새끼줄과 초혜를 들고 그를 기다리고 있었고, 그 옆에 볏짚 가마니와 지팡이가 놓여져 있었다. 어제 밤늦게 준비를 시킨 것이었다.

"대감마님, 여깁니다."

행여 자신을 알아보지 못할까 마 집사가 나지막이 말했다.

그도 안주인이 깰까 염려하고 있었다.

장자맹은 말없이 새끼줄을 받아 요대를 대신해 허리에 맸다. 마 집사가 다가와 초혜를 신겨주고는 한구석에 세워놓은 지팡이를 가져왔다.

"그동안 정말 어려운 상전을 만나 수고가 많았소."

누구에게나 하대하는 법이 없는 장자맹이었다.

뜬눈으로 밤을 새운 때문인지 오늘 그의 목소리는 유난히 갈라져 있었다.

마 집사의 뺨에 빗물 같은 눈물이 흘러내렸지만 그는 마치 빗물을 씻어내듯 얼굴을 닦았다. 대감마님께서 노구(老軀)를 던져 국정을 바로 잡으러 나가시는 길이었다. 눈물을 보여서는 안 되었다.

철이 든 이후로 죽 대감을 모셔왔다.

그는 오늘 대감이 무엇 때문에 이런 차림으로 나서시는지 짐작했지만 감히 말리지 못했다. 아니, 말리지 않았다는 표현이 적절할 것이다. 대감께서 심려 끝에 나서시는 길을 자신이 말린다면 그것은 대감을 욕되게 하는 일이었다.

굵은 빗줄기가 바람을 타고 처마 안까지 쳐내려 땅이 젖어 있었지만 마 집사는 대감마님을 향해 넙죽 큰절을 올렸다.

자신이 진심으로 존경하는 분이었다.

중원에서 내로라하는 숱한 학자들이 학문을 자랑하며 이 집을 찾아왔지만 그들 모두에게서 선생(先生)이라는 칭호로 불리는 분은 대감마님과 남우선밖에 보지 못했다.

장씨 댁 씨종으로 태어난 자신에게 글을 가르쳐 준 분도 대감마님이었다. 게다가 면천을 시켜주고 집사로 임명까지 해주었다.

자신이 길거리를 나서면 모두들 뒤에서 대학사 댁 집사어른이라고 수군거리며 존경의 눈빛을 보낸다는 것도 알고 있었다. 그런 소리를 들을 때마다 감히 대감마님의 영명에 누가 될까 자신도 행실을 함부로 하지 못했다.

큰절을 마치고 자리에 일어나서도 가슴 전체에서 일고 있는 격정을 참기 어려웠지만 별채를 바라보는 대감마님의 안쓰러운 눈길을 보고는 황급히 나섰다.

"도련님께서는 워낙 영특하시니 알아서 몸을 보중하실 것입니다. 그리고 청해삼호에게 누누이 부탁을 해두었으니 걱정을 더십시오. 게다가 조씨 다섯 형제도 서안에서 만나기로 했다고 하셨으니 지금쯤 상봉

하셨을 겝니다."

장자맹은 말없이 마 집사의 어깨를 어루만졌다.

언제나 자신의 의중을 미리 아는 마 집사였다.

장자맹은 입가에 미소를 띠어 보이며 그의 마음 씀씀이에 대한 고마
움을 대신했다. 어깨를 어루만지던 손에 힘을 더했다.

'마님과 아들놈을 부탁하네.'

말은 없지만 마 집사는 그 손길의 의미를 알아들었다.

그는 억지로 미소를 띠고 허리를 숙였다.

'걱정 마십시오. 제가 잘 보살펴 드릴 것입니다.'

이심전심.

장자맹의 고개가 가볍게 끄덕여졌다.

마 집사는 마루 위에 올려두었던 볏짚으로 엮은 둘둘 말린 가마니를
공손히 노주인에게 올렸다.

장자맹은 가마니를 받아 옆구리에 끼고는 뒤도 돌아보지 않고 빗길
에 나섰다.

마 집사가 종종걸음으로 달려가서 대문을 열었다.

아직은 어둠 속이라 지척을 분간하기도 쉽지 않았지만 이 길을 수십
년간 다녔다.

대문을 나서는 장자맹의 발걸음은 거침이 없었다.

'헛!'

몇 발자국 걷는 순간 무언가 등 뒤로 전해지는 불에 덴 듯한 화끈한
느낌에 장자맹의 몸이 경직되고 이어 빗길에 스르르 무너져 내렸다.

'내가 왜 이러지? 어서 가야 하는데, 죽어도 거기 가서 죽어야 하는
데……'

하지만 그의 몸은 더 이상 생각대로 움직이지 않았다. 눈까풀이 점점 무거워졌다.

'영아!'

쏟아지는 빗속에서 서서히 스러져 가던 장자맹이 마지막으로 본 것은 야들야들한 종아리에 난 회초리 자국을 내보이며 엉엉 울던 어린 아들의 모습이었다.

장자맹의 주름이 가득 잡힌 입가에 희미한 미소가 떠올랐다.

"저! 저!"

마 집사는 빗줄기가 내려꽂는 어둠 속에서 그를 배웅하다가 눈앞에서 대감마님이 길바닥에 쓰러지는 것을 보았다.

그는 노주인이 돌부리에라도 걸린 것으로 생각하고 놀라 황급히 달려나갔다.

하지만 그것은 마음뿐이었다.

미처 두 발자국도 떼기 전 그는 목에 화끈한 통증을 느끼며 자신마저도 쓰러지고 있다는 것을 알았다.

'자객이다.'

그제야 사태를 직감했다.

'나, 나는 마님과 도련님을 돌봐 드려야 하는데……'

쓰러진 마 집사는 목줄기에서 분수처럼 피를 뿜으며 그의 바람과는 달리 정신을 잃어갔다.

두 사람이 흘리는 피는 굵은 빗줄기 속에서 희석되며 끊임없이 흘러내렸다.

그 모습을 끝까지 지켜보던 어둠 속의 그림자는 마침내 죽음을 확인하자 이내 어둠 속으로 사라졌다.

우르릉!

쾅! 쾅!

요란한 천둥 소리가 새벽 하늘을 뒤흔들고 번개가 뒤를 이어 번쩍였다.

끝이 보일 것 같지 않았던 빗줄기가 서서히 잦아든 것은 겨우 틈을 보인 구름 사이로 여명이 희미하게 찾아들 무렵이었다.

비가 개이고 날이 밝은 것은 대학사 댁에 있어 차라리 재앙이었다.

새벽 내내 악몽에 시달리다가 일찍 잠에서 깨어난 주설하는 뒤숭숭한 꿈자리에 먼 길을 떠난 아들에게 행여 무슨 일이라도 생긴 것은 아닌지 걱정이 앞섰다.

하지만 일이 생긴 쪽은 아들이 아니라 남편이었다는 것을 아는 데는 그리 오랜 시간이 필요치 않았다.

파랗게 질린 얼굴로 허둥거리며 안채로 달려오는 미랑을 보는 순간 무언가 큰 변고가 생긴 것을 직감하고는 심장을 졸이며 그녀의 말을 기다리던 주설하는 몸을 덜덜 떨어가며 하는 미랑의 얘기가 채 끝나기도 전에 그 자리에서 쓰러졌다.

원래가 심약한 주설하였다.

맏이가 죽었을 때도 다시 일어났고, 무영이 쓰러졌을 때도 며칠 만에 몸을 추스르고 다시 일어났건만, 이번만은 노쇠한 몸을 이기지 못했다.

먹구름이 물러가고 잔뜩 물을 먹은 대지에 해가 쪼였다.

그러나 대유(大儒)며 청백리(淸白吏)였던 장자맹의 죽음은 세인들의 관심을 끌지 못했다.

비가 개인 그날 아침 산서 회관 앞에는 방이 나붙었다.

一. 북경 성안에 사는 어려운 양민들을 위하여 산서 상방은 모든 양민
   들에게 앞으로 사흘 동안 선착순으로 쌀 한 되씩을 무료로 나누어 줌.
二. 받아간 후에 다시 줄을 서도 무방함.
三. 배급 시간은 묘시에서 신시까지임.
四. 질서 문란자는 배급에서 제외함.

대충 그런 내용이었다.

회관 정문에서 시작된 줄은 성안의 좁은 길을 돌고 돌며 늘어져 수
리에 걸쳤고, 그들을 정리하기 위하여 출동한 관병만도 수백을 헤아렸
다.

사람들은 받은 쌀을 집에 두고 와서는 다시 줄을 서기 위해 뛰고 또
뛰었다. 세인들은 모두 입을 모아 산서 상방의 선행을 침이 마르도록
칭송했고 만나서 하는 대화는 '누구누구는 벌써 몇 되나 받아갔다더
라'였다.

심지어는 성 밖에 사는 인근 양민들까지 성안으로 몰려들었고 식구
들 중에 걸음마만 할 수 있으면 누구라도 쌀 바가지를 들려 줄을 세웠
다.

수년을 거듭되는 가뭄과 홍수, 그리고 안팎의 민란과 전쟁으로 입에
풀칠하기도 어려운 서민들에게 대유학자의 죽음은 산서 회관에서 나누
어 주는 쌀 됫박 속에서 그렇게 잊혀져 갔고 아무도 신경 쓰는 사람이
없었다.

하지만 단 한 사람 선문학관 관주인 백문호는 이 모든 상황을 내려 다보고 있었다. 그동안 심심찮게 들려왔던 섬서 상방의 붕괴에 관한 소문들, 그리고 그 배후에 산서 상방이 있다는 은밀한 말, 또 대학사의 죽음.

사실 이러한 사건들을 하나의 흐름으로 엮어낸다는 것은 거의 불가 능했지만 대학사의 피살과 섬서 상방의 상인 아명의 이름없는 죽음이 그걸 가능하게 했다.

아들의 소식을 궁금해하던 대학사에게 상인 아명을 소개한 것은 바로 자신이었기 때문이다. 그는 대학사 내외가 성 밖으로 쫓겨난 때부터 뒤를 봐주며 꾸준히 인연을 쌓아왔다.

대학사를 마지막으로 만났던 사람이 아명이라는 것을 확인한 백문호가 무언가 미진한 느낌이 들어 아명의 집을 찾았을 때 그는 자신의 집에서 식구들과 함께 칼에 맞아 죽어 있었다.

관아에서는 단순한 강도 사건으로 치부하고는 아무런 연고도 없는 그들의 시체를 치워 버렸다.

대학사와 아명 사이에 무슨 말들이 오갔을까?

왜 대학사는 머리를 풀어헤치고 상복에 지팡이를 들고 가마니를 안은 채 집을 나서다가 죽음을 맞았을까?

학자인 백문호는 그것이 황궁 앞에서 거적을 깔고 앉아 황제에게 직간(直諫)을 하러 나가는 차림새라는 것을 알고 있었다.

그렇다면 무엇을 위해?

그 궁금증의 해답은 섬서 상방의 아명과 대화를 하던 도중 큰 소리로 화를 내시더니 나중에 상소문을 써서 올렸다는 미랑의 말에 있었다.

"산서 상방 상인들은 대명의 백성이 아니란 말이더냐?!"

좀체 큰 목소리를 내시지 않던 분의 너무나 큰 목소리였기에 미랑은 아직도 그 말을 생생히 기억했다.

일부 상인들이 오랑캐와 뒷거래를 한다는 소문은 백문호도 듣고 있었지만 설마 했었다.

산서 상방에 대한 장자맹의 분노.

상소문.

장자맹의 피살.

아명 가족의 몰살.

지독한 상술로 이름이 자자한 산서 상방의 때 아닌 선심.

전임 대학사의 죽음에 대한 세인들의 무관심.

미랑을 만나고 돌아온 순간 얽혀 있던 모든 고리가 실타래처럼 풀렸다.

전임 대학사이며 대유(大儒)인 장자맹의 피살은 평소 같으면 몇 달을 두고 사람들의 입에 오르내릴 일이었다.

산서 상방의 선심,

그것은 세인들의 관심을 엉뚱한 곳으로 돌리려는 산서 상방의 물 타기였다.

여기까지 생각이 미치자 백문호는 뒷등이 서늘해지는 느낌이 들었다. 남자가 없는 대학사 댁의 장례를 돕기 위해 그곳에 다녀온 사이 낮에 이상한 사람들이 학관을 기웃거리는 것 같다는 청지기의 말이 생각났기 때문이었다.

선문학관은 생도들을 엄격하게 통제하기 때문에 외인(外人)의 조그만 행적도 쉽게 노출되었다.

'시간이 없다.'

당시에는 그 말을 대수롭지 않게 여겼던 백문호였지만 지금은 아니었다.

백문호만큼이나 돈에 한이 맺힌 사람이 있을까?

그는 황급히 전표 뭉치를 챙겼다. 매달 월사금이 들어오면 전표로 바꾸어두었던 것이다.

그는 먼저 부관주를 불러 자신이 일이 생겨 학관을 비울지 모르니 부탁한다는 말을 해두었다.

학관을 빠져나갈 일이 문제였다.

이리저리 고민을 하던 그의 눈에 학생들이 먹다 남은 밥 찌꺼기를 가져가기 위해 수레를 몰고 들어오는 곽 노인이 눈에 띄었다. 그는 곽 노인에게 다가가 동전 몇 닢을 쥐어주고 수레에 실려 있는 빈 통 속에 몸을 쪼그리고 들어가 앉았다.

옛날에 빚쟁이를 피해 똥통 속에 들어앉아 반 시진이나 숨어 있었던 일을 생각한다면 이런 것쯤이야 아무것도 아니었다. 그때는 몇 달 동안 피부병이 생겨 고생했었다.

선문학관 관주로서 위엄을 한껏 차리기도 했지만 생각보다 겁이 많은 백문호는 목숨마저 위험하다는 생각에 자신을 알아보는 사람이 없는 먼 곳으로 가서 편하게 살고 싶다는 유혹에 시달렸다. 하지만 자신의 오늘이 있기까지 물심양면으로 도와준 무영을 모른 체할 만큼 모질지도 못한 사람이었다.

학관을 멀리 벗어나 인적이 드문 골목길에서 준비한 옷을 갈아입은 그는 대학사 댁으로 향했다.

대학사 댁은 그의 명성을 흠모했던 많은 사람들이 문상을 와 있었지만 상주(喪主)도 없는 집 안이기에 그들을 맞이하는 사람은 미랑과 연화, 그리고 시비 몇 명이 고작이었다.

백문호는 대학사 댁 주변을 은밀히 살피다가 그 집을 감시하고 있는 여러 눈들을 확인하고는 황급히 물러났다. 지금은 어설프게 장례를 돕겠다고 나설 때가 아니었다.

어서 무영에게 이 소식을 알려야 한다는 생각이 들었지만 어디에 있는지 알 길이 없었다. 그는 얼마 전 무영에게서 서안에서 항주로 갈 것이라는 편지가 왔다는 말을 기억했다.

'일단 남우선 선생을 찾아가자.'

그분이라면 무슨 대책을 세워주실 것이라는 생각이 들었다. 운이 좋으면 그곳에서 무영을 만날 수도 있었다. 혹시 소문을 듣고 무영이 발길을 돌려 이리 올지도 모르지만 지금 북경에는 백문호가 마땅히 머물 곳도 없고 그를 기다릴 만한 마음의 여유도 없었다.

백문호는 편지를 쓴 후 사람을 시켜 은밀히 미랑에게 전하게 하고는 황급히 북경을 벗어났다. 돌아가는 상황을 모르는 남우선 선생이 소문을 듣고 조문을 오기라도 한다면 자칫 화를 당할 우려가 있었다.

제6장 철장비룡(鐵杖飛龍) 유석대(劉石大)

　무영 일행이 모두 남경에 도착한 것은 서안을 출발한 지 거의 한 달
만이었다.

　종남산을 돌아 내려온 이후로는 남경에 도착할 때까지 배 안에서 계
속 보내야 했다. 물길을 배를 타고 내려오는 동안 무영은 남북쌍괴로
부터 회선표의 운용에 대해 여러 가지 조언과 가르침을 받았다. 회선
표만 집중적으로 연마한 덕분에 자신이 생각하기에도 상당히 숙달된
자세가 나와 내심 흡족했다.

　그러나 장강 물고기들은 때 아닌 수난을 당했다.

　가끔 머리를 내미는 놈들은 무영의 회선표가 영락없이 머리를 때려
기절시켰기 때문이다. 기절한 그들은 물 위로 떠오르는 족족 신속히
건져져 미처 정신이 들기도 전에 잘게 분해되어 남북쌍괴의 술안줏감
이 되었다.

"육질이 좋은 놈으로만 건져."

남경이 가까울수록 남북쌍괴가 먹어야 하는 횟감이 급속도로 늘어나자 남괴가 한 말이었다.

배를 너무 오래 타고 와서 모두들 지친 표정인지라 남경에서 배를 내려 며칠 쉬어가기로 했다.

객잔에 몸을 푼 일행은 모두 지쳐 객방 안에서 나오려 하지 않았지만 무영과 남북쌍괴는 예외였다. 그동안 배 안에 갇혀 좀이 쑤신다며 불평만 해대던 남괴는 북괴와 무영을 데리고 구경을 나서기로 했다.

무슨 재미난 일이 없나 하고 객잔을 나오던 그들은 소란스러운 소리에 돌아보니 웬 거지들이 수십 명 흉흉한 기색으로 죽봉을 들고는 그야말로 '떼거지'로 몰려가고 있었다.

개방도는 허리에 맨 새끼줄의 매듭 개수로 서열을 정한다는 말이 생각나 유심히 살펴보니 달려가는 거지들 중 일곱 개가 가장 높았다.

"저놈이 장로인 모양인데요."

무영이 아는 체하며 말했다.

"백주에 거지들이 저렇게 떼를 지어 몰려다니는 일은 흔치 않은데 이상하네……."

남괴도 흥미가 있다는 듯 한마디 했다.

"한번 따라가 볼까요?"

무영도 뱃길로 오면서 이렇다 할 사건이 없어서 무척이나 무료했기에 얼른 나서며 거들었다.

"공연한 시비에 휘말리면 귀찮은 일이 벌어질 수도 있는데……."

남괴는 이곳저곳 다니며 이상한 일을 수도 없이 겪었던지라 썩 내키지가 않았다. 이런저런 일에 일일이 나섰다가는 목숨이 열 개라도 모자르다는 곳이 강호고, 일단 적이 되면 온갖 귀계를 펼쳐 상대를 죽이려고 드는 놈들이 한둘이 아니었다.

"에이~ 경험을 쌓으려고 나온 걸음인데 안 가보면 나중에 후회한다구요. 무공이 최고라면서 웬 겁이 그리 많아요?"

무영이 은근히 남괴의 심기를 건드렸다.

남괴는 쓴웃음을 지으며 고개를 끄덕였다. 거지들은 현무호를 지나 홍산(紅山) 쪽으로 내달았다.

산 어귀에는 반쯤 허물어진 조그만 사당이 있었는데 그곳에도 이미 한 떼의 거지들이 진을 치고 있었다. 양 측의 거지들을 모두 합치면 백여 명은 족히 되는 숫자였다. 남경에 있는 거지란 거지들은 죄다 모인 것 같았다.

나중에 달려간 거지들의 수장이 더 높은지 기다리던 쪽에서 마중을 나와 인사를 하며 맞이했다.

무영 일행은 몸을 숨기며 멀찍이서 따라가고 있어 거지들은 이쪽의 존재를 눈치 채지 못하고 있는 것 같았다. 거리가 제법 멀었지만 말소리는 잘 알아들을 수 있었다.

"놈은 독이 묻은 백골조(白骨爪)를 사용한다. 모두들 독을 조심해야 한다. 이미 놈은 우리 동도를 열 명도 넘게 죽였다. 만일 오늘도 놈을 잡아 죽이지 못한다면 앞으로 강호 동도들 앞에서 우리 개방 사람들은 얼굴을 들고 다니지 못할 것이다. 잠시 후면 놈이 이곳을 지나니 그때 모두 나서서 본때를 보여줘라."

허리에 일곱 개의 매듭을 묶은 거지가 개방도들이 모두 모인 자리에서 일장 연설을 하고 있었다.

"놈의 무공이 보통은 아니라 하니 만일 싸움이 벌어진다면 모두들 전력을 다해야 한다."

"예, 알겠습니다!"

거지들이 합창을 했다.

그런데 거지들에게는 잘 보이지 않지만 무영 쪽에선 훤히 내려다보이는 곳으로 십여 명이 다가오다가 거지들의 함성 소리에 급히 오던 길로 되돌아가는 것이 보였다.

그들은 연신 투덜대며 황급히 오던 길을 되돌아가고 있었는데 마주치기를 꺼려하는지 경공까지 전개해서 달려갔다.

그런데 그들이 다시 성안으로 되돌아가는 방향에서 또 한패의 거지들이 달려오고 있었다.

"저놈들이다!"

거지들 중 한놈이 소리를 지르자 그들은 우르르 달려들어 순식간에 그들을 둘러쌌다. 고함 소리에 관제묘에 모여 있던 거지들도 달려왔다.

당황한 그들 중 하나가 재빨리 앞을 막아서는 거지들을 향해 일장을 날렸다.

"으악!"

비명 소리와 함께 거지 셋이 피를 토하며 그 자리에서 쓰러졌고 주변의 다른 거지들은 몸을 날려 사방으로 피했다. 하지만 여전히 앞을 열어주지는 않았다.

펑!

연막탄의 흰 연기가 터지며 시야를 어지럽히는 사이에 사내가 소리쳤다.

"흩어졌다 다시 모인다."

뒤에 달려오는 백여 명의 거지들을 본 인솔자가 소리치자 흑의인들은 신속하게 몸을 날려 달아났다.

사당 쪽에서 달려오던 거지들이 도착한 것은 이들이 모두 몸을 뺀 직후였다.

"이런 빌어먹을 놈들, 그동안 얼마나 힘들게 추적을 해왔는데……."

땅 위에 널브러진 개방 제자들의 시체를 보며 개방 장로로 보이는 자가 분통을 터뜨렸다.

"달아난 놈들의 무공을 보니 저 거지들하고 맞붙어도 어느 쪽이 이길지 모르겠는데요."

숨어서 보던 무영이 한마디 했다.

"보는 눈은 제법이구나. 놈들이 충돌을 피하는 것을 보면 아마 다른 목적이 있는 놈들 같다. 하기는 더러운 거지들하고 싸워서 남을 게 뭐 있겠냐?"

남괴가 심드렁한 목소리로 말했다.

"큭큭."

무영은 그 말이 재미있어 그만 웃음을 터뜨렸다.

"누구냐?! 쥐새끼처럼 숨어 있지 말고 정체를 드러내라!"

무영의 웃음소리는 그러지 않아도 적을 놓쳐 열받아 있는 개방 사람들의 귀에도 들렸다. 백여 명이나 동원하고도 적을 놓친 것에 대해 무척 화가 난 상태였는데 웃는 소리가 들리자 누군가 지켜보며 자신들을 비웃고 있는 것이라고 생각했다.

"야, 임마. 늦었어. 나가."

깜짝 놀란 무영이 멈칫거리자 남괴가 한심하다는 듯이 그를 보며 먼저 몸을 일으켰다. 무영과 북괴도 자리에서 일어서는 도리밖에 없었다.

"흥! 누군데 감히 숨어서 개방의 행사를 엿보느냐?"

남북쌍괴는 당연히 딴청을 피웠고 마땅히 할 말이 없는 무영이 가만 있자 상대는 이번에는 더 큰 목소리로 말했다.

"개방 장로 걸개신장(乞丐神杖) 표전(彪電)이오! 당신들이 개방을 무시하지 않는다면 어째서 아무런 해명도 없소?!"

표전은 개방 제자들 중에서 가장 타구봉을 잘 쓴다고 소문이 난 자였다. 성질도 제일 불 같고 더러워 무림인들은 가급적 그와 부딪치는 것을 은근히 피하기까지 했지만 지금 그의 말투는 바뀌어 있었다. 젊은 놈 뒤에서 몸을 드러낸 두 늙은이를 본 까닭이었다.

그들을 보는 순간 평범하지만 전혀 예사롭지 않은 기도와 백여 명의 개방도 앞에서 조금도 위축됨이 없는 태연한 표정, 그는 젊은이 뒤에 서 있는 작은 키에 만두같이 생긴 늙은이와 그보다 머리통 한 개는 더 있어 보이는 키에 바싹 마른 노인을 보며 남북쌍괴를 떠올렸다. 귀찮은 놈들이었다.

한 번도 만난 적은 없지만 무림 정보통으로 통하는 개방에서 강호 괴짜로 통하는 그들의 특징적인 외모를 모르는 사람은 없었다.

"죄송하게 되었습니다. 지나가던 중에 싸움이 벌어져 잠시 몸을 숨기고 있던 것뿐입니다."

계속되는 다그침에 무영이 대꾸했다.

"흥, 언제부터 남북쌍괴가 싸움판이 겁나 몸을 숨기고 구경했단 말이냐?"

표전은 가뜩이나 심기가 불편한 마당에 무영이 납득하기 어려운 해명을 하자 성질을 참지 못하고 면박을 주었다.

그 말에 뒤에 서서 그 말을 듣던 남괴의 눈꼬리가 올라갔다.

표전에 대해서는 그도 소문을 들어 알고 있었다. 나이가 이십 년은 아래로 보이는 젊은 놈이 자신들을 겁쟁이로 몰자 그는 발끈했다.

"표가(彪哥)야, 말을 함부로 하는구나. 그럼 우리가 겁쟁이라는 말이냐?"

"그럼 왜 떳떳이 나서지 못하고 숨어 있었다는 말이오?"

표전도 백여 명의 개방 제자들이 지켜보고 있는지라 조금도 꿇리지 않고 맞섰다.

펑!

얼굴이 붉어진 남괴가 허공으로 손을 내젓자 몇 장 떨어진 곳에 있던 바위가 산산조각이 났다. 근처에 있던 개방 제자 몇몇이 허공으로 튀는 바위 조각을 피해 황급히 몸을 날렸다.

"후후, 어린놈이 눈에 보이는 것이 없구나. 개방 장로면 내가 눈썹 하나 까딱할 줄 알았더냐?"

일장을 날린 남괴는 표전을 보며 말했다.

성질 급한 표전이지만 그 일장에는 뜨끔했다.

방금 전의 일장은 자신도 감히 흉내 내지 못할 것이었다. 풍문에 의하면 그들의 무공 수위는 강호 십대고수에 못지않을 것이라는 얘기도 있었지만 믿지 않았다.

하나 오늘 남괴의 일장을 보니 강호를 떠도는 말이 결코 헛소문이 아니라는 것을 알았다.

하지만 부하들 앞에서 체면을 구길 수는 없었다. 표전은 타구봉을 곧추세우며 한 걸음 앞으로 나섰다.

"그럼 개방을 우습게 본다는 말이오?"

"표 장로님, 우리는 개방에 아무런 잘못도 하지 않았소이다. 우리가 개방 사람이 있는 곳으로 가서 숨어 있었던 것도 아니고, 우리가 있던 곳으로 당신들이 온 것이 아닙니까? 여기가 개방의 사유지도 아닌데 왜 우리가 여기 있던 이유를 당신들에게 해명해야 한단 말입니까?"

"그렇지, 그렇지."

남괴가 무영의 조리있는 말에 맞장구를 쳤다.

"표가야, 들었냐? 이제 네놈이 우리를 핍박하는 이유를 해명할 차례다. 우리가 만만히 보여서 그렇다면 오늘 가르침을 내려주마."

이렇게 되자 오히려 답변이 궁해진 것은 표전 쪽이었다. 가만히 생각해 보니 상대의 말이 전적으로 옳았다.

"나라에는 황법이 있고 강호에는 강호법이 있는 것이오. 아무리 남북쌍괴의 위명이 높다 해도 개방도 그리 만만한 곳이 아니라는 것을 알아야 할 것이오."

표전이 마땅히 대답을 못하고 버벅거리고 있자 옆에 서 있던 다른 거지가 나섰다.

"흥, 네놈은 또 누구냐? 그럼 아무에게나 시비를 거는 것이 개방이 지키는 강호법이란 말이냐?!"

"나는 개방 남경 분타주 추고용(秋靑容)이라 하오. 노선배께서 숨어 있지 않았다면 누가 쓸데없이 시비를 걸겠소이까?"

추고용은 자신들의 장로가 말싸움 끝에 수세에 몰리자 모른 척할 수 없어 끼어들었다.

남괴도 무림에서의 체면을 생각해 개방에 사과할 생각은 눈곱만큼도 없으나 개방과의 마찰도 원치 않았다. 무공의 고하를 떠나 중원 곳곳에 널린 수십만이나 되는 거지들과 악연을 맺어 좋을 일이 뭐란 말인가. 문득 가는 곳마다 거지들이 떼를 지어 쫓아오는 상상에 남괴는 머리를 흔들었다.

"왜 그래요? 어디 아파요?"

"험, 험. 아, 아니다. 어, 저건 또 웬 놈들이냐?"

남괴가 멀리 성 쪽을 보며 말했다.

남괴의 돌연한 말에 모두 고개를 돌려보니 멀리서 칠팔 명의 거지들이 나는 듯 경공을 전개해 달려오고 있었는데 방향으로 보아 이쪽을 향해 오는 것이 틀림없었다.

그들은 하나같이 무공이 고강한 듯 잠깐 사이에 장내에 도착했는데 그들을 본 표전을 비롯한 거지들이 일제히 무릎을 꿇고는 소리를 질렀다.

"방주(幫主)님을 뵙습니다."

합창을 하는 거지들을 보고 일행은 깜짝 놀랐다.

특히 무영은 그 명성이 자자한 구파일방의 방주 중 하나를 직접 보게 되자 내심 묘한 기분이 들었다.

개방 방주는 사십이 갓 넘어 보이는 사내였는데 머리통이 다른 사람에 비해 반쯤은 더 컸고 눈은 마치 얼굴 위 양쪽으로 칼로 찢어놓은 듯한 우스꽝스러운 얼굴이었다.

"표 장로, 무슨 일이오?"

도착하자마자 연유를 묻던 그는 표전이 미처 대답도 하기 전에 피를 흘리며 쓰러져 있는 세 명의 개방 제자를 발견하고는 살기를 돋우며 말을 이었다.

"홍, 요즘 강호에 개방 거지들 따위는 안중에도 없다는 말이 들리더니 그 말이 사실인가 보구나."

남괴는 자세한 경위도 모르고 함부로 말하는 그를 보니 화가 치밀어 올랐다.

"우리보고 하는 소리냐? 중원에 널린 게 거지고 내가 그렇게 되라고 빈 것도 아닌데 왜 안중에 두어야 한다는 말이냐?"

사실 그의 말은 개방의 방주 앞에서 하기에 적절한 말은 아니었다. 제자가 죽은 것이 그들의 짓이 아니라고 말하려던 표전도 개방도를 무시하는 그의 말에는 참지 못했다.

"늙은이, 체면을 보아 존장의 예의를 갖추어주었건만 보이는 것이 없는 모양이구나."

말과 함께 그는 남괴를 향해 타구봉(打狗棒)을 후려쳐 갔다.

백구앙복(百狗仰伏).

개방이 자랑하는 타구봉법 중에서도 무서운 절초로 알려진 흉맹한 초식으로 좀체 쓰지 않는 살수였다.

표전의 이 한 수는 남북쌍괴의 명성을 익히 아는 그에게 기선을 제압하기 위한 당연한 선택이라 할 수 있었다.

갑작스레 전개한 공격임에도 초식을 전개하는 표전은 마치 자신이 휘둘러 대는 타구봉에 싸인 듯이 보여 걸개신장이라 알려진 그의 이름이 결코 허명이 아님을 보여주었다.

"흥!"

하지만 하늘을 덮듯이 흉맹하게 쳐가던 걸개신장 표전의 공격은 코웃음을 치며 가볍게 저어가는 남괴의 소맷자락에 의해 너무도 손쉽게 사라졌다. 그 틈에 남괴는 오히려 암경을 뿌려 표전의 앞가슴을 쳐갔다.

남괴의 반격에 표전의 얼굴이 붉게 달아올랐다.

작심하고 내친 절초가 소맷자락 한 수에 의해 무력화되고 오히려 보이지 않는 암경이 전신을 압박하고 있었다. 이미 상대의 한 수를 경험한 그는 맞받아간다면 큰 손해를 볼 것임을 직감했다. 하지만 조여오는 은근한 기세는 그가 한 걸음 뒤로 몸을 뺐음에도 불구하고 계속 압박해 왔다.

펑!

더 이상 피할 길이 없어 쌍장을 내지르던 표전은 한줄기의 경력이 자신을 도왔음을 알았다. 그를 도와준 손길은 방주였다.

"흥, 개방은 싸움만 벌어지면 개 떼처럼 덤비는구나."

표전과 방주의 합공에 한 걸음 뒤로 물러선 남괴가 비꼬듯이 말했다.

그 말에 개방 방도들 모두 얼굴을 붉혔다.

확실히 이번 일장의 교환은 공정하지 못했다. 갑작스레 선제공격을 가한 표전이 오히려 밀리는 것을 방주가 도운 형국이니 누가 보더라도 떳떳하지 못했다.

하지만 그보다 모여 있는 모든 개방 사람들을 더 놀라게 한 것은 남괴의 고절막측한 무공 수위였다.

"실례하오. 개방 방주 철장비룡(鐵杖飛龍) 유석대(劉石大)라 하오. 혹시 두 분께서는 남북쌍선(南北雙仙) 어르신들이 아니신지요?"

"남북쌍선이라는 말은 오늘 처음 들었다만 강호에서 우리를 남북쌍괴라 부른다는 것은 안다."

마치 면박을 주듯 하는 말에 유석대의 얼굴이 붉어졌다.

"표 장로, 본 방이 무림의 노선배님들과 마찰을 빚어 제자들까지 죽다니 도대체 무슨 일이오?"

유석대는 남괴의 말을 무시하고 표전에게 고개를 돌려 물었다. 그는 일방의 방주였다. 남북쌍괴 같은 고수는 가급적 피하고 싶은 상대인지라 큰일이 벌어지기 전에 경위부터 알아보려고 했다. 물론 개방 제자의 시체가 셋이나 널브러져 있는 마당에 쉽게 물러설 마음은 추호도 없었다.

표전은 간단하게 그간의 사정을 말했다.

경과를 들은 유석대는 어이가 없다 못해 울고 싶은 심정이 되었다. 아무리 생각이 없기로서니 장로쯤 되는 자가 남북쌍괴가 그 자리에 있었다는 이유로 시비를 일으켰다고 하니 답답하다 못해 한심할 지경이었다.

게다가 죽은 개방 제자는 백골조(白骨爪)에게 당했다고 했다. 그러고 보니 죽어 있는 제자들의 얼굴이 시퍼렇게 변해 있어 한눈에 보기에도 독에 당한 것임을 알 수 있었다. 백골마조(白骨魔爪) 철지상(鐵智常)은 흑도서열 십 위 안에 드는 고수로 놈의 부하들까지 있었다면 분명 걸개신장이 감당할 적은 아니었다.

"은밀히 감시만 하고 있으라고 했지 누가 본 방주의 허락도 없이 철지상을 공격하라고 했소? 그간 뒤를 쫓느라고 얼마나 공을 들였는지 알면서도 그런 경솔한 짓을 했다는 말이오?"

그는 부아가 치미는 것을 견딜 수 없었다.

찢어진 눈꼬리를 하늘로 치켜 올리며 화를 내는 것은, 백골마조를 놓치게 된 데다 제자까지 죽게 만들고, 그것도 모자라 남북쌍괴와 어이없는 시비까지 붙고 있으니 열이 치미는 그로서는 당연하다 할 수 있었다.

백골마조 철지상을 멀리 사천(四川)에서부터 남경까지 쫓아온 그는 확실하게 잡기 위해 미리 전서구로 각지에 흩어진 장로들을 불러 모은 것인데, 먼저 도착한 표전이 명령을 위반하고 나섰다가 오히려 손해만 보고 타초경사(打草驚蛇)의 우를 범한 것이다.

웬만해선 나이가 많은 장로들에게 말을 함부로 하지 않는 그였지만 도저히 참을 수 없었다.

더 심하게 질책을 하고 싶었지만 그나마 외인(外人)도 있고 여러 하급제자들 앞이라 장로의 신분을 고려해 그 정도로 참았다.

표전은 방주의 질책에 얼굴이 벌겋게 달아올랐다.

확실히 그가 받은 지시는 제자들을 동원하여 방주 일행이 도착할 때까지 철지상을 은밀하고 철저하게 감시만 하라는 것이었다. 한데 섣부른 공명심에 사로잡혀 남경 분타의 전 제자를 동원해서 나섰다가 세 명이나 죽게 했으니 정말 면목이 없었다.

더구나 공연한 시비를 일으켜 남괴를 먼저 공격했다가 날카로운 반격에 망신살까지 뻗친 그였으니 정말 그에게 있어 오늘 하루는 더럽게 일진이 사나운 날이었다.

여러 제자들 앞에서 나이 어린 방주에게 질책을 받아도 변명조차 할 처지가 아닌지라 얼굴만 붉히는 그였다.

"죄송하게 되었습니다."

유석대는 일행을 보며 정중하게 포권까지 해가며 사과했다.

아무리 괴팍한 남북쌍괴지만 개방의 방주인 그가 정중히 사과를 청하자 당황했다.

"험, 피차간에 오해가 있었으니 그럴 것까지야 없소."

말투도 바뀌었다.

"저희들은 이만 가보겠습니다."

유석대가 남괴에게 포권을 하며 추고용에게 눈짓을 했다. 제자들을 물리라는 신호였다. 추고용도 이미 느끼고 있었는지 가볍게 허리를 숙였다.

그는 화난 방주나 표 장로 곁에 있다가 무슨 불똥이 튈지도 모른다는 생각에 신속하게 분타의 제자들을 데리고 자리를 떴다. 잠깐 사이에 남경 분타의 개방 제자들이 썰물처럼 빠져나가고 그 자리에는 방주 일행과 표전만이 남았다.

"잠깐 말을 나눌 수 있겠습니까?"

무영이 막 자리를 뜨려는 유석대 일행에게 다가서며 정중한 말투로 말했다.

"무슨 일이시오?"

막 자리를 뜨려던 방주 일행 중 하나가 나서며 무뚝뚝한 어조로 물었다. 오늘 비록 개방이 체면을 구겼으나 아무나 개방 방주에게 말을 걸어올 수 있는 자리는 결코 아니었다.

"방주님께 긴히 여쭐 말씀이 있습니다."

"말씀을 해보시오."

유석대가 나섰다. 하지만 아직도 불쾌한 기분이 가시지 않았는지 그리 듣기 좋은 어조는 아니었다.

"둘만 있는 자리에서 말씀을 드리고 싶군요."

"젊은 사람이 분수를 모르는구려."

옆에 있던 개방 사람 하나가 나서며 불쾌한 듯 말했다.

"마교에 관한 것입니다."

마교라면 흥미를 보일 것이라는 그의 생각은 효과가 있었다. 유석대의 째진 눈이 치켜 올라갔다.

그는 잠시 생각을 하는 눈치이더니 말했다.

"오늘 저녁 사람을 보낼 테니 머무는 곳을 알려주시오."

무영은 묵고 있는 객잔과 자신의 이름을 말했다. 하지만 장무영이라는 이름은 중원에 널리 알려졌는지라 간단히 성은 빼고 이름만 알려주었다.

과연 객잔으로 돌아와 남북쌍괴 등과 식사를 하는데 늙수그레한 거지 하나가 칠팔 명의 개방도를 이끌고 나타났다.

"구지개(九指丐) 종천리(從千里)라 하오. 식사를 마칠 때까지 밖에서 기다리지요."

칠결인 것으로 보아 장로 급이었다.

종천리는 무영과 남북쌍괴가 식사를 마치고 나오자 개방 남경 분타로 안내했다.

남경 분타는 성 밖 남쪽 부자묘(夫子廟) 근처에 있었다.

그곳에서 그리 멀지 않은 근처의 다 허물어져 가는 관제묘에 도착한 종천리는 무영 일행을 안내해 안으로 들어갔다.

"어서 오시오."

유석두는 포권을 하며 맞았다.

안에는 대여섯 명 정도의 거지가 덤덤한 눈길로 그들을 보고 있었다. 언뜻 허리 매듭의 수를 살펴보니 그 수가 다섯 개 이하인 자가 없었다.

그는 무영의 부탁대로 둘만의 자리를 마련해 주었다.

파격적이기는 했지만 마교에 관한 일이라는 말과 남북쌍괴와 함께 다니는 무영의 내력이 결코 범상치 않다고 판단했기 때문이다.

"그래, 마교에 관해 할 말이 무엇이오?"

귀퉁이가 떨어져 나간 탁자에 다 부서져 가는 나무 의자가 고작이었지만 권하는 자리에 앉자 유석대가 입을 열었다.

"따로 알아보고 싶은 것이 있어서 그렇습니다. 혹시 마교가 요즘에도 활동하고 있는지요?"

"묻고자 하는 것이 그것이오?"

유석대는 안색을 싸늘히 굳혔다.

마교에 관한 얘기는 왕년에 그 휴유증이 너무 커 무림에서도 금기시되다시피 했다. 무영이 마교에 대한 얘기를 한다기에 무슨 좋은 정보가 있나 해서 시간을 낸 것인데 도리어 자신에게 뻔한 얘기를 하고 있지 않은가.

"그렇습니다."

"왜 마교에 대해 묻는 게요? 귀하가 마교에 대한 것을 묻는 이유를 분명히 하지 않는다면 내 입에서 좋은 말이 나오지는 않을 것이오."

유석대의 눈에서 살기가 흘러나왔다. 그는 무영을 매섭게 노려보며 말을 이었다.

"개방은 마교와 석년의 전투로 수만 명이 죽었소. 나는 귀하의 답을 강요할 자격이 있다고 생각하오."

백여 년 전 마교와 정도맹의 싸움이 삼 년을 넘게 끌면서 피차간의 희생자는 엄청났다. 몇 년만 더 계속되었다면 중원에서 무림인은 씨가 마를 것이라는 말까지 떠돌 정도였다.

당시 마교는 무림맹의 정보선을 차단할 목적으로 중원 각지의 거지들을 무차별 살육하였는데, 그로 인해 죽은 거지들의 시체가 온 천하에 즐비했다고 전했다.

"우리는 지금 어떤 일을 도모하고 있습니다. 한데 마교의 추적을 피해야 할 형편이라 강호의 정보통이라는 개방에 알아보려는 것뿐 다른 뜻은 없습니다. 내가 마교 사람이라면 지금 이렇게 묻겠습니까?"

무영은 피해 가려고 했다.

그러나 유석대는 만만치 않았다.

"물론 그렇게 생각할 수도 있겠으나 마교에서 우리를 떠보기 위한 것이 아니라고 어떻게 장담하겠소? 만약 이 자리에서 나를 납득시키지 못한다면 여기서 보내 드릴 수 없소."

그는 방주답게 말에 빈틈이 없을 뿐 아니라 무영에 대한 입장도 단호했다. 물론 그는 무영을 마교의 앞잡이라고는 생각지 않았지만 상대를 강하게 압박해서 밑천을 드러내게 하려는 생각이었다.

유석대는 방주의 상징인 청죽봉(靑竹棒)을 가볍게 흔들었다.

그가 강호에서 철장비룡이라 불리는 까닭은 그의 성명절학이라고 할 수 있는 항룡십팔장(降龍十八掌) 때문이었다.

항룡십팔장은 개방 방주에게만 전승되는 비전 절학이었다.

역대 방주들은 보통 십성 정도만 연마한 경우가 대부분이었는데 그 정도만 해도 강호에서 활약하는 데 전혀 무리가 없었다.

유석대가 다른 개방의 역대 다른 방주들보다 무척 젊은 나이에 방주 직위를 받을 수 있었던 것은 그의 스승인 취선개(醉仙丐) 순우황(淳于晃)의 개방 내 배분이 워낙 높기도 했지만 결정적인 것은 그의 항룡십팔장이 십이성의 경지에 올라섰기 때문이었다.

그 정도의 성취를 보인 사람은 개방 역사를 뒤져도 손가락으로 꼽을 수 있을 정도였다. 그의 일장을 맞받은 상대들은 마치 쇠뭉치로 맞은 듯하다고 하여 강호인들은 그에게 철장비룡란 외호를 붙여주었다.

그의 말은 명확했다.

마교와 한패가 아니라는 것을 입증해야 한다는 것이었다.

"비밀을 지켜주실 수 있겠습니까?"

"타당하다고 생각되면 약속할 수 있소."

교묘한 화법이었다.

그렇게 말한다면 사실상 약속의 의미는 없다.

"옛날 곤륜파가 정사대전 중에 마교에게 멸문지화당한 사실을 알고 계십니까?

"그 사실을 모르는 무림인이 있겠소? 그들의 희생이 없었더라면 마교에게 승리할 수도 없었을 겁니다."

"저는 곤륜 문도입니다."

유석대의 얼굴이 굳어졌다.

강호제일의 정보통을 자랑하는 자신의 수족들에게서도 아직 곤륜파가 다시 일어났다는 소식을 받은 적이 없었다. 그런데 곤륜파를 자처하는 사람이 지금 자신의 눈앞에 서 있다. 유석대의 머리가 다시 복잡해졌다.

그렇다고 그 말 한마디로 상대를 다 믿을 그가 아니었다.

"무엇으로 증명하겠소?"

잠시 침묵을 지키던 유석대는 여전히 굳은 얼굴을 풀지 않고 물었다. 유석대의 입장에서는 당연한 질문이었다.

"어떻게 하면 되겠습니까?"

무영의 말에 잠시 고심을 하던 유석대가 입을 열었다.

"선사로부터 곤륜파에는 운룡대팔식이라는 절예가 있다고 들었소. 한 번도 본 적은 없지만 그 특징에 대해서는 들은 바 있으니 알아볼 수는 있을게요."

"좋습니다. 무공을 펼치기에 적당한 곳을 부탁드립니다."

유석대의 말에 따라 둘은 근처의 야산으로 자리를 옮겼다. 남북쌍괴는 대동하지 않는데, 개방에서는 방주를 호위해야 한다고 나서는 호법 둘이 따라왔다.

"검으로 하겠습니다."

무영이 말했다.

운룡대팔식은 금룡검법을 바탕으로 하여 검법과 경공이 절묘하게 어우러진 초식으로 강호의 그 어떤 검법보다 화려하고 아름다웠다. 중원 검술의 대가들은 그런 운룡대팔식을 검술과 신법이 절묘하게 조화된 가장 완벽한 구현라고 칭송할 정도였다.

"하압!"

기합과 동시에 무영의 신형이 허공을 박찼다.

허공을 둥실 떠가는 듯한 운룡유영에 이어 운룡파미, 운룡파천로 이어지는 삼초가 전개되며 달빛에 반사된 은빛 검광이 저녁 하늘을 가득 메웠다.

마치 승천하는 용이 구름을 차며 날아오르듯 전개되며 검광이 하늘을 가득 메우는 그 모습은 누구라도 감탄을 하지 않고는 못 배길 정도였다.

'대단하다.'

가늘게 찢어진 유석대의 눈이 부릅떠졌다.

강호의 어느 문파도 감히 흉내 내기 어려운 곤륜파만의 독창적인 이 초식은 선사로부터 몇 마디 말로만 들었던 운룡대팔식이 틀림없다.

옆에 있던 두 호법마저도 찬탄을 금치 못했다.

무영이 지면으로 내려서 검을 거두고는 유석대를 향해 가볍게 포권을 했다.

"이 정도면 됐습니까?"

"오늘 처음 견식을 했지만 본인은 그게 곤륜의 운룡대팔식이 틀림없다고 확신하오."

어느 결에 굳어 있던 유석대의 표정이 밝아져 있었다.

동병상련이라고 할까?

정사대전의 최대 피해자는 곤륜과 개방이었다.

유석대가 선사에게 들은 바로는 이 두 방파의 희생으로 정도맹이 승리를 지켜낼 수 있었다고 했다. 특히 곤륜은 그 당시 마교의 미끼 역할을 하는 바람에 멸문지화까지 당했다고 들었다.

"실례지만 직책을 물어봐도 되겠소?"

"감찰단주입니다."

"그럼 남북쌍괴··· 쌍선은 어떻게······?"

유석대는 얼른 쌍선으로 고쳐 말했다.

"본 문의 태상호법되십니다."

한 문파의 태상호법이라면 방주에 비해 결코 손색이 있는 지위가 아니었다. 어느 문파나 태상호법은 방주에 버금가는 대우를 받고 있으며 배분상으로는 방주의 위인 경우가 대부분이었다.

"허어, 그렇구려. 이거 내가 몰라 뵙고 결례를 많이 했으니 본 방주가 앞으로 얼굴을 들고 다니기 어렵게 되었소이다."

유석대는 최대한 예의를 갖추어 말했다.

"밝히지 않은 저희 측의 잘못이 크다고 할 수 있습니다. 마음에 두지 마십시오."

무영도 가볍게 화답하고는 말을 이었다.

"우리 곤륜파가 다시 재건 중이라는 이야기는 여기 계신 세 분만이 아는 비밀로 해주시면 고맙겠습니다. 본 파 장문인께서 일절 함구하라고 하셨는데 제가 어쩔 수 없이 미리 밝히게 되었으니, 아직 힘이 미약하기 이를 데 없는 이 마당에 조그만 방해에도 행여 큰 타격을 받을까 걱정됩니다."

무영은 정색을 하고 말했다. 아직 곤륜파의 재건을 알리는 나팔을 불기에는 시기가 너무 일렀다. 그리고 그 일은 이제 풍요립의 소관이지 자신이 함부로 결정할 일도 아니었다.

그동안 대등한 입장에서 일을 추진시켜 왔으나 이제 곤륜파에는 어엿한 장문인이 있었다.

"이를 말씀이오. 곤륜파라면 우리 개방도 남이라 할 수 없으니 만일 그 밖에도 도울 일이 있다면 힘을 다하겠소."

유석대도 믿음이 가는 말투로 약속했다.

"그런데 마교가 아직 중원에 존재합니까?"

무영은 아까 심각해하던 유석대의 얼굴을 기억하고는 물었다.

"내가 총단을 비우고 사천을 다녀온 것은 사실 그것 때문이오. 당가의 호법 세 명이 의문의 피살을 당했는데 사인을 조사했던 당가에서 급히 연락을 보내와 방문했던 것이오."

"사인에 무슨 특별한 점이라도 있었습니까?"

"세 명은 각기 다른 다섯 가지의 무공에 당했는데 그중 마교의 무공으로 확신하는 음풍투골장(陰風透骨掌)과 백골조(白骨爪)로 추측되는 두 가지를 제외하고 나머지는 모두 도검의 흔적이오. 왕년의 마교 무공을 알아볼 수 있는 사람은 현재 소림의 영오 대사님뿐인데 그분은 참회동에서 속세와의 인연을 끊고 나오려 하지 않으시니……."

"영오 대사님은 어떻게 그걸 알아볼 수 있지요?"

"그분은 세수가 백삼십이 다 되어가시는데 정사대전 당시에 참전했던 분이오. 다른 분을 꼽으라면 당시 해남검파(海南劍派)의 정예를 이끌고 정도맹의 돌격대 역할을 하셨던 폭풍검(暴風劍) 단운비(端雲飛)를 생각할 수 있는데 그분도 정사대전이 끝나자 젊은 나이에 은거해 버려

지금은 생사조차 알 수 없소."

"저도 그 당시 상황을 잘 듣지 못했는데 곤륜파가 무슨 이유로 희생이 되었는지 혹시 알고 계십니까?"

"나도 자세한 것은 알지 못하오. 그러나 선사께서는 곤륜파에 대해서는 항상 희생이라는 용어를 쓰셨기에 그저 당연히 그렇게 말이 나왔는데, 듣고 보니 좀 이상하기는 하오."

유석대의 사부였던 취선개 역시 정사대전 당시 어린 나이에 스승을 따라 참전했었다. 하니 취선개도 당시의 산 증인이라고 말할 수 있었고 유석대는 스승인 그로부터 들은 얘기였다.

"그럼 마교가 다시 준동을 하고 있다고 봐야겠군요?"

"그렇소. 본 방에서는 최근에 일어난 일련의 사건을 예의 주시하고 있소. 사실 정파고수들이 피살된 것은 이번이 처음이 아니오. 두 달 전 아미파의 장로 삼음 신니 또한 그 제자 다섯과 함께 산문을 나선 후 행방 불명 상태로 있다가 이번 달 초에 군산의 한 섬에서 외상이 전혀 없는 시신으로 발견되었소. 삼음 신니의 실력은 객관적으로 보아 무림 오십대 고수 안에 드는 정도인데 이대제자 다섯과 함께 당했다는 것은 그 상대가 무공이 무척 고강하다는 것을 추측할 수 있소. 하나 현 무림에서 그럴 만한 단체는 없다는 것이 우리의 판단이오."

무영의 표정이 심각해졌다.

그만큼 유석대의 이야기는 실로 엄청난 것이었다. 그동안 강호 정세에 관해 여기저기 귀동냥한 것도 적지 않았다.

당문은 사천의 패자인 동시에 중원무림의 막강한 세가라고 할 수 있는데 호법의 지위에 있는 자가 자기 구역에서 셋이나 당했다면 보통 일이 아니었다. 게다가 중원 팔대문파 중 하나인 아미파에서 장로를 포함

하여 다섯이나 당했다면 이것 또한 문파에 대한 엄청난 도전 행위였다.

"그럼 마교……?"

"그렇소. 우리는 그들의 소행으로 보고 있소. 이미 음풍투골장과 백골조라는 무공이 사용된 것으로 보아 비록 추측이라고 해도 마교를 의심하지 않을 수 없소."

"피해를 본 정파가 두 곳뿐입니까?"

"사실로 드러난 것은 정파 두 곳이 전부이지만 녹림 쪽에서도 이상한 소문이 떠돌고 있소. 장강수로맹의 수뇌부가 다른 집단에 접수되었다는 말도 나오고, 황하의 수룡방도 내부에 문제가 있다는 말이 들리지만 아직 확인되지 않고 있소."

"그럼 그곳도 마교가 침입했을 가능성을 배제할 수 없다는 말씀이군요."

"그렇게 볼 수도 있지만 아직 확증은 없소. 마교에 관한 일은 매우 신중하고 철저한 접근이 필요하기에 우리도 아직 뭐라고 결론 내리지는 않고 있소."

유석대는 어두운 표정을 지으며 침착한 어조로 말했다.

"사실 내가 온 것은 백골마조 철지상의 흔적이 표면에 드러났기 때문이오. 여기서 잡을 수 있다고 생각했는데 그만 표 장로가 큰 실수를 했소."

무영도 알고 있는 상황이었다.

그때였다. 멀리서 한 사람이 몸을 날리며 달려오는 것이 보였다. 얼핏 보니 종천리 같았다.

"무슨 일이오?"

유석대는 그가 총타의 접객당주 구지개 종천리임을 알아보았다. 가뜩이나 마교 얘기를 하던 중이라 혹시 개방에 무슨 큰일이라도 생겼는가 해서 섬뜩한 유석대였다.

"혁, 혁, 바, 방주… 지금 쌍괴가… 분타를 부수며 난동을 피우고 있습니다."

종천리는 급히 달려오느라 미처 말을 잇지 못했다. 그만큼 사정이 다급하다는 얘기였다.

"무슨 일로 난동을 피운단 말이오?"

유석대는 남북쌍괴가 곤륜파의 태상호법이라는 얘기를 들은 터라 어리둥절해했다.

"그, 그게, 동생을 내놓으라며……."

'어이쿠!'

무영은 가슴이 덜컹했다.

이 두 노인네가 자신이 오랫동안 소식이 없자 분타를 뒤엎고 있는 것이 분명했다. 유석대 앞에서 얼굴을 들기도 민망했다.

"다친 사람은 없었소?"

"말도 마십시오. 쌍괴의 무공이 어찌나 고강한지 분타 당주 급 전원과 방주님을 모시던 총단 고수들까지 나서고 있지만 버거운 상태입니다."

"제가 먼저 가보겠습니다."

무영은 가볍게 포권을 해 보이고는 재빨리 몸을 날려 관제묘로 향했다.

유석대도 뒤따라 신형을 날렸다. 뒤따라 출발한 유석대는 금세 무영을 따라잡았다.

그가 펼친 경공은 개방 유일의 보법인 동시에 경공술인 취선보(醉仙步)였다.

소림의 일위도강(一葦渡江)에는 미치지 못하지만 그래도 강호에서는 알아주는 경공술로, 거지들이 삼십육계 줄행랑을 놓을 때도 애용하는 경신법이었으나 유석대가 전개하자 차원이 달랐다.

무영도 얼른 진기를 더해 답설무흔(踏雪無痕)을 전개했다.

눈 덮인 청해의 산악을 오르내리다가 창안했다는 답설무흔이야말로 일위도강과 어깨를 견주어도 손색이 없는 경공술로 곤륜파가 자랑하는 경신법이었다.

두 사람은 순식간에 관제묘에 도착했다.

유석대는 내심 놀랐다.

그도 사부로부터 답설무흔이 무림 최고의 경공 중 하나라는 말은 들었지만 자기보다 한참 아래인 새파란 젊은이가 그 정도의 성취를 이뤘다는 사실에 경탄을 금치 못했다.

감찰단주에 불과한 그가 그 정도의 실력이라면 곤륜파의 저력도 결코 만만하지 않을 것이라는 생각이 들었다.

펑!

쿠당탕!

"어이쿠!"

권장 소리와 함께 묘당문을 가렸던 거적이 터져 나가며 거지 하나가 굴러 떨어지더니 마당 구석으로 처박혔다.

유석대가 보니 총단 집법당주인 일월만취개(日月滿醉丐) 곽남옥이었다. 밤낮없이 취해 있는 통에 외호도 일월만취개인 그는 가뜩이나 술기운에 붉은 얼굴에 한 대 맞은 자국이 시뻘겋게 나 있다.

유석대는 속이 부글부글 끓어올랐지만 곤륜파 태상호법임을 알고 있는지라 어쩔 수 없었다.

무영이 얼른 나서서 천막을 밀치며 들어갔다.

묘당 중앙에서 남북쌍괴가 권장을 날리며 길길이 날뛰고 있는데 주변을 거지 수십 명이 에워싸고 기회를 엿보고 있었다.

하지만 무공의 고하가 뚜렷한지라 몇몇 거지들을 제외하고는 나머지는 장력을 피해 도망 다니기에 급급했다.

"지금 뭐 하고 계신 거요?!"

무영이 내공을 실은 목소리로 버럭 고함을 질렀다. 거지들에게도 공격을 멈추라는 신호였다.

장내가 한순간에 조용해졌다.

"너, 무사했냐?"

남괴가 무영의 눈치를 보며 기어들어 가는 목소리로 물었다.

그는 무영이 개방 방주란 녀석과 아무 일 없었다는 듯이 들어서자 뭔가 일을 잘못 벌인 것을 알았다.

"내가 죽기라도 했다는 말씀입니까?"

무영은 버럭 신경질을 냈다.

이런 짜증나는 상황이 벌어지고 있는 줄은 꿈에도 생각지 못했다. 사실 남북쌍괴에게 아무런 말도 없이 한 시간 가까이 버려두었으니 굳이 그들의 잘못이라 할 수는 없었다. 게다가 아까 자리를 비울 때만 해도 서로 경계하는 분위기였지 않은가?

"에잉, 이거 어디 망신스러워서 다닐 수가 있어야지. 자리만 비우면 말썽을 일으키니……."

"그, 그게 거지들이 하도 덤비는 통에……."

남괴가 머뭇대며 얼른 거지들 핑계를 댔다.

"당신들이 먼저 동생을 내놓으라고 떼를 쓰며 난동을 피웠지, 어째서 우리 잘못이란 말이오?!"

뒤따라 들어선 곽남옥이 삿대질을 해대며 분을 삭였다.

곽남옥의 말이 맞는지 마땅히 할 말을 찾지 못한 남북쌍괴가 두 눈만 부릅뜬 채 곽남옥을 노려보았다.

"밤낮 소동을 피운다면 어디 마음 편히 같이 다니겠어요?!"

무영은 그렇게 타박을 줘놓고도 아직 화가 가라앉지 않았는지 소리를 버럭버럭 질러가며 남북쌍괴를 나무랐다.

"이게 다 네놈이 말없이 자리를 비운 덕이 아니냐?!"

남괴도 드디어 참지 못하고 한마디 했다.

"그럼 내가 자리를 비울 때마다 보고를 해야 하고, 또 내가 만일 말없이 자리를 비우면 때와 장소도 안 가리고 뒤집어엎기부터 하겠다는 말입니까?!"

화가 더 치밀어 올라 목소리가 점점 커졌다.

유석대를 비롯한 개방 사람들은 두 사람의 기묘한 언동에 입만 벌리고 있었다.

"방주님, 제 형님들께서 이 동생의 안위를 너무 걱정한 나머지 벌인 일이라고 하니 아무쪼록 관대한 마음으로 용서해 주시기를 바랍니다. 부서진 기물은 모두 변상하고 부상자에 대해서는 진료비를 전적으로 부담하겠습니다."

무영이 유석대에게 포권을 하며 사죄했다.

"음… 피, 피차간에 모르고 일어난 일이니 이쯤에서 끝내기로 하고, 남도 아니니 어찌 치료비를 달라고 하겠소? 우리 거지들은 그저 며칠 동냥 밥만 잘 먹으면 무슨 병이든 낫게 마련이니 너무 걱정 마시오."

무영의 말에 퍼뜩 상황을 재인식한 유석대가 답했다. 아직 화를 삭이지 못해 말을 더듬거렸지만 이제 아는 사이에 심하게 할 수는 없다는 것이 그의 생각이었다.

"방주! 그냥 보낼 순 없습니다."

곽남옥은 유석대의 말에 어안이 벙벙할 뿐이었다. 술에 취한 데다 얼굴을 맞아 붉은 손자국이 선명한 그의 안면은 홍분으로 야차같이 변했다.

"곽 당주, 당신이 방주요?"

유석대는 스승이 배분이 높았으므로 곽남옥이 유석대보다 배분상으로는 아래였지만 나이는 이십여 년 이상 많았다.

평소 유석대는 배분이나 방주라는 직위로 그를 누르려고 한 적이 없었다. 항상 말을 높이고 의견을 존중해 주던 유석대가 얻어맞은 자신에게 버럭 소리를 지르며 정색을 하자 곽남옥은 입을 닫았다.

"헤헤헤, 여보게, 미안허이. 내가 그만 잘못 알고 손을 쓴 것 같으니 다음에 만난다면 내 한잔 사지."

때리는 시어미보다 말리는 시누이가 밉다는 표현을 여기에도 쓸 수 있다면 남괴는 그 시누이가 딱이었다. 유석대의 얼굴이 다시 한 번 팍 구겨졌다.

'니미럴 자식들아, 때릴 때는 언제고 이제 와서 술을 산다고? 니들이나 많이 처먹어라.'

곽남옥은 찢어진 거적을 팍 젖힌 채 성질을 내며 밖으로 나왔다.

부욱!

가뜩이나 낡아 너덜거리던 거적은 당찬 소리를 내며 찢어져 땅에 떨어졌다.

'씨벌, 뭣나게 재수없네.'

불타는 면상.

입도 벙긋하지 못하고 밖으로 나온 곽남옥의 얼굴이 더욱 붉어졌다. 애꿎은 천막이 떨어져 괜히 방주에게 항명하는 듯한 모양새가 됐으니 억울하게 두들겨 맞고도 면목없다는 생각이 드는 건 정상적인 생각인가?

홧김에 눈에 띄는 돌부리를 걷어찼다.

'윽!'

돌부리가 아니라 땅속에 박힌 바위 모서리였다.

곽남옥은 깽깽이 발로 깽깽거리며 뛰었다. 그의 머리 속에는 무수한 별들이 오갔고 주변의 하급제자들은 보지 못한 척 무수한 밤하늘의 별을 셌다. 한 개, 두 개, 세 개…….

"앞으로 내게 급히 연락할 일이 생기면 아무 곳에서나 개방 분타를 통하면 될 걸세."

유석대가 곤혹스러운 표정을 감추지 못하고 말했다.

이만 헤어지자는 말이었다.

무영도 남북쌍괴 덕분에 모양새가 영 아니었으므로 빨리 이 자리를 벗어나고 싶었는지라 대충 인사하고는 도망치듯 자리를 빠져나왔다.

제7장 백골마조(白骨魔爪) 철지상(鐵智常)

객잔에 돌아온 무영은 다음날 해가 중천에 뜰 무렵에야 자리에서 일
어났다. 그동안 배를 타고 오며 쌓였던 피곤이 일시에 말끔히 가신 듯
한 상쾌함에 몸이 날아갈 듯했다.

아래층에 내려가니 남북쌍괴가 마주 앉아 반주까지 곁들인 식사를
하다가 그를 맞았다.

"어제 봤냐?"

"뭘요?"

"멋지게 싸우던 그 모습을 말이다."

"개방에서 사고 친 거요?"

"아무튼 이제 알겠냐?"

"뭘요?"

"우리 무공이 최고라는 것 말이다."

어제 무영에게 대하던 비굴한 표정은 온데간데없고 남북쌍괴는 도리어 큰소리를 치고 있었다.

"누가 그래요?"

"눈으로 보고도 못 믿냐? 거지들이 썩은 짚단처럼 팍팍 나가떨어지는 장면을 네놈이 봤어야 하는 건데."

남괴는 전혀 거칠 것 없다는 투로 말했다.

"하하하, 남들은 인정을 해주지 않는데 그런 걸 가지고 혼자 최고라니 좀 부끄럽지 않아요?"

"출도 이래 아직 단 한 번도 져본 일이 없으면 최고 아니냐?"

"아직 임자를 못 만난 거지요."

"이놈아, 나이 먹은 노인네가 그렇다면 그런 줄 알어!"

말을 하는 중에 점소이가 무영이 시킨 식사를 가지고 왔다.

"말 좀 물읍시다. 요새 강호의 최고수가 누구요?"

점소이는 갑작스런 질문에 멀뚱거리며 보더니 모두들 그의 입만 보고 있자 얼른 대답했다.

"헤헤, 소인이 듣기로는 현재 무림에는 그래도 이제(二帝), 삼절(三絶), 오귀(五鬼)의 순이라 할 수 있는데 백도에서는 무림맹 맹주인 검제(劍帝) 역무군(易武君)의 무공을 최고로 말하고 흑도에서는 마제(魔帝) 묘이강(苗己強)을 최고로 인정하지요."

그는 오가는 사람들로부터 귀동냥한 것을 주워섬기며 자신의 해박한 지식을 자랑이라도 하듯이 떠벌렸다.

"하지만 어떤 사람들은 소림사의 영오 대사를 최고로 꼽기도 하는데, 그분은 소림 칠십이절예 중에서 서른여섯 가지 절예의 경지에 오르신 분으로 소림 창건 이래 손가락에 꼽을 정도의 고수라고 하더군요.

하지만 지금은 생사를 알 수 없으니 순위에 넣을 수는 없지요."

"남북쌍괴도 꽤 무공이 높다고 하던데?"

무영이 남괴의 얼굴을 슬쩍 보며 지나가는 말투로 물었다.

점소이는 대답 대신 무영의 눈치를 보며 머뭇거렸다. 얘기를 꽤 한 것 같은데 반응이 없었다. 무영이 얼른 손에 잡히는 동전 두 문을 꺼내 쥐어주었다. 점소이는 그제야 입을 헤벌리고 만족한 표정으로 말을 이었다.

"헤헤헤, 남북쌍괴가 일류고수인 것은 틀림없지만 어디 무림 최고수 반열에야 오르겠습니까? 몇 년 전에 흑방 살수들을 괴멸시켰다는 말은 저도 들었지만 그 사람들을 최고로 치는 사람은 아직 못 봤습니다."

"어흠, 흠."

남괴가 듣기 민망한지 헛기침을 했다.

"푸핫핫핫! 들었어요? 낄낄낄."

무영이 배꼽을 잡으며 웃자 남북쌍괴의 얼굴이 벌겋게 달아올랐다. 점소이는 무영의 웃음에 어리둥절해하다가 얼굴이 벌겋게 달아오른 남북쌍괴의 표정을 보고는 기겁을 했다.

'어이쿠! 남북쌍괴가 정말 여기 있구나.'

그도 남북쌍괴의 특이한 외모에 대해서는 몇 번 들은 적이 있는지라 그제야 자신의 실태를 깨닫고는 허둥거렸다. 비슷한 사람도 많겠지만 그 말에 저렇게 얼굴까지 붉히는 것을 보면 틀림없었다.

"하하하, 됐소. 잘 들었으니 그만 가보시오."

무영이 품속에서 은자 한 냥을 꺼내 그에게 쥐어주며 말했다.

점소이는 정신이 없는 와중에도 잽싸게 은자를 소매 안으로 감추고는 황급히 자리를 떠났다.

무영이 은자 한 냥이나 준 것은 남북쌍괴의 콧대를 면전에서 꺾어줬으니 그 정도 값어치는 충분하다고 생각했기 때문이었다.

무영은 남괴의 얼굴을 보며 말했다.

"들었어요? 아무도 두 형님을 최고 반열에 올리고 싶다는 사람은 아직 없다는구만요. 낄낄낄."

약을 올리는 듯한 무영의 말에 남괴가 한마디 했다.

"이놈아, 그놈들이야 수양이 덜 되어서 무공 자랑을 하고 다니니까 그렇지만 우리같이 제대로 된 진짜 고수는 본신의 내력을 항상 삼 푼 감추는 법이다."

남괴는 아무렇지도 않은 듯이 술을 벌컥대며 마셨지만 얼굴 표정은 그리 좋지 못했다. 원래 성인군자가 아니었으니 당연했다.

농담을 해가며 남괴의 코를 사정없이 눌러주고 있는데 젊은 남녀 다섯이 들어왔다.

여자가 둘에 남자가 셋이었는데 모두 경장 차림에 허리에는 오색찬란한 수실을 단 장검을 꽂고 있는 것으로 보아 무공을 익힌 모양이었다.

여자들의 용모는 주원에서 처음 볼 정도로 빼어난 미인 축에 속했고 남자들도 꽤 준수한 외모였다. 모두들 값비싼 비단옷을 입고 있는 데다 장검에 단 장식도 예사롭지 않아 한눈에 보아도 부유층이나 명문가의 자식들임을 알 수 있었다.

여자들이 미인이다 보니 많은 손님들의 시선이 그리로 쏠려 있었고 무영도 중원에서는 처음 보는 미녀였는지라 그들이 주루에 들어서는 순간부터 눈을 떼지 못하고 있었다.

젊은이들은 빈자리를 찾으려고 둘러보았으나 이미 식당 안은 손님이 꽉 들어차 자리가 없었다. 점원들도 자리에 앉은 손님의 주문을 받고 음식을 나르는 등 모두 바빠서 아무도 새로운 손님을 거들떠보는 사람조차 없었다.

"호호호, 금릉전장이 중원제일이라더니 금릉전장의 소가주가 이곳 남경에서조차 제대로 대접받지 못하는 걸 보면 역시 세상 말이란 다 믿을 수가 없는 모양이네요."

상하의 모두 붉은색의 경장 차림을 한 소녀가 간드러지게 웃으며 같은 일행 중 한 젊은이를 보고 말했다.

"화매, 그게 무슨 말버릇이냐?"

그들 중 그래도 제법 나이가 조금 들어 보이는 청년이 나서며 화매라 불렀던 소녀를 나무랐다. 소녀는 혀를 날름거리더니 얼른 딴청을 피웠다.

그러나 화매라는 소녀의 말에 같이 왔던 한 젊은이가 인상을 찡그리며 나서더니 점원을 찾았다.

"헤헤. 손님, 죄송합니다만 자리가… 어이쿠! 금 공자가 아니십니까?"

점소이 하나가 대충 인사를 꾸벅하며 손님을 거절하려는 투로 말하다가 청년의 얼굴을 알아보고는 눈이 크게 떠졌다.

청년의 눈꼬리가 길게 위로 올라갔다.

"이놈, 내가 누군지 알면서도 이따위로 대한다는 말이냐?"

점소이가 황급히 머리를 바닥에 처박았다.

"어이쿠! 죄송합니다, 공자. 소인이 너무 바빠 그만 접대를 소홀히 했으니 용서하시기 바랍니다."

점소이가 손바닥을 비벼가며 어쩔 줄 몰라 하자 금 공자로 불린 청년이 어깨에 힘을 주었다.

"험. 그래, 조용한 별실은 있겠지?"

점원은 손바닥을 비벼가며 용서를 구했다. 그는 금 공자를 자신이 떠맡게 된 것을 원망했다.

'왜 하필 내가 문 앞을 지날 때 들어와서는, 쌍!'

그는 눈앞의 청년이 누군지 알고 있었다. 돈 많은 아비를 둔 덕에 시건방을 떠는 금가를 볼 때마다 부아가 치밀었지만 행여 접대를 소홀히 했다가는 자신의 목이 열 개라도 붙어 있기 힘들 것이 틀림없다.

"주인어른, 금 공자께서 방문하셨습니다."

그는 경력 오 년을 자랑하는 점소이답게 재빨리 주인에게 떠넘겼다. 금가가 계집들 치마 속에는 은자를 물 쓰듯 써도 다른 일에는 좀팽이라는 것을 경험으로 잘 알고 있다. 게다가 자신도 남잔데 아름다운 아가씨들 앞에서 금가 놈에게 쩔쩔매는 꼴을 보이기는 정말 싫었다.

"남궁가의 귀한 손님들께서 방이 필요하다고 하신다. 빈 방 있느냐?"

"어느 분의 말씀이라고 없다 하겠습니까. 당연히 특실을 준비해 두겠습니다. 그런데 몇 개나?"

"우리 모두 묵을 요량이니 빈 방 다섯 개를 구해놓거라. 이 집에서 제일 전망이 좋은 곳으로."

금가 젊은이는 어깨에 힘을 주며 말했다.

그들은 주인의 안내를 받으며 안으로 들어갔다.

그런데 그들의 모습이 사라지기 무섭게 사내 셋이 주루로 들어섰다. 세 명 중 우두머리로 보이는 한 사내가 조용한 목소리로 입을 열었다.

"의외로 쉽게 끝낼 수 있겠군."

"오늘 밤에 할까요?"

반 걸음 뒤에 뒤처져 있던 사내가 말을 받았다.

"흐흐흐, 강호에 나온 지 몇 달이 다되도록 제대로 된 물건을 본 적이 없었는데……."

무영이 슬쩍 곁눈질로 보니 날카롭게 생긴 눈을 가진 중년의 사내였다. 음침한 인상을 가졌는데 한눈에 보기에도 무공이 보통은 넘어 보였다.

'응?'

그런데 사내의 얼굴이 눈에 익었다. 어디선가 본 듯한 사내. 머리를 쥐어짜듯 기억을 더듬었지만 도무지 생각이 나지 않았다.

"이걸 보고 일석이조라고 할 수 있겠습니다. 지난번 중년들은 정말 별 볼일이 없더군요. 숫처녀였다는 점이 굳이 위안이랄까……."

옆에 사내가 징그러운 미소를 띠며 말을 받았다.

"이목이 많다."

무영의 곁눈질을 의식했는지 처음 말을 꺼냈던 사내가 얼른 말을 잘랐다.

'오~라, 요거 재미있겠는데?'

무영은 입구에서 멀지 않은 곳에 앉아 있어 방금 안으로 들어간 청춘남녀들을 주시하고 있었던 터라 낮게 속삭이는 이들의 이야기를 비교적 자세히 들을 수 있었다.

사내들은 그들 남녀를 따라온 것이 분명했다.

무영은 의미심장한 미소를 띠고 남북쌍괴의 얼굴을 살폈다.

"남경에서 마시는 술은 정말 맛도 좋구나. 커—"

남괴는 날라온 술에만 관심이 있었는지 북괴와 서로 잔을 권하며 술

맛에 감탄하고 있었다. 오랜만에 땅 위에서 술을 대하니 미처 딴곳에 신경 쓸 정신이 전혀 없는 모양이었다.

입구의 사내들은 점원을 부르더니 금가 일행과 마찬가지로 특실을 요구했다.

청춘남녀 중 금가라 불린 젊은이는 금릉전장(金陵錢莊)의 장주 금태산(金太山)의 독자인 금청만(金菁滿)이었다.

금릉전장은 중원 각지에 일백여 개의 지점을 둔 명실공히 중원 제일의 전장이었다.

주색을 좋아하는 금청만은 그날도 무슨 좋은 일이 없나 해서 밖으로 나왔다가 남궁세가의 자녀들이 남경에 온 것을 우연히 만나게 되어 동행했다.

남궁세가는 중원 오대가문의 수장 격으로, 그들은 현 기주 창궁일검(蒼穹一劍) 남궁철상(南宮哲常)의 자식들이다.

두 딸이 이번에 처음으로 강호 출도를 하게 되자 오라비인 남궁황(南宮凰)과 남궁민(南宮旻)이 여동생들의 안전을 돌보기 위해 따라나섰다.

남궁가의 두 딸인 남궁옥(南宮玉)와 남궁화(南宮花)는 강호에 출도하기 전 이미 그 미모가 세간에 널리 알려져 이름보다 남궁쌍봉(南宮雙鳳)이라는 외호로 통했다.

사람들은 남궁옥을 차가운 표정의 미인이라 설봉(雪鳳)이라 불렀고 남궁화는 활달하면서도 은근히 부끄럼이 많아 수시로 얼굴을 붉히는 통에 적봉(赤鳳)이라 불렀다.

그들이 묵은 방은 특실답게 널따란 접객용 탁자까지 놓여져 있었다.

남궁황의 방에 모여 식사를 마친 후 막내인 남궁화가 남궁황을 붙들고 늘어졌다.

"오라버니, 남경에 와서 진회하(秦淮河) 야경을 구경하지 못한다면 얼마나 후회가 되겠어요? 오늘 밤 그리 가보는 것이 어때요?"

팔에 매달려 마치 떼라도 쓰는 듯한 철없는 모습에 남궁황은 웃으며 말했다.

"우리 막내가 강호에 나오더니 바람이 잔뜩 들었구나. 이제는 밤바람까지 쐬자고 하는 것을 보니."

오라비의 말에 남궁화의 뺨이 불그스레 물들었다. 집에서도 남궁화는 남궁황을 제일 잘 따랐다. 막내이다 보니 늘 자신을 챙겨주는 첫째 오라비가 믿음직스럽게 느껴졌기 때문이었다.

"아이, 오라버니는……."

"핫핫핫."

"호호호."

이제 막 사춘기에 접어든 막내 남궁화가 사소한 일에도 얼굴을 붉히거나 감정을 제대로 다스리지 못하는 모습이 귀여운지 모두들 박장대소하며 웃었다.

사람들이 자신을 놀리는 것에 화가 났는지 남궁화는 눈물을 글썽이기까지 했다.

"그래, 그래. 오늘 밤은 화매의 말대로 진회하 주변을 한번 거닐어보기로 하자. 네 말대로 남경에 와서 진회하 야경을 구경하지 못한대서야 어디 말이나 되겠느냐?"

남궁황은 남궁화가 울어버릴 것 같은 얼굴을 하자 얼른 말을 돌려 진회하 얘기를 꺼냈다.

"정말요?"

언제 그랬냐는 듯이 남궁화가 반색을 하며 눈을 동그랗게 뜨고 좋아했다.

남궁화의 그런 모습은 마치 한 마리의 토끼같이 귀엽고 예뻤는지라 같이 자리를 하고 있는 금청만은 가슴이 뛰다 못해 숨이 다 넘어갈 지경이었다.

'으이구, 저걸 바로 자빠뜨려 홀라당한 다음 꾸~울꺽.'

"음, 허음……."

남궁 자매의 화용월태에 취한 그는 입 안에서 감도는 군침을 해결하기 위해 헛기침을 하며 재빨리 침을 삼켜야 했다.

금청만은 어려서부터 가문의 독자로 온갖 귀여움을 받고 자란 통에 행실이 제멋대로였다. 그러다 보니 여자에게도 일찍 눈을 떠 열다섯에 벌써 자신의 시중을 들던 비녀를 범했고 그 후로도 수시로 비녀를 갈아치우며 여색을 밝힌, 한마디로 아래가 발라당 까진 놈이었다.

그의 주색잡기 행각은 이미 남경에서 알 만한 사람들은 다 알고 있었는데, 근동에서 반반하다고 소문이 난 여자치고 그의 손을 거쳐 가지 않은 여자가 없다는 말까지 돌았다.

오죽했으면 자신에게 젖을 먹여 키웠던 유모까지 강제로 범했다는 소문이 쉬쉬하며 퍼져 있을 정도로 금청만에 대한 평판은 좋지 않았다.

금청만은 속으로 연신 침을 질질 흘리며 아쉬워했다.

할 일(?)이 많은 그가 이들과 동행을 자청한 것도 우연히 만난 남궁 쌍봉의 자태에 눈이 돌아버렸기 때문이었다. 하지만 강호 제일세가인 남궁가의 여식인 것을 알고는 감히 함부로 할 수 없어 속만 태우며 뒤꽁무니를 쫓고 있는 형편이었다.

저녁이 되자 남궁황 일행은 금청만과 함께 객잔에서 준비한 간단한 먹거리를 바구니에 담아 들고는 길을 나섰다.

남경의 낮은 찌는 듯 더웠으나 장강에서 불어오는 강바람이 있는 밤은 시원하고 아름다웠다.

하루 종일 무더위와 싸우며 일에 매달리다가 지친 남경 사람들이 즐겨 찾는 곳이 바로 진회하였다.

진회하는 환락적인 곳으로 중원에서 명성을 날리고 있는 곳이었는데 청루며 음식점 등이 강변을 따라 길게 늘어서 있어 마치 번화한 야시장을 방불케 했다.

진회하는 크게 한량들이 회포를 푸는 청루가 줄지어 있는 곳과 버드나무가 길게 늘어선 야경을 즐기는 곳으로 나누어져 있었는데, 그곳이 바로 일반인들이 가족과 함께 나오는 곳이었다.

버드나무 근처에는 자리를 끼고 삼삼오오 자리를 잡고 앉아 음식을 나눠 먹는 이들과 밀어를 속삭이는 청춘남녀들이 심심찮게 오갔고, 그들을 상대로 하루하루를 먹고 사는 잡상인들이 집에서 만들어 온 먹거리를 내다 팔고 있었다.

그들은 강변을 따라 걸으며 무더위에 지친 몸을 수다를 떨어가며 식히느라 시간 가는 줄 모르다가 어느덧 밤이 깊자 남궁황의 채근으로 겨우 자리에서 일어났다.

주변에는 이미 시간이 늦어 인적이 끊겨 있었다.

진회하 근처는 초저녁에는 사람이 들끓었지만 시간이 되면 썰물처럼 사람들이 빠져나갔는데 밤이 늦으면 술 취한 파락호들이 시비를 걸어오기 때문이었다.

막 자리에서 일어나 길을 재촉하는데 앞길을 막아선 세 명의 사내가 있었다.

"흐흐흐, 고것 참 먹음직스럽게 생겼구나."

남궁황 일행에 다가온 흑의경장을 걸친 세 명의 사내 중 하나가 입을 열었다.

"웬 놈들이기에 감히 밤중에 부녀자를 희롱하느냐!"

남궁황이 앞으로 나서며 일갈했다.

그는 현재 스물여덟으로 이미 성혼을 하여 아들 하나를 두었다. 그러나 기분은 아직 신혼인지라 집을 떠나오고 싶지 않았지만 평소 유달리 귀엽게만 생각하던 막내 여동생의 강호 초행길이다 보니 둘째에게만 맡겨놓기에 안심이 되지 않아 노파심에 따라나섰다.

"하하하, 되먹지 못한 놈들. 오늘 임자 만난 줄 알아라. 우리가 누군 줄이나 알고 있느냐?!"

금청만은 그동안 그들 형제 자매의 그늘에 가려 동행을 하면서도 좀처럼 나설 기회를 갖지 못했는데, 무뢰배로 보이는 세 놈이 길을 막아서자 옳다구나 싶어 검을 뽑았다.

집에서 유명한 무술 사범을 비싼 대가를 치르며 모셔다 놓고 익힌 몇 수가 있기에 금청만은 자신만만했다.

"흐흐흐, 네놈은 금릉전장의 소장주 놈이 아니냐? 듣자 하니 여자를 꽤나 밝혀 남경 인근에는 반반한 것들이 남아나질 않는다고 하더니, 오늘 보니 그게 사실인 것 같구나."

"뭣이?!"

금청만은 모처럼 나선 자리에서 거꾸로 개망신을 당하자 앞뒤 재지 않고 흑의인을 향해 검을 휘둘러 갔다. 그러지 않아도 자신이 먹이로 노리는 남궁쌍봉이 있어 점잖은 체하고 있었는데 놈이 초를 쳤기에 분노가 남달랐다.

그러나 흑의인은 무기를 뽑지도 않았다. 그는 금청만의 검을 이리저리 피하기만 하더니 어느 결에 발을 날려 금청만의 옆구리를 걷어찼다.

"어이쿠!"

금청만은 단 한 수의 발길질에 저만큼 나가떨어졌다.

상대가 무기도 뽑지 않고 자신을 상대했다면 이미 실력 격차가 뚜렷하다는 얘기지만 금청만은 나름대로 검술에 자신이 있었고 놀림을 당한 처지라 깊이 생각하지 못했다.

단지 자신의 순간적인 방심으로 망신스럽게 한 수 당했다고 여긴 그는 재차 검을 휘두르며 흑의인에게 달려들었다. 남궁쌍봉 앞이었다.

금청만이 휘두르는 검은 달빛을 받아 휘황한 빛을 반사하며 화려하게 펼쳐지고 있었다. 실력의 고하를 떠나 겉보기에는 무척이나 화려한 검법이었다.

"그놈 검술 하나는 요란하구나. 네놈이 살아 있기만 하면 된다고 했으니 오늘 단단히 교훈을 내려주지."

흑의인은 음산한 어조로 말하더니 손을 갈구리처럼 해서 검광 앞으로 나섰다. 피하기만 하기에는 금청만의 검이 예사롭지 않다고 느꼈기 때문이었다.

흑의인은 쌍수를 교차시켜 갈고리처럼 하고는 금청만의 요혈을 공격했다. 검과 맞선 적수공권이지만 오히려 단 몇 수 만에 금청만은 피하기에 급급하여 보법조차 흐트러졌다.

남궁황이 재빨리 검을 빼 들었다. 보통 상대들이 아니었다.

그는 달려나감과 동시에 흑의인을 향해 살수를 펼쳤다. 그만큼 금청만은 위험한 상황에 빠져 있었다. 그러나 이미 한 걸음 늦은 상태였다.

흑의인의 손톱이 금청만의 어깨를 훑었다.

"으악!"

금청만은 외마디 비명을 지르며 장검을 떨어뜨렸다. 어깨 살점이 한 움큼 뜯겨 나갔던 것이다.

"응조공(鷹爪功)?"

남궁황이 황급히 검을 휘둘러 금청만을 보호하며 말했다.

"네놈들은 누구냐?!"

남궁황은 비틀거리는 금청만의 앞을 막아서며 눈을 부릅뜨고 물었다.

남궁황은 남궁가의 소가주이니만큼 차기 가주로서 강호의 여러 무공에 대해 두루 공부가 깊었기 때문에 각 문파의 무공에 대한 지식이 결코 얕지 않았다.

"흐흐흐, 어린놈의 견식이 제법이구나?"

"남궁가의 남궁황이라고 한다. 정체를 밝히지 않고는 이곳을 무사히 빠져나갈 순 없을 것이다."

남궁황은 검을 곧게 세웠다.

남궁가의 독문검법인 창궁검법을 시전하려는 것이었다. 가주인 남궁철상은 왕년에 이 검법으로 강호를 뒤흔들고 창궁일검이란 외호를 얻어 무림에 남궁세가가 여전히 오대세가의 수장이라는 것을 확인시켜 주었다.

"오호라? 남궁세가라… 오늘 뜻하지 않은 성과가 있겠군. 그렇다면 저 계집들은 남궁쌍봉이란 말이지. 으핫핫핫! 하늘이 이 철지상에게 복을 내리는구나. 금청만을 끌고 가려 했더니 두 계집이 걸려들고, 그런데 알고 보니 남궁가의 장중보옥(藏中寶玉)들이란 말이지? 으

하하하핫!'

철지상은 뭐가 그리 재미있는지 연신 웃음을 터뜨리며 남궁쌍봉을 향해 군침을 흘렸다. 한마디로 남궁가의 자식들이란 것은 안중에도 없고 모두 자신의 노획물로 보이는 모양이었다.

"분수를 모르는구나."

남궁민이 합세하고 이어 남궁쌍봉도 허리에서 검을 각각 뽑았다. 그녀들의 무기는 여자들이 주로 사용하는 연검이었는데, 검집째 허리에 묶으면 마치 요대처럼 사용할 수 있어 가볍고 거추장스럽지 않아 휴대가 간편한 이점이 있다.

철지상의 뒤에 서 있던 두 명의 사내들도 모두 무기를 뽑아 들고 장내로 뛰어들었다. 그들은 모두 검을 사용하고 있었다.

철지상은 허리춤에서 은빛이 번쩍거리는 이상한 손 모양의 기구를 꺼내더니 양손의 손 위에 착용했다. 그러자 그의 손가락은 마치 날카로운 날이 달린 강력한 흉기로 변했다.

"흐흐흐, 백골조의 진수를 보여주마. 남궁세가의 밑천을 모두 보이는 것이 좋을 것이다."

'백골조(白骨爪)?'

남궁황은 내심 경악했다.

상대의 무공을 단순한 응조공으로 보았는데 백골조였다. 상대의 철조에 시독이 묻어 있다는 말이었다. 그리고 백골조를 쓰는 상대는……? 그가 알고 있는 것은 무공의 이름과 특징뿐이었다. 그런데 난데없이 철지상이란 자가 그 무공을 쓰고 있었다.

강호에서 그 이름만으로도 상대로부터 한 걸음 양보를 받을 수 있는 남궁세가.

상대가 남궁세가의 이름에 조금도 동요하지 않고 있었지만 남궁황은 자신이 있었다. 비록 창궁검법의 화후가 팔성의 경지밖에 이르지 못했지만 그 정도로도 강호에서 이미 섬전검(閃電劍)이라는 외호로 이름을 떨치고 있었다.

철지상만 자신이 상대할 수 있다면 다른 두 명의 사내의 무공이 변수로 작용할 가능성이 높았다.

이미 금청만은 심각한 타격을 입어 짐은 될지언정 도움을 받기는 글렀다.

남궁민은 자신에게는 미치지 못하나 그래도 자기 한 몸은 지킬 수 있다고 본다면 두 여동생이 걱정되었다. 그러나 그녀들도 세가의 여식으로 가전검법을 제법 익혔으니 흑의인 하나쯤은 감당할 수 있겠지 하고 생각했다.

남궁황은 안정을 찾았다.

남궁황의 검이 빛살같이 허공을 갈라 철지상을 노려 들어갔다.

"섬(閃)! 전(電)! 뇌(雷)!"

남궁황은 숨 쉴 틈도 주지 않고 잇따라 삼 초를 전개했다. 강호에서 자신에게 섬전검(閃電劍)이라는 외호를 안겨준 창궁검법 비장의 살초였다.

그는 이 한 수가 최소한 상대에게 작은 부상이라도 입힐 것을 믿어 의심치 않았다.

창!

그러나 철지상의 철조(鐵爪)가 남궁황의 검을 막아가며 불꽃이 튀는 다음 순간 다른 한 손의 철조가 남궁황의 안면을 훑어왔다.

재빨리 뒤로 물러서기는 했으나 남궁황의 등 뒤로 식은땀이 흘렀다.

둘은 서로를 탐색하듯 잠시 공격을 멈추었다.

'진짜 고수다.'

피하고 싶은 싸움이었다.

하지만 길이 없었다. 듣자 하니 놈들은 금청만을 노린 것 같은데 재수없게 동행을 한 자신들은 놈의 말마따나 덤으로 걸려든 경우가 되었다.

어쩌면 오늘 이 자리에서 뼈를 묻을지도 모른다고 생각했다.

곁눈질로 보니 다른 두 명의 흑의인을 맞은 동생들도 힘에 겨워하고 있었다.

남궁옥과 남궁화는 난생처음 겪는 목숨을 건 일전에 잔뜩 긴장을 했는지 몸이 굳어 자신의 기량을 제대로 펼치지 못하는 것은 물론이고 겁에 질린 남궁화의 검끝이 미세하게 떨리는 것이 눈으로도 보일 정도였다.

"흐흐, 몸매가 쭉 빠진 걸 보니 본 어르신을 즐겁게 할 자격은 충분히 갖추었다고 할 수 있겠군."

철지상도 연신 괴소를 날리며 두 여자를 곁눈질로 보고 있었다.

"타앗!"

남궁황의 검이 허공을 갈랐다. 놈이 동생들에게 한 눈을 팔고 있을 때를 노렸다. 지금은 조그만 기회라도 있으면 놓치지 않고 공격하는 것이 최선이었다.

철지상이 흠칫하더니 뒤로 물러서며 쌍수를 교차해 막았다.

섬전검의 외호답게 남궁황의 검은 빠르고 날카로웠다. 철지상은 물러서려다가 늦은 것을 알고는 철갑을 낀 손으로 검을 막아갔다. 다시 불꽃이 밤하늘을 수놓았다.

그러나 남궁황은 계속 공격을 멈추지 않았다.

순식간에 삼 초가 교환되었다. 싸움은 남궁황의 선공으로 다시 시작되었지만 그는 얻은 것이 없었다. 그만큼 상대의 무공이 만만치 않다는 얘기였다.

남궁황은 미친 듯이 공격을 퍼부었다. 철지상은 어렵지 않게 막아내고 오히려 허점을 노려 반격을 하고 있었다.

그리 멀지 않은 곳에서 이 싸움을 흥미진진하게 엿보는 사람이 있었다. 바로 남북쌍괴 몰래 객잔을 빠져나와 이들을 뒤따라온 무영이다.

그는 남궁황 일행이 객잔을 나설 때부터 주의를 하고 있었는데 철지상 일행이 몰래 뒤따르는 것을 보고 다시 그들의 뒤를 밟았다.

'음… 어쩐지 눈에 익다고 했더니 백골마조 철지상인가 하는 놈이었군.'

저번에 개방과 마주치자 달아났던 일당들이었다. 그들의 말을 엿들은 후에야 철지상을 알아보았다. 지난번에는 멀어서 얼굴을 자세히 보지 못했기에 객잔에서는 미처 알아보지 못했다.

'아무래도 오래가지 못할 것 같군.'

무영이 보기에 남궁황은 철지상의 허점을 노려 기선을 제압할 목적으로 최고의 살수 삼 초를 연달아 펼쳤으나 상대를 약간 바쁘게 했을 뿐이고 지금은 오히려 밀리고 있었다.

나머지 셋을 보니 비록 이 대 삼이지만 수비에 급급할 뿐 공격은 엄두도 내지 못하고 있었다. 게다가 놈들은 여자를 다치지 않게 하려고 전력을 다하지 않고 자제하는 기색이 역력했다.

남궁민은 두 동생을 돌보느라 본신의 실력조차도 제대로 발휘하지 못하고 있었다.

"억!"

남궁황의 옆구리가 가볍게 긁혔다. 상처는 깊지 않아 보였지만 갈라진 틈으로 피가 옷에 배어 나오는 것이 달빛에도 표시가 날 정도였다.

"흐흐흐, 이제 본좌의 실력을 알겠느냐? 지금이라도 무릎을 꿇는다면 목숨은 살려줄 수 있다."

철지상은 군이 이들을 죽일 생각이 없었다. 남궁가의 자식들을 모두 사로잡는다면 앞으로 남궁철상에 대해 좋은 인질이 될 수 있었다.

"닥쳐랏!"

남궁황은 재차 몸을 날리며 철지상을 덮쳐 갔다. 이곳에서 뼈를 묻을지언정 남궁세가의 이름을 더럽힐 수는 없다.

그는 혼신의 힘을 다해 다시 일검을 날렸다.

싸움은 처절했다.

남궁황의 사력을 다한 한 수 한 수는 이제 목숨을 도외시하고 있었다. 그러자 철지상도 어쩔 수 없이 피하기에 급급했다. 가만히 놔둬도 곧 제풀에 쓰러질 놈에게 힘을 낭비할 필요는 없었다.

남궁민과 남궁쌍봉도 이제 막판으로 몰리고 있었다.

남궁쌍봉은 상대가 자신의 앞가슴을 움켜쥘 듯 노리고 들어오자 처녀의 몸으로 수치감에 어쩔 줄 몰라 했다. 무림에서 여자의 하체나 앞가슴을 공격하는 것은 금기시되어 있는 것이 불문율이지만 이들은 오히려 그런 모습을 즐기며 더 더욱 치부만 노렸다.

남궁민이 분노하며 막아서려 했지만 제 한 몸 지키기에도 급급해하다가 정신까지 분산되어 어느 결에 왼팔에 깊은 검상을 입고 피를 흘렸다.

"흐흐흐, 엉덩이가 토실토실한 것이 밤에 제법 힘을 쓰겠군 그래."

놈들은 이제 농담까지 해가며 이들을 핍박했다. 승패는 이미 결정된 것이나 진배없었다.

남궁황은 시간이 지날수록 정신이 자꾸 흐려져 왔다. 젊은 나이에 이렇게 스러져 가는가 하는 생각이 들었다.

집에서 기다리는 이제 막 돌이 지난 아들 녀석과 잘 다녀오라며 수줍게 손을 흔들어주던 아내의 얼굴이 떠올랐다. 그래도 가문의 대를 이을 아들이라도 낳아두었으니 다행이었다.

"흐흐흐, 이제 기운을 다 뺐느냐?"

이리저리 피해 다니기만 하던 철지상이 우뚝 멈춰 서더니 음산한 어조로 말했다. 얼굴을 보니 놈은 별로 지친 기색이 없었다.

"나를 죽여라."

남궁황은 숨이 차오르는지 헐떡거리며 힘들게 말했다.

"아니, 죽일 필요까지야 없지. 네놈은 그래도 남궁가에는 쓸모가 있거든."

철지상은 능글거리는 얼굴로 대꾸하더니 갑자기 지풍을 날렸다. 남궁황은 얼른 자세를 가다듬었으나 지풍은 그를 향한 것이 아니라 옆쪽에서 대항하던 남궁쌍봉을 향한 것이었다.

"악!"

가벼운 교성이 들리더니 두 자매는 연이어 털썩거리며 지면으로 나동그라졌다. 흑의인 하나가 신속히 나서더니 그녀들을 양 옆구리에 끼었다.

남궁황이 놀라며 흑의인을 향해 검을 날렸으나 철지상에게 막혀 다가설 수조차 없었다.

"남궁황이라고 했었나? 네놈이 순순히 따라오지 않으면 계집들을 이 자리에서 발가벗겨 버리겠다."

철지상은 남궁황을 보며 말했다.

"이 비겁한……."

남궁황의 얼굴이 분노로 뒤덮이며 검을 쥔 손이 부들거렸다. 하지만 감히 나서지는 못했다.

"어이쿠, 밤중에 이 무슨 소동이오?"

무영이 나섰다.

숨어서 나설 기회를 보고 있다가 가장 위험한 순간에 나서서 여자를 구하려는 각본을 꾸몄는데 철지상이 갑자기 손을 쓴 탓에 그만 기회를 놓쳐 버렸다.

하지만 아직 늦은 것은 아니었다.

"웬 놈이냐? 목숨이 아까우면 썩 꺼져라!"

철지상이 일갈했다.

그는 심계가 깊었는지라 이런 상황에 나타난 그를 예사롭게 보지 않고 있었다. 평범한 자라면 이 밤중에 칼부림만 보고도 오줌을 지리며 달아날 텐데 태연히 나타났다는 것은 무언가 한 수가 있는 놈이었다.

"핫!"

갑자기 무영의 소매에서 홍광이 앞으로 쭉 뻗으며 남궁민을 막아서던 흑의인을 향했다.

"악!"

그 흑의인은 워낙 순식간인지라 피할 겨를도 없이 외마디 비명과 함께 쓰러졌다.

무영은 한 명의 적이라도 재빨리 줄이는 것이 최선이라고 보고, 나타나자마자 묵환공을 시전해서 명청하게 호기심에 찬 눈초리로 그를 바라보던 흑의인 하나를 격살한 것이었다.

"이놈!"

분노한 철지상이 소리를 지름과 동시에 양손의 철수를 교차하여 무영을 덮쳐 왔다.

철지상의 백골조는 몇백 년 전 중원을 피로 물들였다는 백골마군의 독문절기로 그 당시 백골마군의 악행을 보다 못한 정파의 최고수 수명이 합공을 하여 겨우 제압했다는 말이 전해져 오는 절기였다.

수련 과정도 독특해서 일반 철사장이나 응조공과는 전혀 다르게 죽은 시체의 시독을 뽑아 어떻게 한다는 괴이한 말이 떠돌곤 했던 백골조는 한 번 스치면 피부가 갈라지며 중독이 되어 상대방으로 하여금 과도한 피를 쏟게 하여 진기를 고갈시키는 악독한 무공이었기에 백골마조(白骨魔爪)로 불렸다.

철지상은 백골조를 앞세워 맹공을 퍼붓자 무영은 순식간에 열세에 몰렸다.

묵환의 도움이 없다면 이미 철지상의 발 아래 시체로 누워 있을 것이었다. 더구나 강호 정상 급 고수와는 접전 기회가 많지 않았던 그였기에 철지상의 철수(鐵手) 앞에서 버티고 있는 것조차도 힘겨울 정도였다.

더구나 묵환공을 완벽하게 시전하려면 약간의 시간과 거리가 필요했는데 철지상의 공격은 근접에서 이루어지니 전혀 기회를 잡을 수 없었다.

남궁황은 숨을 고르며 이들의 싸움을 지켜보고 있었다.

철조에 다친 곳으로 시독이 퍼져 오자 그는 재빨리 가문의 구급약을 복용했다. 하지만 독기를 제거하려면 아직 시간이 필요했다.

죽음을 도외시한 공격으로 진기를 과도하게 소모한지라 자신을 돕기 위해 나타난 사람과 손발을 맞출 형편이 되지 않음을 안타까워하던 그는 무영이 수세에 몰리자 답답한 마음뿐이었다.

금청만이라도 나섰으면 했는데 놈은 한 번 당한 후로는 몸만 사리고 나설 생각을 하지 못하고 있었다. 한구석에서 처박혀 전의를 완전히 상실한 채 자기 상처만 돌보고 있는 놈을 보자 공연히 울화까지 치밀어 올랐다.

남궁민도 무척이나 지쳐 있었는데 잠시 숨을 돌리며 팔에 난 상처를 장포를 찢어 싸매고 있었다. 비틀대는 것이 아마도 진기를 과도하게 소모해 정신을 차리지 못하고 있는 것이 분명했다.

계속 수세에 몰리던 무영은 틈을 노려 재빨리 뒤로 물러서며 회선표를 꺼내 들었다. 묵환공을 시전할 여유가 없다면 회선표와 검으로 상대하는 수밖에 없었다.

슈욱!

무영이 손을 내젓자 회선표가 철지상의 전면으로 날아들었다. 철지상은 처음 보는 병기에 괴이쩍은 마음이 들어 감히 맞부딪쳐 가지 못하고 있다가 회선표의 날아오는 기세가 대단치 않자 재빨리 머리를 숙여 피했다.

회선표는 철지상을 스쳐 뒤로 날아갔다.

"후후, 어린놈이 별것 아닌 재간을 가지고 어르신의 일에 끼어들다니, 목숨이 아깝지 않은 모양이구나."

철지상은 재차 철수를 앞세워 무영을 공격했다.

단번에 끝장을 내려는 듯 예사롭지 않은 공격이었다.

날카로운 쇳소리와 함께 검과 철수가 몇 차례 맞부딪치더니 무영이 뒤로 밀렸다.

상대를 경시한 철지상은 마무리를 위해 철조를 앞세워 다시 공격에 들어가다 순간 뒤에서 날아드는 괴이한 느낌에 재빨리 몸을 비켰다.

"크윽!"

그러나 그의 몸놀림은 한발 늦었다.

회선표가 철지상의 어깨를 훑고 지나간 것이다. 갑자기 왼손의 힘이 빠지면서 팔에 진기를 모을 수 없었다.

그게 끝이 아니었다.

멈출 줄 모르고 허공을 날던 회선표가 이번에는 정면에서 날아왔다. 동시에 무영의 검이 자신의 요혈을 노리고 달려드는 것이 보였다. 철지상은 눈앞의 상대를 손쉽게 생각한 걸 후회했다. 자신들이 장내를 장악하다시피 한 마당에 나타났다면 무언가 한 수 있는 놈으로 봐주어야 했다.

다행히 남궁가의 놈들은 아직 기력을 회복하지 못하고 있었다. 수하까지 합세한다면 패하지는 않겠지만 그동안 저놈들이 기력을 회복한다면 자신에게 좋지 않을 것이 뻔했다.

철지상의 머리가 빠르게 굴렀다.

몸을 뺀다면 지금이 가장 좋은 기회였다. 자신의 임무는 금릉전장의 소장주 금청만을 납치하는 일이니 그 일마저 문제가 생긴다면 문책을 받을 우려가 있었다.

"계집은 하나만 데리고 간다."

두 번 다시 만나기 힘든 아름다운 계집의 용모였기에 둘 다 욕심이 나 모두 데리고 가면 좋겠지만 그건 무리였다.

남아 있던 수하 하나가 남궁옥을 포기했다.

철지상은 무영에게 맹공을 퍼부었다. 수하가 달아날 시간을 벌어주기 위함이었다.

남궁민이 동생을 구하려고 달려들었지만 이미 기진해서 큰 위협이 되지 못했다. 남궁화를 옆구리에 낀 흑의인은 유유히 어둠 속으로 사라졌다.

"저, 저놈!"

남궁황은 눈을 부릅뜨고 비틀거리며 달려갔으나 기력을 다한 몸으로 경공을 펼칠 수는 없었다. 설사 따라갔다 하더라도 상대가 될 수 없었다.

무영은 황급히 회선표를 날리며 몸을 비켰다. 달아나려는 수작임을 뻔히 알았지만 무공이 달리는지라 어쩔 수 없었다.

"다음에는 확실히 명줄을 끊어주마."

철지상은 말을 마치기가 무섭게 금청만의 혈도를 제압해 옆구리에 끼고는 경공을 펼쳐 달아났다.

"섰거라!"

무영이 황급히 회선표를 회수해 뒤를 쫓았다.

"소협, 화아, 화아를……."

등 뒤에서 동생의 안위를 걱정하는 남궁황의 안간힘을 짜낸 목소리가 들려왔다.

철지상은 고수답게 몸이 빨랐다.

출발은 잠깐의 차이였는데 그는 저만치 앞서 달리고 있었다. 하지만 무영도 지지 않았다. 그는 답설무흔을 최대한 끌어올려 뒤를 쫓았다.

둘은 순식간에 진회하를 넘어 달렸다.

한참을 쫓고 쫓기는 과정이 반복되면서 저 멀리에 남궁화를 끼고 먼저 달아났던 흑의인의 모습이 보였다. 사내는 뒤를 쫓은 무영을 눈치채고는 더욱 속력을 냈지만 무영에 비해 내공이 낮은지 거리가 점점 가까워졌다.

철지상은 젊은 놈의 경공으로는 자신을 쫓을 수 없으리라 생각했었다. 무영이 익힌 경공이 무림에 위명이 자자한 답설무흔인 것을 미리 알았다면 다른 방법을 생각했을지도 몰랐다.

앞서 가던 철지상이 걸음을 멈추었다.

남궁화를 데리고 가던 수하가 자꾸 뒤로 처지자 안 되겠다 싶었는지 그는 이곳에서 무영을 없애기로 마음먹었다. 수하도 그의 의도를 알았는지 남궁화를 내려놓고 검을 빼 들었다.

"으악!"

순식간에 무영의 소매에서 홍광이 뻗어가더니 사내의 어깨를 찢었다. 한쪽 팔이 너덜거렸고 어깨에서 피가 분수처럼 솟았다. 사내는 검을 떨군 채 망연자실한 표정으로 있더니 입가로도 피를 뿜으며 천천히 옆으로 쓰러졌다.

이 한 수의 기습은 무영의 눈치가 빨랐기 때문에 가능했다.

그는 철지상이 멈추려는 기색을 보이자 이미 상대의 의도를 간파했고 재빨리 자리에 멈추어 서서 진기를 모았다가 흑의인이 검을 뽑는 순간 강기를 날린 것이다.

철지상을 노리지 않은 것은 자신이 이미 지쳐 있어 철지상을 격상시키기 힘들다고 보았기 때문이었다.

"약삭빠른 놈. 죽어랏!"

철지상은 졸지에 하나 남은 수하마저 잃자 분기탱천했다. 그는 이를 갈며 옆구리의 금청만을 한구석에 집어 던지고는 달려들었다. 마치 허공을 가득 메울 듯 번뜩이는 철조의 날카로운 날이 무영의 전면을 노리고 날아들었다.

무영은 감히 맞설 엄두도 내지 못하고 수비에 급급하여 연신 뒤로 밀렸다. 재빨리 수하 하나를 죽였지만 그 대가로 허점을 노출했고 진기도 많이 빠져나간 상태였다.

퍽!

철지상의 발이 무영의 가슴을 후려찼다.

등공파각(騰空擺脚).

그는 무영이 백골조에만 신경 쓰는 틈을 노려 발을 써서 돌려찼다.

'흡!'

무영은 마치 둔중한 쇠망치로 가슴을 맞은 듯한 충격에 숨을 쉬지 못하고 연신 뒤로 물러났다.

기회를 놓칠 철지상이 아니었다.

일단 기선을 제압한 그는 쉬지 않고 맹공을 퍼부었다. 어깨를 노리던 철수(鐵手)를 무영이 겨우 검으로 쳐내는가 했는데 어느 틈에 옆구리를 치고 들어왔다.

"허억!"

절로 비명이 새어 나왔다.

뭔가 옆구리를 후벼 파는 느낌이 드는 순간 깊은 통증이 밀려들었다. 하지만 상대는 상처에 신경 쓸 여유조차도 주지 않았다.

"윽!"

다시 철지상의 백골조가 어깨를 스치며 지났다.

"흐흐흐……."

철지상은 회심의 미소를 흘렸다.

이제 서두를 필요는 없었다. 그는 남궁황을 요리했던 수순으로 놈을 쓰러뜨린 후에 갈가리 찢어 죽여 버리고 말겠다고 다짐했다.

'좋다.'

무영은 다시 도박을 시도했다.

그 순간 무영이 들고 있던 검을 철지상에게 던졌다. 회선표에 당한 경험이 있는 철지상이 깜짝 놀라며 재빨리 옆으로 몸을 날려 피했다.

한데 그게 실수였다.

검은 내력이 하나도 들어가 있지 않았는지 그의 바로 앞에 떨어졌다. 무영은 몸을 뒤로 날리며 회선표를 꺼내 들고는 철지상에게 날렸다. 이미 한 번 호되게 당한 기억이 있는지라 철지상은 재빨리 비켜나며 회선표의 움직임을 감시했다.

그 순간 무영의 두 손이 모아지더니 홍광이 번뜩였다.

"우웃!'

이번에는 철지상이 제대로 당했다.

그는 강기에 다리를 맞았다. 그나마 스친 것이 다행이었다.

사실 철지상도 그리 편한 입장은 아니었다.

상대에게 표시 내지 않으려고 노력은 하고 있었지만 아까 회선표에 당한 왼쪽 어깨에서 계속되는 통증이 백골조의 시전을 어렵게 했다.

무영이 검을 던지는 순간이나 회선표를 꺼내 드는 때를 노려 덮쳤으면 그를 완벽히 제압할 수 있었다. 그랬다면 무영은 속수무책이었다.

하지만 늦었다.

회선표가 허공을 날며 전후좌우 사방에서 노리고 언제 날릴지 모르는 일격필살의 강기까지 신경을 써야 하니 여간 곤혹스러운 것이 아니었다. 원래가 검과 동시에 상대를 공격하기 위해 다듬어진 회선표는 그 운용에 많은 내력이 필요없다는 것이 장점이었다.

그러나 고수답게 철지상은 그 순간에도 무영을 향해 달려드는 것을 잊지 않았다.

"우욱!"

백골조를 피해 몸을 틀었으나 이미 등이 찢겨 나간 후였다.

거리가 좁혀져 묵환공을 시전하기도 불가능했고 백골조의 철수(鐵手)를 피하느라 회선표의 조종도 여의치 않아 상대를 제대로 위협하지 못하고 있다.

몸에는 다른 무기도 없었다.

'에라!'

이제 이판사판이라고 생각한 무영은 다시 전면으로 찍어오는 백골조에 묵환을 맞부딪쳐 갔다.

펑!

무영은 진기가 달려 뒤로 쓰러질 듯 물러났다.

반면에 철지상은 밀리지는 않았지만 더 큰 피해를 당했다. 손등에 씌웠던 독문병기 철갑(鐵甲)이 부서진 것이다.

'헛!'

철지상은 내심 경악했다.

두 사람은 말없이 서로 노려보며 다시 대치 상태로 들어갔다.

이미 무영은 철지상을 제압할 자신이 없었다. 상처에서 흐르는 피는 정신을 혼미하게 했다.

여기서 밀리면 끝장이었다.

그는 암암리에 마지막 최후의 진기까지 짜내어 묵환에 내공을 모았다.

"하앗!"

홍광이 어둠을 갈랐다.

철지상은 당황했다.

곧 쓰러질 것으로 보였던 놈은 계속 공격을 해왔고 자신에게는 강기를 막아갈 마땅한 병기조차 없었다. 아무리 내공이 앞선다고 해도 맨손으로 강기를 받아낼 수는 없었다. 게다가 어깨와 다리의 상처로 인해 운신이 자유롭지 않았다.

훌쩍 뒤로 물러선 그는 재빨리 금청만을 끼고는 최대한 진기를 짜내 달아났다. 성질 같아서는 생사를 겨루어 끝장을 내고 싶었지만 자신에게는 부여된 임무가 있었다.

"꼬마 놈, 다음에 보자."

무영은 외관상 보기보다 기력의 손실이 심각했지만 정신력으로 겨우 버티고 있을 뿐이었다.

피를 지나치게 흘렸고 진기의 소모도 심했다.

행여 허점을 보이면 다시 돌아올까 걱정이 되었던 그는 철지상이 멀리 사라지기를 기다려 비틀대는 걸음으로 남궁화를 들쳐 업었다. 그는 남궁화를 놓치지 않기 위해 두 손을 뒤로하고 깍지를 꼈다.

'어멋!'

남궁화는 정신을 잃지 않고 있었다.

지금까지 그녀는 싸움판의 모든 상황을 마음 졸이며 보고 있었는데 마음속으로 간절히 바라던 대로 마침내 젊은 청년이 이겨 이제 살았구나 했다. 하지만 그가 자신을 들쳐 업자 그만 당황했다.

철지상에게 혈도를 제압당한 그녀는 그저 눈만 동그랗게 뜨고 무영이 하는 대로 몸을 맡길 수밖에 없었다.

무영은 막상 자리를 뜨려고 하니 머리도 어지러운 데다 밤이라 아까 놈들을 쫓아온 길을 기억할 수도 없었다.

방향 감각을 상실한 그는 그저 앞으로만 나갔다.

한 시진 정도 왔을까?

순간적으로 바닥이 허전하다고 느꼈고, 갑자기 하늘이 노랗게 보이더니 다리가 힘을 잃었다.

그는 몸이 무엇엔가 부딪치는 것 같다는 생각을 하며 정신을 잃었다. 그의 몸은 비탈을 굴렀다. 하지만 그 상태에서도 깍지 낀 손을 풀지 않았다.

남궁화는 무영과 한 몸이 되어 같이 굴렀다.

그녀도 어쩔 수 없는 상태에서 옷이 나무에 걸려 찢기고 밑에 깔리기도 하는 등 몸이 망신창이가 되다가 어딘가로 팽개쳐지는 강한 충격에 마침내 실신했다.

애정만리(愛情萬里)

제8장

　　햇살에 눈이 부셔 정신을 차린 남궁화는 자신이 이름 모를 숲 속 계곡에 홀로 있는 것을 알았다.

　　잠시 멍한 상태로 있던 그녀는 오라비들을 졸라 진회하를 구경 간 일부터 해서 어젯밤의 모든 기억이 차례로 떠올랐다.

　　갑자기 몸서리가 쳐졌다.

　　두려움에 주변을 둘러보던 그녀는 몇 장 떨어진 곳에 피투성이가 된 한 청년이 널브러져 있는 것을 발견했다. 기억이 맞다면 어젯밤 자신을 마두의 손에서 구출해 준 그 청년이었다.

　　"악!"

　　청년을 본 그녀는 억지로 몸을 일으키려고 했지만 몸이 말을 듣지 않았다. 대신 심한 통증에 입에서 절로 비명이 터졌다. 어젯밤 철지상에게 혈도가 짚인 것이 기억났다. 하지만 저 청년과 한덩어리가 되어 구르다 우연히 그랬는지, 아니면 시간이 지나 저절로 그리된 것인지는 알 수 없으나 혈도는 모두 풀려 있었다.

온몸이 쑤시고 아파와 살펴보니, 옷은 군데군데 찢겨 속살까지 보이는 곳도 있었고 온통 흙투성이에 피까지 많이 묻어 있었지만 큰 외상은 없었다.

피가 묻은 부위에 상처가 없는 것으로 보아 자신의 것이 아니라 청년의 피 같았다.

손을 들어 올릴 힘조차 없었던 남궁화는 망연히 그렇게 앉아 시간을 보냈다.

여기저기에서 새소리와 풀벌레 소리만이 들려왔다.

그녀는 모든 것을 잊고 울창한 숲 속 나뭇잎 사이로 햇살이 내리쬐는 숲의 평화로움에 자신을 맡겼다. 한동안 그렇게 있던 남궁화는 갑자기 자신이 돌아가야 한다는 생각을 했다.

일단 생각을 시작하니 머리가 너무 복잡해졌다.

집을 떠나올 때만 해도 이렇게 험한 꼴을 당하리라고는 꿈에도 생각하지 못했었다.

'어머니.'

강호는 여자가 설칠 수 있는 곳이 아니니 조신하게 집에 있다가 부모가 정해주는 혼처로 시집을 가라는 어머니의 말씀을 한 귀로 흘려 버렸었다. 그런데 그토록 믿음직스럽던 오라버니도 어젯밤 일을 당한 지금에야 강호가 얼마나 무서운 곳인지 알 것 같아 새삼 진저리를 쳤다.

중원무림에는 알려지지 않은 기인이사와 기라성 같은 고수가 구름처럼 많으니 집에서처럼 까불지 말고 항상 몸조심하라던 아버지의 말씀이 옳았다.

사방에 심어진 나무가 가지를 길게 늘어뜨린 넓은 집 안 정원을 언니와 웃음으로 가득 채우며 하릴없는 농담에 깔깔거리던 게 그리웠다.

"끙!"

한참을 나무에 기대어 있던 그녀는 용을 쓰며 힘겹게 몸을 일으켜 청년에게 다가갔다.

목숨을 걸고 자신을 지켜준 청년 협사였다.

그의 몸은 반쯤 나무에 걸쳐진 상태로 쓰러져 있었는데 숨결조차 느껴지는 것 같지 않았다. 가만히 귀를 그의 코가 있는 곳으로 가져갔다. 미약한 호흡이 이어지고 있었다.

이런 와중에도 얼굴이 붉어졌다. 철이 든 후로 외간 남자의 얼굴을 이렇게 가까이서 맞대기는 처음이었다.

청년의 상처를 살펴보니 다행히 자연스레 지혈은 되어 있었지만 전신에 선혈이 낭자했다. 품속을 뒤져 어머님이 챙겨주신 금창약을 꺼내 청년의 옷 앞자락을 열고 상처에 약을 고루 발라주었다.

처음에는 사내의 옷을 벗기고 약을 바르는 것이 쑥스러웠지만 곧 익숙해졌다. 어렵게 청년의 등을 앞으로 돌려놓고 그곳에 난 상처에도 약을 발라주었다.

어젯밤 납치된 와중에도 청년의 승리를 간절히 기원하며 눈을 떼지 않고 싸움을 지켜보았는지라 상처 부위는 대충 알고 있었다.

정성껏 약을 바른 그녀는 자신의 옷을 찢어 상처난 부위를 모두 동여매 주었다. 가뜩이나 너덜거리는 옷을 찢어내기까지 하자 이제는 옷이랄 것도 없었다. 가슴이 드러나 보이지 않는 것만도 다행이었다.

"끙, 끙."

남궁화는 아픈 몸에도 불구하고 불편한 자세로 쓰러져 있는 그를 힘들게 끌어 평평한 곳으로 옮겼다.

청년의 머리맡에 다리를 감싸 쥐고 다소곳이 앉은 그녀는 그가 깨어나기만을 기다리다가 문득 잠이 들었다.

밀려오는 피곤은 이내 몸을 솜방망이처럼 만들었다.

해는 중천에 떠 있더니 어느 결에 산을 넘어가 버렸고 이어 황혼이 숲으로 찾아들었다.

숲 속에는 죽은 듯 누워 있는 무영과 깍지를 낀 손으로 두 다리를 감싸 쥐고는 무릎에 턱을 기댄 채 잠에 빠진 남궁화만이 있는 것 같았다.

멀리서 노루 한 마리가 신기한 듯 한참을 보더니 고개를 돌려 숲 사이로 사라졌다.

이내 짙은 어둠이 황혼의 뒤를 이었다. 빽빽이 나무가 우거진 숲이 어둠으로 덮힌 것은 순식간이었다.

"으……."

가벼운 신음성과 함께 무영이 눈을 조금씩 떴고 목이 타는 듯한 심한 갈증을 느꼈다.

"무, 물……."

무영의 목소리에 남궁화도 눈을 떴다.

막 정신을 차려 자신의 앞에 누워 물을 찾고 있는 청년을 보고 화들짝 놀란 그녀는 이내 지난 일들이 기억났다.

그녀는 막연한 현실에 몸을 가볍게 떨었다.

꿈이 아니었다.

이 청년은 아까 자기가 끙끙거리며 옆에 끌어다 놓은 그 남자였다.

눈동자의 초점이 풀려 있는 것으로 보아 아직 정신이 완전히 돌아온 것은 아니었다.

"악!"

그저 물을 떠와서 먹여줘야 한다는 생각에 몸을 일으키려던 남궁화는 전신이 욱신거리는 통증에 비명을 지르며 다시 자리에 주저앉았다.

'가야 해.'

가쁜 숨을 몰아쉬며 나뭇등걸을 잡고 겨우 몸을 일으켜 세운 그녀는 달빛만 의지한 채 어둠 속으로 물이 있음 직한 곳을 찾아 힘겹게 발을 옮겼다.

저 협사는 목숨까지 걸었는데 자신은 그저 하찮은 통증 때문에 망설이고 있을 수 없었다. 멀리 어디선가 시냇물 소리가 들린 것 같기도 했다.

남궁화가 나뭇잎 한 장을 접어 물을 담아 온 것은 그로부터 한 시진이 넘어서였다. 그녀는 한 방울의 물이라도 흘리지 않으려고 무릎이며 팔꿈치가 멍들고 까지면서도 오직 나뭇잎에 담아 온 물을 흘릴까 걱정하며 왔다. 땀을 얼마나 흘렸는지 옷은 마치 물을 뒤집어쓴 것처럼 흠뻑 젖었다. 어제의 자신이라면 어림도 없을 일이었다.

행여 한 방울이라도 옆으로 흘릴세라 청년의 입을 벌리고는 조심스럽게 물을 흘려 넣었다. 그러나 청년은 입을 제대로 벌리지 못하고 아까운 물만 밖으로 흘려보내고 있었다. 재차 시도를 해보았지만 마찬가지였다.

'아이, 어떡해?'

한 모금도 되지 않을 물을 보며 한참을 망설이던 그녀는 나뭇잎의 물을 입에 머금고는 청년의 입술에 입을 맞추었다. 조심스레 혀를 밀어 사내의 입술을 벌린 그녀는 머금은 물을 무영의 입으로 밀어 넣었다.

뺨이 화끈거렸다. 낮이었다면 붉게 물들었을 것이 틀림없었다.

남궁화는 나뭇등걸에 몸을 기대자마자 긴장이 풀려 밀려오는 피곤을 이기지 못하고 깊은 잠 속으로 빠져들었다.

밤을 지키던 풀벌레 울음소리가 가고 다시 아침이 찾아왔지만 두 사람은 깨어날 줄을 몰랐다.

무영이 정신을 차린 것은 어느새 잠에서 깨어난 남궁화가 황혼에 몸을 맡기고 있을 때였다.

그는 자신이 산속에 있는 것을 알았다.

한참을 생각하던 그는 자신이 어젯밤 남궁가의 처녀 한 명을 구해서 달아났던 것을 떠올렸다. 누군가 주는 물을 받아 마신 기억도 어렴풋이 났다.

비스듬히 눈을 돌리니 처녀 하나가 나무에 기대어 망연히 앉아 있었다. 어젯밤 자신이 구했던 그 여자였다.

'아마도 나에게 물을 준 사람이 저 처녀겠지?'

상대도 기척을 느꼈는지 그를 향해 막 고개를 돌리던 중이었다.

눈과 눈이 마주쳤다.

그녀는 깜짝 놀라며 고개를 틀었다.

무영이 보니 어제저녁 멀리 숨어서 봤을 때는 무척이나 까부는 것 같았는데 지금은 갓 시집온 새색시 같은 표정이었다.

'이름이 남궁화라고 했던가?'

"여, 여기가……?"

생각 같지 않게 목소리가 갈라져서 나왔다.

"저도 몰라요."

잠시 침묵을 지키던 남궁화가 다시 고개를 돌려 그를 보며 나지막이 대답했다.

목소리가 무척 곱다는 생각이 들었다.

상대가 앉아 있는데 계속 누워 있을 수 없어 힘을 주어 몸을 일으키려고 했다.

"억!"

가슴과 등에 극심한 통증이 느껴지며 비명이 절로 나오고 몸은 말을 듣지 않았다.

"가만히 계세요. 몸에 상처가 많아요."

무리하게 움직이려는 그를 보고는 남궁화가 말했다.

"좀 일으켜 주시겠소?"

남궁화는 잠시 망설이는 듯하더니 조심스럽게 그를 일으켜 세워 나무에 기대어주었다.

"음!"

그마저도 무척 힘이 들었는지 그녀의 입술 사이로 낮은 신음성이 흘러나왔다.

서서히 황혼이 물러나며 어둠이 스멀스멀 배어왔다.

"오라버니들이 걱정하지 않겠소?"

무영은 그녀를 보며 물었다.

"저를 아시나요?"

"어제 화매라고 들은 것 같기는 한데……."

무영은 피식 웃으며 답했다.

"이틀은 지난 것 같아요. 남궁화라고 해요."

그녀는 자신의 이름을 말하는 것도 부끄러운지 얼굴을 돌렸다.

"장무영이라고 하오."

"장 공자셨군요."

"지금이라도 돌아가야 하지 않겠소?"

애타게 동생을 부탁하던 남궁황을 떠올렸다.

"여기가 어딘지도 전혀 모르는데 어떻게 밤길을 찾아갈 수 있겠어요."

"……."

무영은 대답 대신 힘들게 가부좌를 하여 자리를 잡았다.

남궁화도 무가의 여식이라 무영이 운기조식을 하려는 것을 알고는 말을 걸지 않고 주위를 경계해 주었다.

남궁화는 몰랐지만 그녀를 본 무영의 입가에 웃음이 번졌다.

'지금 몸 상태로 토끼가 덤비더라도 막을 수 있을까?'

무영은 천천히 진기를 끌어올렸다.

미약한 진기가 모일 듯했지만 끝내 운기로 이어지지는 않았다. 몇 번이나 시도했지만 실패만 거듭하던 그는 마침내 운기를 포기하고 말았다. 한동안 애를 쓴 덕분에 이마에 땀이 송골송골 맺혔다.

무영이 진기를 모으느라 씨름을 하고 있는 동안 남궁화는 몰래 곁눈질로 그를 훔쳐보았다.

정연한 이목구비에 짙은 눈썹이며 시원하게 뻗은 콧날이 미남은 아니지만 그래도 잘생긴 축에 속했다.

갑자기 얼굴이 붉어지며 가슴이 뛰었다.

자신의 목숨을 구해준 사람이 젊고 잘생겼다는 것이 무척 다행스럽게 생각됐다. 중년 아저씨나 백발 할아버지가 구해주었을 상황을 생각하니 자신도 모르게 웃음이 나왔다.

조식을 포기한 무영이 옆을 쳐다보니 남궁화가 고개를 반쯤 숙인 채로 눈을 살포시 깔고 웃고 있었다. 무척이나 귀여운 얼굴이었다.

"무얼 생각하길래 그렇게 웃고 있소?"

"어머나!"

남궁화는 속내를 들킨 것만 같아 자신도 모르게 화들짝 놀랐다. 얼굴이 달아오르는 것 같았지만 밤이라서 다행이었다.

가볍게 묻는 말에 놀라기까지 하자 오히려 민망해진 무영이 잠시 기다리다가 입을 열었다.

"내려가 보지요. 초저녁이라 인근에 민가가 있다면 멀리서라도 불빛이 보일 테니."

남궁화는 무영이 웬만큼 회복한 것으로 생각하고는 순순히 그의 말을 따랐다.

"아야!"

몸을 일으키던 남궁화가 얕은 신음성을 내뱉으며 비틀거렸다.

사실 그녀는 무영에게 줄 물을 나뭇잎에 받아오는 것도 땅바닥을 기다시피 하여 겨우 떠온 것이었다.

다시 일어서려고 하니 간밤에 무리한 것이 화근이 됐는지 이전보다 몸이 더 아파왔다. 그래도 그런 모습을 보이기가 싫어 억지로 나뭇가지를 잡고 비틀대며 일어났다.

'난감하군.'

남궁화의 상태는 무영이 생각했던 것보다 훨씬 좋지 않았다.

아무리 계곡이라지만 산을 내려가려면 적지 않은 비탈을 만날 텐데 걱정이 앞섰다. 무영도 몸이 성치 않아 부축해 주는 것도 쉽지 않았다.

둘은 조심조심 서로를 잡아주며 산비탈을 내려갔다. 산길이 험해서 그런지 남궁화는 부끄러움도 잊었다.

다행히 어스름 달빛이 밤길을 비춰주었다.

조금 내려가니 작은 개울이 보였다.

남궁화가 물을 떠온 곳이었다. 목이 말랐던 무영은 물만 실컷 마시고 일어섰다.

남궁화는 아예 주저앉아 자리를 잡았다.

"얼굴을 좀 씻어야겠어요."

여자들은 어딜 가나 같은 생각뿐인 모양이었다.

"저… 잠시만 돌아서 주시겠어요?"

언질을 주었는데 상대가 꿈쩍도 않자 남궁화가 말했다.

"목욕하게요?"

깜짝 놀란 무영이 자기도 모르게 물었다.

'아차!'

중원 여자는 신체 어디든 안 보여주는 것을 원칙으로 한다는 것을 잠시 잊었다. 아마 다리라도 씻으려는 모양이었다.

"험!"

무안해진 무영은 헛기침을 하며 뒤로 돌아섰다.

잠시 여기저기 몸을 씻는 물소리가 한동안 나더니 이어 옷매무새를 만지는 소리도 들렸다. 조심을 하는 모양이었지만 워낙 깊은 밤이라 주변이 조용해 여간해서는 소리를 감추기 어려웠다.

"악!"

풍덩!

남궁화의 비명 소리에 이어 뭔가 커다란 것이 물에 빠지는 소리가 들려 깜짝 놀란 무영이 돌아서 보니 남궁화가 물에 빠진 채 손을 뒤로 해서 바닥을 짚고 개울 속에 앉아 있었다.

개울이라고 해야 그저 한 발 큼지막하게 건너뛰면 될 정도로 작았으니 빠져 죽을 걱정은 없었다.

한데 눈과 눈이 마주치는 순간 남궁화의 입이 일그러졌다.

'앗, 저 모양은!'

남궁화의 얼굴은 마치 어린아이가 울음을 터뜨리기 바로 직전의 그 얼굴이었다.

"으앙!"

'허걱!'

다 큰 처녀가 애들처럼 입을 벌리고 울고 있었다.

누가 민 것도 아닌데 제풀에 개울에 빠진 여자가 울기는 왜 운단 말인가. 더구나 밤중에 뭐 볼 게 있다고 세수를 한다고 난리 치며 개울가에 쪼그리고 앉더니, 아마 일어서려다 다리가 꼬였거나 힘이 풀려 자빠진 것이 분명했다.

보통 사람도 쪼그리고 앉아 있다가 갑자기 일어서려면 힘이 든 법이다.

'쯧쯧.'

그리고 처녀가 울려면 '흑흑흑' 정도로 울어야지 애들도 아니고 '으앙'은 또 뭔가?

하지만 남궁화도 울음보가 터질 수밖에 없었다.

창피함, 그리고 서러움.

강호에 처음으로 구경이랍시고 나왔다가 가족과는 헤어져 납치되었고, 다시 생면부지의 청년에게 구명을 받았다가 한밤중에 단둘이 외따로이 떨어져 산속에 남게 되었으니 열일곱 방심이 흔들리는 것은 당연했다. 저번에는 그저 물을 먹여야 한다는 일념에 이것저것 생각을 못 하고 물만 담아 갔는데 다시 개울을 보자 몸이 흙투성인 것이 생각났다.

떡 본 김에 제사 지낸다고 세수라도 하고 찢어진 옷 사이로 손을 넣어가며 여기저기 대충 씻은 것까지는 좋았는데, 일어서는 순간 갑자기 발이 저려오며 다리에 힘을 쓸 수가 없어 그만 '풍덩' 한 것이 그 전말이었다.

부끄러운 모습에 상대가 돌아보지 않기를 바랬지만 물소리에 놀라 고개를 돌린 무영의 눈과 마주쳤다.

'아잉~ 어떡해.'

창피스러운 마음에 그만 자신도 모르게 울음부터 나왔다.

귀하게만 크다가 생사가 왔다 갔다 하는 싸움판을 겪은 데다 산속에 외톨이처럼 떨어져 모진 고생을 힘들게 참아오던 남궁화는 너무나 서러운 나머지 될 대로 되라 하는 심정으로 '으앙' 해 버린 것이었다.

"화, 화 소저, 아니, 남궁 소저."

당황하니 호칭까지 헷갈렸다.

"앙앙앙."

무영의 당황한 부름에 남궁화는 '이제는 정말 나도 몰라' 하는 심정이 됐는지 물속에서 다리까지 버둥거리며 서럽게 울었다.

열일곱이었다.

자존심이 한꺼번에 와르르 무너진 남궁화는 마치 부모 앞에서 어리광을 피우며 우는 철없는 어린 소녀가 된 것 같았다.

'허참, 이거……'

무영은 어찌할 바를 모르고 망연히 서 있었다.

잠시 난감해하던 그는 물속으로 들어가 남궁화의 어깨를 안아 일으켰다. 남궁화는 힘을 빼고 그가 하는 대로 몸을 맡기고 있더니 몸이 일으켜지는 순간 그대로 무영의 가슴으로 안겨들었다.

"흑흑흑."

다 큰 여자가 사내 앞에서 울었다는 사실에 더 부끄러워진 그녀는 무영의 가슴밖에 달리 숨을 곳이 없었다.

무영은 살며시 그녀의 등을 안았다.

한 줌밖에 되지 않는 등이었다. 따스한 젖무덤이 그의 앞가슴을 눌러왔다.

한동안 흐느끼던 남궁화의 울음이 차츰 잦아들었다.

그런데 예기치 못하게 두 사람 사이에 야릇한 기운이 번졌다.

남궁화의 심장이 콩닥거리며 뛰기 시작했다. 하지만 예민한 젖가슴을 지그시 눌러오는 날따란 사내의 품이 싫지는 않았다.

한층 부끄러워진 이 상황에 그녀는 더 더욱 고개를 들지 못하고 더욱더 고개를 파묻었다.

'이거……'

무영의 가슴도 정신없이 뛰고 있었다.

두 손은 마땅히 갈 방향을 잃고 헤맸고 찌르르한 전류가 몸의 다른 곳에서 느껴져 왔다.

'어, 어.'

시간이 흐를수록 흥분은 숨을 더했고 맥박은 빨라졌다.

무영의 손이 그녀의 등을 가볍게 어루만지자 남궁화가 젖가슴을 더욱 밀착해 왔다.

한동안을 그러고 있던 무영은 가만히 그녀의 가슴을 밀어내고 한 손으로 그녀의 턱을 들었다.

달빛 아래 감히 뜨지 못하고 새초름히 눈을 내리깔고 있는 남궁화의 얼굴이 들어왔다.

허리춤에 가 있는 다른 손에서 그녀의 수줍은 떨림이 전해져 왔다.

무영은 천천히 그녀의 입술을 덮어갔다.

'아!'

남궁화는 마치 감전된 듯 몸을 떨며 움직이지 못했다.

입술과 입술이 서로 닿는 순간 온몸에 힘이 쭉 빠지는 것이 느껴졌다. 무영이 허리를 잡고 있지 않았더라면 그대로 쓰러졌을 것이다.

갑자기 머리 속이 텅 비었다.

입술을 타고 사내의 뜨거운 열기가 느껴졌다. 세상의 그 어떤 것도 이보다 더 흥분되고 감미로울 수는 없을 것 같았다.

무언가 부드러운 것이 조심스레 입술 사이를 헤집고 들어왔고 다음 순간 짜릿한 열류가 온몸을 휘감았다.

더 이상 버틸 수 없었다.

남궁화의 다리가 풀리며 주저앉으려는 순간 두 사람은 한 덩어리가 되어 풀숲으로 쓰러졌다.

이미 여기저기 찢겨진 남궁화의 옷은 더 이상 두 사람을 막는 장벽이 되지 못했다.

뜨거운 열기가 목을 타고 내려와 가슴에 머무는 순간 남궁화의 손이 무영의 등을 굳게 끌어안았다.

다음 순간 아픔과 함께 충만감이 찾아왔고 이어 이제껏 한 번도 느껴보지 못한 희열이 몸을 휘감았다.

한덩어리가 된 몸이 열정 속을 헤집으며 파고 들었고 새벽을 지키던 풀벌레 소리도 잦아들었다.

남궁화의 초점없는 눈이 먼 하늘에 떠 있는 별 하나를 향했다.

무엇을 잃은 듯한 상실감도 왔지만 세상 전부를 얻은 듯한 벅찬 희열도 왔다. 대화가 필요없었다. 아직 기력도 회복되지 않았을 몸이 마치 불꽃처럼 타올랐다.

언제까지 타오를 것 같았던 불꽃은 그러나 시간이 가며 차츰 잦아들었다.

피곤이 엄습한 두 사람은 한 몸이 되어 그대로 잠을 청했다.

날이 차츰 밝아왔다.

무영이 먼저 일어나 조심스레 남궁화를 안아 일으켰다.

'아!'

고개를 수그리며 무영이 이끄는 대로 따라 일어서던 남궁화는 하체에서 느껴지는 가벼운 통증에 고운 아미가 약간 찌푸려졌다.

그 아픔의 의미도 모를 철부지 소녀는 아니었다.

내색도 할 수 없는 부끄러움에 남궁화는 끝내 얼굴을 들지 못했다. 무영은 그녀의 그런 모습이 더욱 사랑스럽게 느껴져 살며시 품에 안았다.

잠시 후 두 사람은 말없이 옷을 여몄다.

"화매!"

"상공!"

무영의 입술이 그녀의 입술을 찾았다.

남궁화는 가볍게 고개를 들어 그를 편하게 해주었다.

뜨거운 입맞춤이 한동안 계속되자 견디지 못한 젊은 육체에 다시 홍분이 찾아들었고 두 사람은 또 한 번 풀숲으로 쓰러졌다.

희미한 여명이 산등성이를 감쌀 때까지 두 사람은 마냥 그렇게 서로를 보듬었다.

"이래가지고는 산을 내려갈 수가 없겠는데."

두 사람이 걸치고 있는 옷은 다 찢어져 옷이라고 부르기도 민망한 수준이었다. 싸움판에서, 산비탈을 구르면서, 그리고 사랑을 하면서 찢어진 덕분에 여기저기에 속살이 드러나 보이는 옷을 보며 무영이 말했다.

남궁화는 말없이 얼굴만 붉혔다.

햇살이 따가워지는 것을 느끼며 무영은 남궁화의 손을 이끌고 숲 언저리로 들어가 널찍한 바위 위에 앉았다.

처음에는 수줍음에 말을 아끼던 남궁화도 잠시 시간이 흐르자 예전의 그녀로 돌아갔다.

그녀는 만난 지 사흘밖에 되지 않은 무영이 십수 년을 함께 자라온 언니나 오빠들보다 더욱 가깝게 느껴져 나중에는 온갖 수다까지 늘어놓았다.

무영은 더 이상 그녀에게 남이 아니었다.

"가재가 있네."

배가 고팠던 두 사람은 먹을 것을 찾던 중 물속을 노니는 가재를 보았다.

무영은 마른 나뭇잎을 긁어 모은 후 가재들을 잡아 나뭇가지에 꿰어 차곡차곡 쌓았다. 이어 마른나무 둥치를 주워 날카로운 돌로 홈을 판 다음 마른 나뭇잎을 잘게 부숴 그 속에 넣었다. 그리고는 요대를 끌러 마른 나뭇가지에 감은 후 가지를 홈에 넣고 좌우에서 요대를 당겼다.

언젠가 텔레비전에서 본 적이 있는, 아메리카 인디언들이 마찰열을 이용해 불을 피우는 방식이었다.

하지만 생각처럼 잘 되지는 않았다.

"뭐 하세요?"

한동안 분주히 오가는 그를 그늘에 앉아 조용히 지켜보던 남궁화가 물었다.

"불 피우려고."

"그런데 왜 그렇게 복잡해요?"

그녀는 이상한 짓을 한다는 듯한 말투로 묻더니 품속을 뒤적거려 화섭자를 꺼내 나뭇잎 가루에 불꽃을 붙였다.

'잉!'

화섭자를 깜박 잊었다.

불을 피운 그녀는 무영을 보며 의기양양한 표정을 지었다. 마치 '봤죠?' 하는 표정이 너무 귀여워 꽉 깨물어주고 싶을 지경이었다.

빙그레 웃어준 무영은 가재 꼬치를 불에 올렸다. 이내 가재의 온몸이 빨갛게 변하며 고소한 냄새가 진동했다.

배가 고팠지만 가재에는 별다른 관심을 보이지 않던 남궁화도 가재가 익어가는 냄새가 식욕을 자극했는지 불 가까이로 한 걸음 다가왔다.

남궁화는 가재구이를 몇 줄이나 먹은 후에야 손을 놓더니 한동안 정신없이 먹어댔던 것이 부끄러웠는지 또다시 얼굴을 붉혔다.

인적이 없는 곳이라 가재는 작은 포대에 담아도 될 정도로 많았다. 배가 부르도록 실컷 먹은 두 사람은 포만감에 젖어 풀 위에 나란히 누웠다.

남궁화의 조그만 손이 무영의 손을 꼭 잡아왔다.

아직도 몸의 피곤이 가시지 않았는지 숲 속으로 불어오는 골바람에 두 사람은 다시 달콤한 오수에 취했다.

"끙……!"

잠결에 목이 말라 일어났던 무영은 남궁화의 앓는 소리를 들었다. 가뜩이나 여기저기 골병이 든 그녀를 그만 흥분을 참지 못해 못살게 군 자신이 아주 나쁜 놈이라는 생각이 들었다. 물을 마시고 돌아온 그녀를 품속에 꼬옥 안고 잠을 청했다.

"상공……."

남궁화가 부르기에 잠을 깬 줄 알았는데 잠꼬대였다. 아마 자신의 꿈을 꾸고 있었던 모양이다.

다시 저녁이 찾아왔다.

무영은 잠에 취해 있는 남궁화를 품에서 떼어내고 한구석에 앉아 운기조식에 들어갔다. 단전에 내공이 조금씩 모이는 것을 느낀 그는 서서히 진기를 운용했다. 어렵게 모인 진기는 내공구결에 따라 천천히 사지백해를 돌았다.

일주천(一周天)을 마친 무영이 눈을 뜨니 찢어진 옷이나마 애써 옷매무새를 가다듬은 남궁화가 다소곳이 옆에 앉아 자신을 보는 것을 발견했다.

"더 자지 않고."

"많이 잤어요."

앓는 소리까지 내며 자더니 다행히 몸이 크게 상하지는 않은 모양인지 얼굴색이며 목소리가 밝았다.

"자는 게 흉했어요?"

남궁화는 혹시 잠에 취한 자신의 모습이 걱정됐는지 그 말을 하면서도 얼굴이 붉게 물들었다.

그 모습이 너무 귀엽게 보여 무영이 다가가 살며시 볼을 쓰다듬어 주었다. 남궁화는 잠시 피하는 듯하더니 곧 얌전하게 고개를 수그리고는 얼굴을 맡겼다.

"몸은 괜찮아?"

간밤에 앓는 소리를 내기에 물어본 건데 다른 말로 알아들었는지 남궁화의 얼굴이 잘 익은 능금처럼 붉어졌다.

속으로 웃음이 나오려는 것을 겨우 참았다.

"상처는 괜찮으세요?"

잠시의 어색한 분위기를 뒤로하고 남궁화가 입을 열었다.

"상처는 이상이 없는데 진기가 많이 모이지 않아."

남궁화는 다시 근심스런 얼굴이 되었다.

"그럼 어떡하죠?"

"운기를 한 번 더해보려고."

무영은 말과 함께 조용히 가부좌를 틀었다.

단전에 모이는 진기의 양이 아까보다는 조금 는 것 같지만 아직 묵환의 도움을 얻기에는 모자라는 모양이었다.

한 식경이 지나 자리를 털고 일어서자 한층 개운해 보이는 그의 모습에 남궁화의 안색이 밝아졌다.

둘은 다정하게 손을 잡고 산을 내려갔다.

주변에 뽕밭이 많이 있는 것으로 보아 민가가 멀지는 않을 것이었다.

한참을 걸으니 과연 저만치에 외딴 농가 하나가 보였다.

무영은 남궁화를 저만치 세워두고 농가에 들어갔다.

"이상하네? 지난번 한량패가 이 근처에서 한 달이나 묵으며 호랑이나 곰, 여우를 모두 싹쓸이하다시피 사냥해 갔는데 아직도 이 산에 위험한 짐승들이 있나?"

산짐승들에게 당해 그렇게 됐다고 둘러대자 농가의 아낙네가 고개를 갸웃거렸다.

무영이 가져온 옷으로 갈아입은 남궁화와 농가로 다시 돌아와 밥을 얻어먹으며 아낙에게 길을 물으니 남경까지 하루는 족히 걸릴 것이라고 했다.

이미 날이 저물어 농가의 빈 창고에서 하루를 묵은 그들은 다음날 아침 행장을 수습해서 남경을 향해 출발했다.

인적이 없었기에 둘은 손을 잡고 길을 걸었다.

무영은 자신에 대해 대충 얘기를 해주었다.

물론 아라 공주 얘기는 하지 않았다.

지친 몸을 이끌고 남경에 도착하니 이미 밤이 깊어 성문이 잠겨 있었다. 하는 수 없이 성문 앞 객잔으로 들어갔다.

"조용한 방이 있습니다. 신혼부부들에게는 딱 어울리는 방입죠."

점소이는 둘이 다정하게 객잔으로 들어서자 젊은 부부로 착각한 모양이었다. 하기는 부부가 아니라면 청춘 남녀가 감히 객잔에 투숙할 엄두는 내지 못할 것이었다.

남궁화의 얼굴이 다시 홍시처럼 붉어졌다.

"허참, 화매는 무슨 말만 들으면 얼굴이 빨개지니 주변 사람들이 어디 입이나 함부로 열겠어?"

"아이참."

무영이 놀리듯 말하자 남궁화의 얼굴이 더욱 붉어졌다.

점소이는 은근한 미소를 지으며 부러운 시선으로 두 사람을 바라보았다.

간단히 식사를 마친 후 몸을 씻고 나니 지친 몸으로 하루를 강행군한 여파인지 두 사람은 침상에 눕자마자 잠에 취했다.

모처럼 맞은 편안한 밤이었다.

일찍 잠자리에 든 탓인지 아침 일찍 잠에서 깨어난 두 사람은 다시 서로의 사랑을 확인했다. 이제 성안으로 들어가면 한동안 두 사람에게 이런 기회가 다시 오지 않을 것이란 생각에 마음껏 아쉬움을 불태웠다.

그들이 항주성 안으로 다시 들어온 것은 진회하에서 납치된 지 오일째 되는 날이었다.

객잔에는 달운을 비롯한 곤륜 문도들도 도착해 있었고 남궁세가에서는 남궁옥과 세가 사람들로 보이는 몇몇 노인, 그리고 검을 찬 무인들이 바삐 움직이다가 그들을 발견하고는 반갑게 맞았다.

객잔은 그동안 그들을 찾아 헤매던 사람들이 모두 모여드는 통에 그야말로 북새통을 이루었다.

"공자, 무사하셨구려."

청해삼호도 급보를 받고 객잔에 와 있었다.

사건 직후 남궁황으로부터 전말을 전해 들은 달운은 무영에게 이상이라도 생겼다면 정말 대학사께 면목이 없다고 생각했다.

애꿎은 남북쌍괴에게 화풀이를 해대자 그들도 몸이 달았는지 무영을 찾아보겠다며 밖으로 나간 처지였다.

"걱정을 끼쳐서 미안해요. 철지상이란 놈이 보통 놈이 아니더라구요. 하마터면 장가도 못 가보고 죽을 뻔했어요."

도둑 장가는 며칠 전에 간 생각이 나서 말을 하면서도 속이 뜨끔했다.

"그래도 이렇게 살아 오니 반갑기만 하네. 그건 그렇고 그동안 어디 있었소?"

달운은 눈시울을 붉혀가며 물었다. 무영이 살아서 돌아온 게 어지간히 반가운 모양이었다.

무영은 철지상을 추격해 간 이야기하며 오 일 동안 지낸 과정을 얘기했다. 물론 남궁화와의 관계(?)는 뺐다.

"그럼 처녀 총각이 며칠 낮밤을 같이 다녔단 말이오? 그것도 으슥한 산속에서?"

눈치없는 달운이 물고 늘어졌다.

"아무 일 없었수?"

연락을 받은 달뢰와 달우도 와 옆에서 듣고 있다가 그게 무척이나 궁금했는지 번갈아가며 물었다.

"허참, 그런 이상한 쪽으로만 얘기를 몰아가지 말고 일 얘기나 합시다, 일!"

거짓말을 할 수도 없고 해서 대충 말을 돌리려는 무영이었다.

곁눈질로 남궁화를 보니 그녀는 남궁세가의 사람들에게 둘러싸여 얘기를 나누면서도 무영의 말을 다 듣고 있었는지 얼굴을 붉히고 있었다.

"막 소저 일행은 어디 있어요?"

그들이 한 사람도 보이지 않자 무영이 물었다.

"일하러 갔지요. 이틀을 공자를 기다리다가 다른 상인들이 기다릴

거라고 하면서 삼 일 전에 소주로 갔어요."

혹시 자신 때문에 일을 망칠까 걱정했던 무영은 달운의 말에 안도했다.

남궁옥은 두 오라비가 남궁화를 찾아 헤매며 아직 돌아오지 않았는지라 막내의 그간 행적을 추궁하고 있었다.

살아 돌아온 동생이 고맙기는 하지만 이런 일은 소문이 잘못 나면 동생은 물론이고 집안의 큰 망신이 될 수도 있었다.

자신들은 물론 쉬쉬하며 동생을 찾아나섰지만 본가에서 많은 사람들까지 나와 남경 주변을 이 잡듯 뒤지는 통에 이미 성안에 소문이 파다하다는 것은 그녀도 들어서 알고 있었다.

"언니는 별소릴 다 하고 있어."

남궁화도 일단 오리발 닭발을 번갈아 내밀며 말꼬리를 흐리는 수밖에 없었다. 하지만 여자의 직감이랄까? 남궁옥은 동생이 달라진 것을 알 수 있었다.

무언가 꼬집어 말할 수는 없었으나 예전과는 다른 분위기, 여자만의 직감이었다. 그렇지만 그런 얘기를 이렇게 사람들이 많은 곳에서 할 수는 없는 노릇이었다. 일단 동생이 애매하게 말꼬리를 흐리자 나중에 조용한 기회를 잡아 물어보리라 다짐했다.

밤이 깊었다.

무영은 남궁화가 보고 싶어 찾아갈까 했는데 남궁가 사람들의 이목이 겁이나 엄두가 나지 않았다.

남궁황과 남궁민은 그때까지도 돌아오지 않고 있었다.

침상에 누웠으나 허전한 마음에 잠을 못 이루고 있는데 누군가 문을 살며시 두드리고 있었다.

'남궁화다.'

무영의 예감은 적중했다.

무영이 후닥닥 침상을 박차고 문을 여니 남궁화가 고개를 숙인 채 문앞에 서 있었다.

남궁화는 처녀의 몸으로 일을 벌인 처진데 무영과는 자신의 장래에 대해서 제대로 말도 해보지 못한 것을 뒤늦게 깨달았다. 은근히 나름대로 걱정이 되어 혹시 그가 찾아오지 않나 기다렸으나 야속하게도 아무런 소식이 없자 조바심이 나서 창피를 무릅쓰고 무영의 방을 찾은 것이다. 같은 객잔에 있었기에 낮에 무영이 쓰는 방을 미리 보아두었던 것이 다행이었다.

무영은 남이 볼세라 얼른 그녀의 팔을 잡아 방 안으로 이끈 뒤 문을 잠갔다.

그런데 남궁화의 얼굴을 보니 눈물이 그렁거리고 있다.

"화매, 무슨 일이 있어?"

지은 죄가 있어 불안해진 무영이 물었다.

남궁화는 대답 대신에 그의 품 안으로 안겨들며 흐느끼니 무영도 그녀를 안고 있을 수밖에 없었다.

한밤중에 와서 그러니 혹 무슨 일이 생긴 것은 아닐까 하는 불안감까지 왔다.

잠시 시간이 지난 후 남궁화가 고개를 들어 입을 열었다.

"상공, 제가 보고 싶지 않은 거죠?"

눈물이 그렁거리며 새초름하게 그를 흘겨보고 있었다.

"그, 그게 아니라 이목이 많아서……."

"흥, 그게 무슨 상관이에요? 그럼 나를 책임지지 않겠다는 말인가요?"

남궁화는 나름대로 둘의 문제를 혼자 고민했었다. 그러나 이미 갈 데까지 간 처지라 오히려 이 문제를 공론화시키는 것이 유일한 해법이라는 결론을 내렸다. 물론 처녀(?)의 몸으로 부끄럽기는 했지만 그렇게라도 하는 수밖에 없었다. 그녀는 오늘 밤 확실히 결론을 내려 그를 찾았다.

남궁화는 허리춤에 양손을 올려놓고 대판 싸움이라도 벌일 기세였다.

"무슨 소리? 화매는 나를 그런 놈팡이로밖에 보지 않았단 말이야?"

무영은 사실 남궁화의 그런 모습이 너무 귀여워 번쩍 안아주고 싶었다. 하지만 짐짓 불쾌한 표정을 지으며 정색을 했다.

졸지에 공격수와 수비수가 바뀌었다.

"그게 아니에요. 제 말은 그게 아니라……."

자신이 너무 심한 말을 해서 무영을 화나게 했나 싶어 불안해진 남궁화는 마땅한 변명을 찾지 못해 말을 더듬었다. 얼굴을 붉히며 안절부절못하는 그녀의 모습이 무영의 가슴에 불을 질렀다.

무영은 그녀를 번쩍 들어 침상에 눕혔다.

"상공, 이러시면 안 돼요. 누가 찾아오기라도……."

깜짝 놀란 남궁화가 가볍게 앙탈을 부리며 말했지만 그녀는 말을 계속 이을 수가 없었다. 무영의 입술이 입을 막은 까닭이었다.

남궁화는 전신에 힘이 쭉 빠지는 것을 느끼며 몸을 맡겼다.

'어머어머! 이를 어쩌면 좋아.'

남궁옥이 방문을 살짝 열고 이들의 방을 엿보고 있었다.

그녀는 사실 오늘 밤 동생의 행적을 좀 자세히 알아볼까 하다가 동생이 너무 피곤해 보여 그냥 두었었다. 하지만 밤이 깊도록 동생이 무슨 일을 겪지나 않았을까 하는 불안감에 잠을 못 이루고 있었는데 동생의 방문이 열리는 소리가 나자 살짝 내다보았다.

동생이 무영의 방문을 두드리고, 이어 누가 볼세라 무영이 동생의 손을 이끌어 들이고는 황급히 방문을 닫자 그녀는 가슴이 쿵쿵 뛰었다.

사단이 났다.

남녀가 유별하기 이를 데 없는데 남자라고 모르던 동생이 한밤중에 외간 남자의 방을 찾고, 또 그녀를 불쑥 안으로 잡아끄는 그 손은 무어란 말인가? 그동안 둘 사이에 무슨 일이 있어도 단단히 있었던 것이 틀림없었다.

남궁옥은 살며시 문을 열고 무영의 방문 가까이 다가갔다.

마치 자신이 큰 죄를 짓는 것처럼 가슴이 두근거리고 몸도 떨려왔다.

조심스레 주변을 살핀 그녀는 방문에 귀를 댔다.

그녀는 두 사람의 대화를 한 자도 빠뜨리지 않고 들을 수 있었다. 동생이 무영에게 책임지라는 말을 하는 것으로 보아 그동안 틀림없이 그런 일이 벌어진 것이 확실했다.

그녀는 이내 그 사실을 확인할 수 있었다.

무슨 소리가 들리는 것 같더니 동생의 이러면 안 된다는 소리가 들렸다. 잘은 모르겠지만 사내가 강제로 동생을 범하려는 것이 분명했다. 동생을 구했다는 저 사내놈이 그 며칠 동안에도 막내를 어떻게 했는지 짐작이 갔다.

'어쩌면 좋아!'

온몸이 벌벌 떨렸다.

동생이 강제로 능욕을 당하고 있다고 느낀 그녀는 어찌할 바를 모르고 있었다.

삼층에 세가 사람들도 많이 투숙했으니 자신이 소리를 지른다면 모두 달려올 것이 분명했다. 하지만 그렇게 된다면 여러 사람들 앞에서 망신을 당하는 것은 피할 수 없었다. 그러나 능욕을 당하도록 놔둘 수는 더 더욱 없는 노릇이라 마침내 참지 못하고 방으로 쳐들어가려 하는데 말소리가 들렸다.

"상공, 사랑해요."

작지만 동생의 목소리가 틀림없었다. 그렇다면 사내가 강제로 범하고 있는 것이 아니란 말인가?

남궁옥은 이 상황이 머리 속에서 정리가 되지 않았다.

한데 이내 이상한 소리가 들렸다.

"응, 응, 응."

애써 소리를 죽이는 것이 확연히 느껴질 정도의 힘겨운 여인의 교성이었다.

'어머나!'

하마터면 소리를 지를 뻔했다.

비록 경험은 없지만 그 소리가 무엇을 의미하는지 모를 그녀는 아니었다.

방으로 들어간 지 얼마나 됐다고… 아니, 그게 아니고 문제는 그 교성의 임자가 동생이 틀림없다는 데 있었다.

사소한 일에도 얼굴을 자주 붉힌다고 해서 외호까지 적봉(赤鳳)인 동생인데 부뚜막은 먼저 올라가 있었다.

납치되었던 오 일 동안 정분이 난 것이 분명했다. 그것도 보통 정분이 아니었다.

그나저나 방 안에서 들리는 교성에 자신도 모르게 사타구니에 힘이 들어갔다. 처녀의 몸이었다. 야릇한 흥분감에 자신이 지금 이 방문 앞에 와 있는 이유도 잠시 잊었다. 하지만 이내 정신을 차린 그녀는 혹시라도 남의 눈에 띌까 더 이상 그 자리에 서 있을 수가 없었다.

민망해진 남궁옥은 조심스레 사방을 살피고는 서둘러 자신의 방으로 돌아갔다. 당장 내일 아침에 동생의 얼굴을 볼 용기조차 나지 않을 것 같았다.

남궁화는 그날 새벽까지 무영의 방에 머물렀다.

"상공, 오늘 날이 밝으면 오라버니께서 돌아오실 테니 그때 꼭 말씀해 주세요."

둘의 관계를 공식적으로 해달라는 말이었다.

"화매, 걱정 마. 어떤 일이 있어도 화매를 버리지는 않을 거야."

무영은 남궁화를 품속에 꼭 안으며 말했다.

"사랑해요."

남궁화는 무영의 듬직한 어깨에 안겨 모든 걱정을 잊었다.

두 사람은 시간이 많지 않은 것을 안타까워하며 끊임없는 사랑의 유희를 즐겼다.

창문으로 희미한 여명이 비쳤다.

남궁화는 방을 떠나기가 싫었으나 날이 밝아오자 어쩔 수 없었다. 마지막으로 한 번 더 사랑을 확인한 그녀는 진한 아쉬움을 남기고 조용히 자신의 방으로 돌아갔다.

남궁황 일행은 동생을 찾아 꽤 멀리 갔던 모양으로 다음날 오전까지도 객잔으로 돌아오지 않았다.

덕분에 무영은 빨리 소주로 떠나자는 남북쌍괴와 청해삼호의 채근을 받아야 했고, 남궁화는 꼬치꼬치 캐묻는 언니에게 시달려야 했다.

"개방에서도 철지상의 행방을 쫓고 있었으니 방주에게 자세한 정황을 알려주고 와야겠어요."

오후가 되어도 돌아오지 않는 남궁황을 마음속으로 기다리면서 마냥 시간을 끌 적당한 핑계가 없던 무영은 일행을 객잔에 남겨둔 채 개방을 다녀오겠노라며 길을 나섰다.

다녀오면 남궁황이 와 있겠지 하는 생각에서였다.

하지만 무영이 객잔을 나선 것은 정말 최악의 선택이었다.

남궁황, 남궁인 일행은 무영이 객잔을 나선 지 채 반각도 되지 않아 돌아왔기 때문이었다.

오랜만에 오라비들을 보니 반가운 마음이야 감출 길이 없었지만 한편으로 무영이 빨리 돌아와야 할 텐데 하는 조급함도 있다.

그러나 상황은 불리하게 돌아가고 있었다.

"어머님은 식음까지 전폐하고 계신다는 소식이니 빨리 본가로 돌아가도록 하자."

남궁황은 동생을 재촉했다.

꼭 기다리고 있으라는 무영의 전음을 받은 그녀는 있는 얘기 없는 얘기 들춰가며 오라비들을 붙잡고 장황하게 떠벌렸지만 더 이상 버틸 수 없었다.

게다가 둘의 은밀한 관계를 눈치 챈 남궁옥이 한사코 빨리 돌아가고 바람을 넣었다.

"화아야, 어머님이 얼마나 기다리시겠니? 어서 집으로 돌아가서 어머님을 뵙자꾸나."

남궁옥은 어젯밤 두 사람의 행각에 내심 머리가 다 아파올 지경이었다. 이 일이 알려지면 아버지의 성격으로 보아 동생을 죽이려 들지도 몰랐다.

남궁세가에서는 이 일을 전서구로 연락받고 이미 마차와 기마대 등 일백여 명에 이르는 세가의 무사들을 파견해 놓고 있었다.

그러나 도검으로 중무장한 그 많은 무사들이 안에 오래 머물 수는 없어 성 밖에서 기다리게 했는데 비록 관아의 양해를 구했다 하더라고 눈치가 보일 수밖에 없었다. 게다가 세가에서 파견된 호법 두 명도 가주의 명이라며 아가씨를 찾는 즉시 빨리 세가로 돌아갈 것을 채근했다.

벌써 저녁이 다가오니 성문이 닫히기 전에 출발을 해야 했다.

오라비의 계속되는 재촉에 남궁화는 아직 몸이 좋지 않아 마차를 탈 수 없다고 버텼다.

"어젯밤 다 보았으니 꾀병 부리지 마."

남궁옥이 다가가 그녀의 귀에 소근대듯 말했다.

찔끔해진 남궁화는 고개를 수그리고 말을 잊었다. 그녀는 말없이 마차에 올랐고 남궁옥이 뒤를 따랐다.

남궁황은 두 동생을 마차에 태우고 출발을 지시했다.

"너, 어쩌려고 그러니?"

마차 안에 둘만 있게 되자 남궁옥이 말했다. 이미 다 보았다니 아무런 변명도 할 수 없었다.

"아이라도 생기면 어쩔 셈이냐? 아니, 아이는 고사하고 이 일이 소문이라도 나면 강호에서 우리 남궁세가를 어떻게 보겠니? 지금이라도 정신을 차리고 집에 가거든 나올 생각을 말아."

남궁옥은 단호하게 말했다.

속에서 열불이 나고 어린 동생의 몸을 망친 그 사내놈이 미워서 죽이고 싶을 지경이었다. 생명을 구한 것을 미끼로 동생을 꼬드겨 몸을 망치게 하는 장면이 눈에 선했다.

철모르는 어린 동생은 그저 사내놈의 달콤한 말만 믿고 자의 반 타의 반 몸을 맡겼다가 어쩌지 못하고 있는 것이 분명했다.

입에 담기도 쉽지 않아서 차마 막내에게 대놓고 얘기도 못하겠고, 오라버니에게 말을 해야 하나 어쩌나 망설이다가 철없는 동생을 더는 그냥 둘 수 없다고 생각해 말을 꺼냈다.

"그 사내는 그만 잊도록 해라. 나쁜 자식, 생명을 구해줬다고 어린애를 꼬드기다니……."

동생 일은 생각하면 할수록 분하기가 이를 데 없었다.

"언니는 나서지 마. 내 일이야. 그리고 내 앞에서 그분을 나쁜 사람이라고 말하지도 마."

남궁옥은 가슴이 덜컹했다.

두 살밖에 차이가 나지 않지만 한 번도 대든 적이 없는 동생이었다. 그 동생이 지금 두 눈을 똑바로 뜨고 표독스러운 얼굴로 자신을 쏘아보며 말하고 있다.

눈에 콩깍지가 단단히 씌인 것이 분명했다.

"하지만……."

"그만 햇!"

남궁화는 만류에도 불구하고 남궁옥이 계속 말을 하려 하자 앙칼지게 소리를 빽 질렀다.

남궁옥은 숨이 탁 막혀왔다.

그러나 남궁옥은 가만히 있을 수가 없었다. 두 살 어린 동생의 장래가 걸린 일이었다.

"그 사내와는 헤어지도록 해라. 그러다가 정말 아이라도 가지면 어쩌려고."

남궁옥은 달래서라도 동생의 마음을 돌려보려고 이번에는 조용한 어조로 타이르듯 말했다.

"네가 뭔데 나서는 거야? 내 인생 대신 살아줄 거니? 난 그분이 좋아. 그 사람이 나를 버리면 죽어버릴 거야. 흑흑흑."

남궁화는 끝내 울음을 터뜨렸다.

언니의 말은 귀에 들어오지도 않았다.

오래 걸리지 않을 거라며 나간 무영이 마차가 출발하도록 오지 않자 자신이 버림받은 기분이 되어 가슴이 찢어지고 있었다. 이토록 어려운 처지에 있는 줄도 모르고 돌아오지 않고 있는 무영이 원망스러웠다. 하지만 언니가 그이에 대해 나쁜 소리를 하는 것은 더 이상 참을 수가 없었다.

자신을 위해 말을 하고 있는 것은 알지만 지금은 언니 얼굴조차도 보기 싫었다.

'얄미운 사람.'

행여 마차 밖으로 소리가 새어 나갈까 남궁화는 소리 죽여 울고 또 울었다.

남궁옥은 평소 장난꾸러기 소녀 같던 동생이 마치 미친 듯이 소리를 지르며 대들자 할 말을 잊었다. 게다가 두 다리에 얼굴을 파묻고 흐느끼는 동생을 보니 가슴이 찢어졌다.

'어린것이 얼마나 힘들었으면……'

"휴……."

더 이상 어떻게 해볼 도리가 없다.

남궁옥은 무거운 탄식과 함께 고개를 돌렸다.

흐느낌을 멈춘 남궁화도 언니가 또 다른 말로 귀찮게 할까 싶은지 등을 반대로 돌리고 앉았다.

마차 안의 두 자매는 한동안 그렇게 불안한 침묵을 지켰다.

덜컹, 덜컹.

마차는 느리게 움직였다. 몸이 좋지 않다는 남궁화의 말에 남궁황이 배려를 한 것이었다.

"누가 달려옵니다."

후미를 맡고 있던 무사가 갑자기 급히 말을 몰아 앞으로 나오며 남궁황에게 말했다.

남궁황이 돌아보니 말발굽 소리와 함께 멀리서 말을 타고 옅은 어둠 속을 뚫고 달려오는 자가 보였다. 얼마나 말을 빨리 몰고 있는지 그자는 이미 대열의 후미에 접근하고 있었다.

"멈추어라!"

후미의 무사들과 호법 하나가 검을 빼 들고 얼른 길을 막아섰고, 선두의 기마들이 신속히 후미로 내달았다.

남궁화가 실종된 후로 세가의 모든 사람들의 신경이 극도로 날카로워져 있었다.

"모두 마차를 중심으로 포진하라!"

남궁황은 마차부터 챙기고는 신속하게 말을 후미로 몰아갔다.

밤에 찾아오는 손님은 좋은 손님일 수가 없었다.

무엇보다도 납치되었다가 겨우 돌아온 동생과 무슨 관련이 있을까 은근히 걱정이 되었다. 동생의 말에 무언가 석연치 않은 점이 있었지만 남녀가 유별한지라 자세히 묻지도 못했었다.

말발굽 소리가 어지러이 오가는 가운데 남궁세가의 무사들은 이내 수비진용을 갖추었다. 나타난 자는 말을 멈추고 서서 후미를 맡고 있던 호법과 대치 중이었다.

자신들에게 볼일이 있는 자가 분명하다.

"무슨 일이시오?"

전체가 일백여 명이나 되는 행렬인지라 대열 앞뒤의 거리가 그리 짧지는 않다. 남궁황이 대열을 정비하며 말을 몰아 그자에게 다가갔다.

"남궁황 공자가 아니십니까?"

자신을 알아보자 남궁황은 그를 자세히 보았다.

"누구신지……?"

"장무영이라고 합니다."

"아! 그리고 보니……!"

이름을 들은 남궁황이 깜짝 놀라며 자세히 보니 그날 밤 자신들을 위해 싸웠던 젊은이가 분명했다.

길을 재촉하느라 인사도 못하고 떠나온지라 내심 미안한 마음이 가득 있었다. 가주의 독촉만 아니었으면 절대 그냥 떠나올 남궁황이 아니었다.

그는 황급히 말에서 내려서며 정중하게 포권을 했다.

"길을 재촉하느라 미처 소협의 은혜에 인사도 못하고 떠나는 망나니가 되었습니다. 가주의 분부가 워낙 지엄하신지라……."

"아닙니다. 은혜라니 당치 않습니다. 강호에서는 사해가 동포라 했으니 어려움에 처한 이웃을 돕는 것은 당연하지요."

무영도 얼른 말에서 내려 포권으로 답례를 하며 귀동냥한 풍월을 주워섬겼다.

"그런데 밤이 다 되어가는데 어쩐 일로……?"

남궁황이 물었다.

밤중에 말을 달려올 정도면 그냥 얼굴만 보자는 것만은 아닐 터였다.

"긴히 드릴 말씀이 있습니다. 조용히 둘이서만 이야기를 하고 싶군요."

무영이 주변을 둘러보며 말했다.

"잠시 후면 마을에 도착합니다. 바쁘지 않으시다면 그곳이 어떻습니까?"

무영은 고개를 끄덕였다.

일행은 모용황의 신호에 따라 다시 출발을 했다.

"밖에 무슨 일이지?"

마차 안의 남궁옥이 침묵을 깼다.

소리까지 지르며 다툰 연후라 마차 안의 분위기는 썰렁했는데 밖이 소란스러워지며 마차가 멈추자 말문을 열었다.

그러나 남궁화는 말이 없었다.

다른 일은 조금도 신경 쓰고 싶지 않았다.

그녀의 머리 속은 온통 무영 생각으로 가득 차 있었다.

두려운 것은 아버님의 노여움이 아니라 혹시라도 이것으로 그와 마지막이 되는 것은 아닐까 하는 걱정이었다. 그녀는 끝내 무영을 만나지 못하고 길을 떠난 것에 못내 괴로워하고 있었다.

'설마 날 잊지는 않았을 거야. 일이 바쁜 게지.'

'몸도 아직 회복이 안 됐는데 혹시 개방에서 위험한 일을 당하신 것이 아닐까?'

'급히 서둘러 오시다가 혹 낙마(落馬)라도……'

갖가지 잡다한 생각이 머리를 스쳤다. 불안한 마음에 바깥일 따위에 신경 쓸 여유조차도 없는 그녀다.

문득 화령속근단(花靈速筋丹)이 생각났다.

남궁가 비전의 영약으로 외상 치유에 탁월한 효과가 있어 무림에서도 알아주는 단환이기에 남궁가에서도 당주 급 이상에게만 한 알씩 휴대케 하여 응급시 사용할 수 있도록 한 귀한 영약인데 제조에 시간이 걸려 일 년에 열 개 이상은 만들 수 없었다.

그분의 외상이 그토록 심했던 것을 알았으면서도 그걸 까맣게 잊고 있었다. 남궁화의 품속에는 엄마가 챙겨준 화령속근단이 한 주머니나 있었다.

'바보 같은 계집애.'

미처 그걸 챙겨 드리지 못한 자신이 원망스러웠다.

남궁화는 화령속근단이 든 주머니를 꺼내 만지작거렸다.

어젯밤에라도 잊지 않고 드리지 못한 자신이 원망스러웠다.

'아차.'

백골마조 철지상의 철조에는 시독이 묻어 있어 다친 오라버니도 화령속근단을 먹고 나았다고 들었다.

무영이 걱정되었다.

'혹시 시독이 도진 것은 아닐까?'

그동안 이상이 있어 보이지는 않았지만 혹시 나중에라도 발병이 나면 어쩌나 하는 생각에 멍청했던 자신에게 화가지 났다.

'바보, 멍청이.'

남궁화는 자신의 멍청함에 속이 상해 미칠 지경이었다.

"무슨 일인가요?"

궁금증에 못 이겨 마차의 휘장을 걷어 밖을 내다보던 남궁옥이 호위무사에게 물었다.

"후미에 누가 나타났는데 적인지는 아직 모르겠습니다."

대답을 하는 젊은이는 세가의 호위무사답게 그의 관심사에만 기준을 맞추어 대답했다.

그때 남궁황이 후미에서 말을 몰아 마차 곁으로 다가오는 것이 보였는데 어떤 사내와 함께였다. 어두웠기 때문에 아직 누군지 알아볼 수는 없었다.

말이 점차 마차에 가까워지자 사내의 얼굴이 보였다.

"어머!"

깜짝 놀란 남궁옥이 얕은 비명을 질렀다.

말을 탄 사내는 지금 두 자매를 어색한 분위기로 몰고 간 장본인이었다. 남궁옥은 얼른 고개를 마차 안으로 들이밀었다.

어젯밤 일이 생각나 자신도 모르게 가슴이 뛰었다.

언니의 놀라는 소리에 남궁화가 고개를 들었다. 그러나 여전히 무심한 눈빛이었다.

'말을 해야 하나.'

그가 온 것을 동생에게 알리고 싶지는 않지만 어차피 알게 될 일이라고 생각했다.

"화아야, 장 공자께서 오셨다."

감정이 없는 어조였다.

'누구?'

순간적으로 남궁화의 머리가 텅 비었다.

심장이 멎을 것만 같아 잠시 시간이 흐를 동안 언니가 무슨 말을 했는지 정리가 되지 않았다. 하지만 이내 머리 속이 환하게 뚫렸다.

'그이가 왔어!'

남궁화는 자신도 모르게 두 손을 모아 쥐고는 가슴을 감쌌다.

쿵. 쿵.

자신도 모르게 얼굴이 붉어지고 가슴이 뛰었다.

언니가 자신을 놀리려고 장난을 치는 것인지도 몰랐다.

남궁화가 정말인지 확인을 해야겠다는 듯이 후닥닥 창가로 다가가서 살며시 휘장을 들추었다.

마침 무영은 마차 옆을 지나는 중이었다.

그는 이미 남궁화가 마차 안에 있으리라 생각하고 있었다.

남궁황과 이런저런 대화를 나누면서도 연신 마차를 곁눈질하느라 그의 말이 귀에 들어오지 않고 있었는데, 그 순간 마차의 휘장이 걷히며 남궁화의 얼굴이 나타났다.

오후 내내 가슴 졸이게 했던 바로 그 얼굴이었다.

달빛 아래서 더욱 아름답고 사랑스러운 그 얼굴이었다.

마음이 푸근해진 그는 장난스레 한쪽 눈을 찡긋거렸다.

다른 때였다면 남궁화는 그 눈길을 피하며 얼굴을 붉혔을 것이었다. 그러나 너무도 애타게 그리던 사람이었다.

남궁화의 얼굴에 환하게 미소가 번지더니 무영을 향해 가볍게 고개를 끄덕였다. 옆 자리에서 두 사람 사이를 근심스런 눈으로 지켜보는 남궁옥의 눈길 따위는 안중에도 없었다.

"그렇지 않습니까?"

옆에서 말을 몰던 남궁황은 둘이 대화를 하던 도중 상대가 말이 없자 재차 묻고 있었다.

"아, 예, 예, 그렇지요. 당연합니다."

무영은 얼른 정신을 차리고 맞장구를 쳤다.

그가 무슨 말을 했는지 몰랐지만 남궁화를 보는 순간 모든 걱정이 일시에 날아가고 답답했던 마음이 시원스레 뚫렸다.

자신의 보살핌이 없으면 하루도 살 수 없는 여자다.

무영에게 이제 남궁화가 없는 세상은 상상도 할 수 없었다.

그는 사랑에 빠졌다.

남궁화는 그를 태운 말이 저 멀리 갈 때까지 여전히 창가에 손을 얹고 뒷모습을 보고 있었다.

멀지 않은 곳에 마을을 알리는 불빛이 보였다.

일행은 그곳에 도착하자 곧 밤을 새울 준비를 마쳤다.

무영은 남궁황과 마주 앉았다.

촌장이 살던 집을 잠깐 빌린 것이기에 누추한 곳이었다.

"무슨 말씀이 계신지요."

남궁황이 먼저 입을 열었다.

"동생을 제게 달라고 부탁드립니다."

남궁황은 일시에 숨이 막히는 듯하여 말문을 열지 못했다.

청혼.

잠시 여유를 가진 남궁황이 물었다.

"실례지만 장 공자의 나이가 어떻게 되는지요?"

아무리 잘 보아주어도 스물이 안 된 나이로 보였기에 그것부터 물었다.

"열아홉입니다."

"흠, 너무 어리다고 생각지 않는지요?"

목숨을 걸고 자신의 형제 자매를 살린 구명지은이 있기에 무영에게 큰 빚을 지고 있었다. 비록 십여 세 정도 아래로 보였지만 그는 한껏 예의를 차렸다.

더구나 눈앞의 청년은 죽음을 무릅쓰고 끝까지 철지상을 추격하여 동생을 구해온 사람이었다. 따지고 보면 동생을 사랑하니 데려가겠다고 해도 크게 잘못된 것은 아닌 듯했다.

"저도 그렇게 생각합니다만 하루도 그녀를 보고 있지 않으면 견딜 수 없습니다."

무영은 솔직하게 말했다.

이런 말에 가식이나 사족은 필요없었다.

"시간이 지나면 바뀔 수 있는 게 풋사랑이지요."

남궁황이 은근히 말을 비틀어보았다. 무영의 진심을 떠보는 것이었다.

"죽음이 올 때까지 간직할 것입니다."

무영은 엄숙한 표정을 지으며 말했다.

"그 아이도 같은 생각인가요?"

이미 동생과도 얘기가 되었나 싶어 남궁황이 물었다.

"화매도 죽음이 우리를 갈라놓지는 못할 거라고 말했습니다."

남궁화가 꼭 그런 말을 한 적은 없었지만 지금은 도움이 된다면 없는 말이라도 해야 할 형편이었다.

'화매' 라는 표현을 썼다.

남궁황은 더 이상 두 사람 사이를 의심할 수 없었다.

이 젊은 연인들의 사랑이 부러웠다.

자신도 한때 그런 적이 있었다.

상대는 평범한 상인의 여식이었다. 그러나 무가와 인연을 맺으려는 아버지의 반대로 끝내 이루지 못하고 지금의 아내와 결혼했다. 자식을 놓고 살면서 아내와 정이 들고 사랑도 있지만 첫사랑의 아픔은 그가 평생 짊어지고 가야 할 그녀와의 사랑의 무게만큼이나 컸다. 지금 그 여자는 어디서 어떻게 살고 있을까?

문득 무영을 도와주고 싶다는 생각이 들었다.

행동거지가 기품있어 보이는 것이 명문가에서 엄한 교육을 받은 표시가 역력했다.

"집안은 어디신가?"

자신도 모르게 말을 낮췄다.

마음속에서 우러나는 친밀감의 표현이었다.

"대학사를 하셨던 장자맹어른이 부친입니다."

전혀 예상치 못한 답이었다.

대명천지에서 장자맹 대학사를 모르는 사람은 없다.

그분은 높은 학문과 충정, 그리고 백성을 먼저 생각하는 청렴함으로 모든 사람의 칭송을 받는 사람이었다.

이런저런 사람을 통해 다리를 놓아가며 남궁가와 연을 맺으려는 사람들은 한둘이 아니다. 자신도 그런 배경을 만들려는 가문의 희생자였다.

하지만 대학사 집안이라면 중원의 딸 가진 모든 명문가에서 원하는 신랑감이니 남궁가라는 처갓집 배경을 얻기 위해 청혼을 하는 것은 절대 아니리라.

'아, 왜 그걸 몰랐지?'

문득 거용관의 영웅 대장군 장무영을 기억했다.

처음 이름을 들었을 땐 대장군 장무영을 떠올리지 못했지만 대학사 장자맹의 아들이라니 더 물을 필요도 없었다. 그들 부자의 충정은 중원천하에 자자했다.

남궁황은 갑자기 그의 무공 내력이 궁금했다.

"무공은 어디서 배웠는가?"

"집안에서 스승을 모셔놓고 사숙을 했습니다."

며칠 전에는 남궁황 자신이 심각한 부상을 입어 정신이 오락가락할 정도였기에 이 젊은이가 펼치는 무공을 제대로 보지 못했었다. 그 나이에 대단한 무공 같았는데 사숙을 했다니 더 이상 묻기도 그랬다.

"대학사 집안에서 자네 같은 고수가 나왔다니 정말 놀랄 일이네. 무공을 배우는 데 집안의 반대는 없었는가?"

"어렸을 때 몸이 약해 무공을 배우게 되었습니다."

"흠……."

남궁황은 갈수록 이 젊은이에 대해 호감이 커졌다.

그는 사람을 시켜 남궁화를 불렀다. 둘이 있는 자리에서 얘기를 들어보고 싶어졌다.

남궁황은 불려온 동생에게 넌지시 뜻을 물었다.

"저는 장 상공이 아니면 결혼하지 않겠어요."

당돌한 말이 나왔다. 남궁화는 더 이상 자기가 알고 있었던 어린 동

264 상검

생이 아니었다. 그녀는 자신이 아닌 무영의 눈을 보며 말하고 있다. 그 것도 정을 듬뿍 담아서.

'허, 이제 나도 늙은 축에 속하나?'

같이 보낸 시간이 얼마나 됐다고 벌써 저런 말이 오라비 앞에서 당 당히 나온다는 것인가? 아직 서른도 되지 않았건만 남궁화의 당돌함을 이해하지 못하는 자신이 나이 먹은 노인네같이 느껴졌다.

"두 사람의 생각은 잘 알겠다. 내 조만간 아버님에게 여쭈어 자리를 한번 만들도록 하지."

남궁황은 선선히 두 사람 사이를 인정했다. 자신의 생명을 구해준 것도 그렇지만 마음에 드는 젊은이였다.

'아버님도 싫어하시지는 않을 것 같군.'

남궁황은 간단히 주안상을 지시했다. 적어도 자신은 두 사람 사이를 인정하겠다는 무언의 지지였다.

무영과 마주친 남궁화의 눈에서는 기쁨의 눈물이 흘렀다.

마을 옆 소로를 따라 나 있는 조그만 숲에서 남궁화는 나무에 기대 무영의 손을 잡고 있었다.

"미워요."

"밤길을 말을 달려와서?"

낮에 오지 않은 자신을 책망하는 말인 줄 뻔히 알면서도 무영은 짐 짓 딴청을 피웠다.

남궁화의 고운 아미가 상큼 올라갔다.

그러나 남궁화가 미처 뭐라고 하기도 전에 무영이 그녀의 입술을 덮 었다.

"읍, 읍. 누가 봐요."

거우 도리질을 해서 입을 뺀 그녀가 사방을 둘러보며 말했다.

"흠, 그럼 누가 안 보면 언제든지 좋다는 말이렷다."

"흥!"

그녀는 무영의 놀리는 말에 대답 대신 얼굴을 붉히며 가볍게 코웃음을 쳤다.

"화매, 무슨 일이 있어도 화매를 놓치지 않을 거야. 그러니 걱정 말고 집에 가 있으면 내가 한두 달 내에 꼭 들러 아버님께 허락을 얻을게."

무영이 정색을 하고 말했다.

남궁황이 자신을 남궁세가로 초대했으나 일정상 그럴 수가 없다. 문파 재건으로 모두들 바쁜데 자신만 사랑 놀음에 빠져 있기에는 체면이 서지 않았다. 게다가 장사꾼으로 기반을 다지려면 섬서 상방 상인들의 도움이나마 받을 수 있는 지금이 가장 적기였다.

남궁화의 얼굴이 어두워졌다

"그렇게나 오래?"

"그 전에라도 노력을 해볼게."

"한 달 내로 안 오면 난 죽어버릴 거예요."

마치 협박하듯 말하고 있었지만 안타까운 얼굴이었다. 달빛에 눈물이 언뜻 비쳤다.

무영은 남궁화의 여린 어깨를 두 손으로 살며시 감쌌다.

"몸은 괜찮으세요?"

"많이 나아졌어. 화매는?"

"저는 괜찮아요. 철지상의 시독이 무섭다고 들었어요. 이걸 드시면 나을 거예요."

남궁화는 품속에서 화령속근단을 주머니째 꺼내 무영의 손에 쥐어 주었다.

"외상 치료는 물론이고 내상에도 탁월한 효과가 있다고 들었어요. 첫째 오라버니도 시독에 중독되었다가 이걸 드시고 나았대요. 진작 드렸어야 했는데 제가 깜빡 잊었어요."

백골조의 시독(屍毒)에 중독되었던 남궁황도 치료한 영약이었다.

"고마워, 화매."

"드시고 나서 운기를 하시면 돼요."

남궁화는 안심이 안 되는지 복용법까지 일러주었다.

하지만 무영은 철지상의 철조에 당하고도 독이 발작하지 않았다.

'만년설삼의 효능인가?'

아무리 화령속근단이 영약이라 해도 천고의 영약 만년설삼에 비할 수는 없었다. 하지만 남궁화의 정성을 모른 체할 수는 없어 품속에 넣어두었다.

"오라버니께서 걱정하실 테니 이만 돌아가지."

아쉬웠지만 어쩔 수 없었다.

둘이만 나와 있다는 것을 세가 사람들이 다 알고 있었다. 같이 있는 시간이 길어지면 말이 덧붙여져 아랫사람들의 입방아에 오르내릴 것이 걱정됐다.

아쉬움에 다시 한 번 서로를 보듬은 두 사람은 숲 밖으로 고개를 내밀어 살핀 후 반 걸음 정도 서로 떨어져 소로를 걸어나왔다.

제9장 비엽신공(飛葉神功)

남궁황에게 작별을 고하고 객잔으로 돌아오니 남북쌍괴와 청해삼호
가 언쟁을 하고 있었다.

"그럼 실종된 사람을 찾으러 나가서는 도박장에서 놀음이나 하는 것
이 당연하다는 말씀입니까?"

달운이 핏대를 올리자 남괴도 지지 않았다.

"그래서 무영이란 놈이 죽기라도 했다는 말이냐? 멀쩡히 살아 돌아
왔으면 됐지 뭘 더 바래?"

남괴는 별일 아니라는 투로 말했다.

"흥, 지금 공자가 멀쩡하다고 했소? 기력이 고갈돼 진기도 잘 모이
지 않는다고 합디다."

달운은 성질을 있는 대로 냈다.

남은 실종된 무영이 걱정이 돼서 닷새 동안 밤에 잠도 제대로 이루

지 못하고 사방을 찾아 헤맸는데, 알고 보니 남북쌍괴는 도박장에서 밤낮으로 투전만 하고 있었다.

그 사실도 남북쌍괴가 돌아와서는 은원보를 한 보따리 싸가지고 와서 흔들어대며 자랑 삼아 말하는 바람에 알게 된 것이었다.

'자식이 죽어도 눈 하나 깜짝 않을 빌어먹을 노인네' 라는 말이 입안에서 뱅뱅 돌았다.

"뭐라고? 아니, 그게 무슨 소리냐? 아우야, 그게 사실이냐?"

남괴는 진기가 잘 모이지 않는다는 달운의 말에 깜짝 놀라며 이들의 언쟁을 기막히다는 표정으로 지켜보고 있던 무영에게 물었다.

"밤도 늦었는데 그만 돌아가 주무세요. 언제 저한테 신경 한 번 제대로 써준 적 있나요?"

무영도 괘씸한 생각이 들어 대답도 하기 귀찮다는 듯 비꼬며 말했다.

남괴는 아무 말도 없이 무영의 맥문을 잡았다.

남괴의 안색이 금세 심각하게 변했다.

그는 무영의 맥문을 잡아본 순간 그의 몸에 흐르는 진기의 양이 극히 적고 그나마 끊어질 듯하며 겨우 이어지고 있는 것을 알 수 있었다.

"어떤 놈들이냐, 너를 이 지경으로 만든 것들이?!"

달운과 말다툼을 하던 장난기있는 모습은 전혀 찾아볼 수 없었다. 무영의 몸에 흐르는 진기의 양으로 보아 본원진기가 심각할 정도로 타격을 받은 게 분명했다.

일반적으로 진기를 소모한 경우 일시적으로 그 양이 줄어들 수는 있었다. 그 경우 운기조식을 하면 대부분 회복할 수 있지만 본원진기가 상한 경우 여간해서는 회복이 힘들었다.

남괴는 무영의 몸 이곳저곳의 혈도를 짚어갔다.

무영은 그가 무엇을 하는지 알고 있었으므로 가만히 내버려 두었다.

남괴의 안색이 어두워졌다.

"상대가 보통이 아니었던 모양이구나. 무림에서 네놈을 이렇게 만들수 있는 고수는 그리 흔치 않은데?"

"백골조라는 무공을 쓰는 철지상이라는 놈인데 내가 그놈의 철갑(鐵甲)을 부숴 버렸어요. 놈이 지레 겁먹지 않았으면 거기서 죽었을 겁니다."

안색이 변하는 남괴를 보고 무영도 풀이 죽어 대답했다.

"지금 운기조식을 해보도록 해라."

일행은 모두 객방으로 갔다.

남궁화가 준 단환이 생각나 얼른 한 알을 꺼내 입에 넣고는 가부좌를 틀었다. 화령속근단은 입 안에 들어가자 금세 녹아내렸고 청아한향내가 입 안에 가득했다. 단환을 먹은 지 얼마 되지 않아서 사지백해로 따스한 기운이 퍼져 나가는 것이 느껴졌다. 운기를 시작하자 그 기운은 곧 무영의 단전 진기에 흡수되어 함께 경맥을 따라 돌았다.

청해삼호가 객방 문과 창문을 각각 막아서며 경계했다.

무영은 단약이 효능을 발휘하고 있음을 알았다.

진기는 눈에 띄게 증폭되어 있었다. 진기가 묵환을 지나자 다시 수배로 증폭되며 경맥을 자극했다. 마치 해일처럼 전신을 돌았는데 이내머리에서 김이 피어올랐다.

무영의 안색이 발그레한 홍조를 띠었다.

'허, 정말 알 수가 없는 놈이구나.'

남북쌍괴는 방금 전만 해도 본원진기가 손상을 받은 것이 분명해 그의 무인으로서의 장래를 걱정하고 있던 중이었다. 그런데 녀석은 언제그랬냐는 듯이 금방 기력을 회복하고 있었고 오히려 몸은 이전보다 조금 나아 보이기까지 했다.

"휴우……."

무영이 조식을 마쳤다. 몸은 날아갈 듯 개운했고 전신에 진기가 충만함을 느낄 수 있었다. 단약의 도움으로 본원진기의 고갈이 어느 정도는 회복됐고, 묵환이 다시 그 진기를 받아 증폭시켜 몸을 회복시켰다는 것을 짐작할 수 있었다.

새삼 남궁화가 고맙게 생각됐다.

"형님, 그러는 게 아닙니다. 아우는 죽을 고비를 넘기고 있었는데 도박장에 가서 놀음이나 하고 다녔다니 말이 됩니까?"

무영이 짐짓 남북쌍괴를 쏘아보며 말했다.

"험, 험. 나는 틀림없이 네놈이 아무 이상 없이 돌아올 줄 믿고 있었는데 무슨 걱정을 했어야 한다는 말이냐?"

남북쌍괴는 감히 무영의 눈을 마주치지 못하고 뒷짐을 진 채 몸을 돌리며 말했다.

"흥, 그럼 아끼는 왜 그리 안절부절못했어요? 만약 회복이 안 됐으면 뭐라고 하시려구요. 이래서야 누가 형님으로 모시겠어요?"

무영이 싸늘한 어조로 말하자 남괴는 얼른 손을 내저으며 두 손을 들었다.

"그래그래, 이 형님이 다 잘못했다. 하지만 우리는 네놈 무공이면 어디 가서 죽을 정도로 당하지는 않으리라 여겼는데……."

남괴는 고개를 갸우뚱했다.

"너, 내가 가르쳐 준 회선표를 써보기는 한 거냐?"

자부심이 대단한 남괴였다.

"그거에 맞아 죽는 놈은 아무도 없더라구요."

생각해 보니 남괴가 가르쳐 준 회선표 덕분에 살아 돌아올 수 있었던 점도 간과할 수 없지만 짐짓 딴청을 피웠다.

"이상하네……."

"토끼나 잡는 무공이 무슨 큰 보탬이 되겠어요?"

"임마, 나는 그걸로 흑방 놈들 수십을 극락으로 보냈는데 네놈은 형편없다면 배울 때 게으름을 피웠던 탓이겠지."

"지난번 배 안에서는 그 정도면 됐다고 한 말은 누구 입에서 나왔습니까?"

"험, 험. 그런데 상대한 놈이 정말 회선표도 먹히지 않을 정도의 고수였냐?"

"사실은 회선표 덕을 조금 봤어요. 목숨을 구한 셈이죠."

미안한 생각에 한마디 해주었다.

"거봐라, 이 형님의 무공은 한 수 한 수 배우면 배울수록 다 현찰이 된다. 다음에는 비엽신공(飛葉神功)를 가르쳐 주마."

남괴는 으쓱했다.

자신의 무공으로 무영이 목숨을 구했다고 하자 한껏 기가 살아 기분이 좋아진 그였다.

사실 비엽신공이라는 것은 남괴 본인도 그냥 나뭇잎을 날려 보내는 기술 정도로 생각하고 있었는데 그것은 남괴가 그 비엽신공이라는 것을 창안한 계기를 살펴보면 명확했다.

기실 비엽신공의 탄생은 사부의 고매한 가르침 덕분이었다.

청결(淸潔)한 생활.

심한 결벽증이 있어 지저분한 것을 지독히도 싫어하는 사부가 늘 강조하던 말이었다.

그 결벽증은 부분적으로 '암자 주변의 낙엽 없애기' 라는 형태로 나타났는데, 지엄한 사부의 명에 따라 함께 머물던 암자 주변 반경 수십 장까지 떨어진 나뭇잎을 매일같이 치워야 하는 남북쌍괴는 귀찮아 죽을 지경이었다.

급기야 낙엽이 생기는 가을이 오면 하루 종일 쓸고 또 쓸어도 없어지지 않는 낙엽들 때문에 내성적인 북괴는 우울증 증세까지 보이게 되었다.

가을아, 오지 마라.

낙엽아, 지지 마라.

낙엽은 그들 사이에 우엽(憂葉)으로 통했다.

도전적인 성격인 남괴는 어느 날 꾀를 피워 장풍으로 근심덩어리인 우엽을 한꺼번에 날려 보내니, 힘은 무척 들었지만 시간이 절반으로 단축되었다.

이름하여 소엽장(掃葉掌 : 낙엽을 청소하는 장법).

그러나 소엽장의 최대 단점은 바닥에 떨어진 나뭇잎뿐만 아니라 그 주변의 나무들도 매일같이 날아드는 빗맞은 장풍 세례에 충격이 누적되어 종국에는 시름시름 앓다가 사망하는 지경에 이른다는 것이었다.

물론 남북쌍괴야 내심 경하할 일이었지만 사부의 생각과는 다른 점이 많았으므로 소엽장을 더 이상 사용할 수 없게 되었음은 물론이었고, 주변 경관을 위해 나무들이 죽은 자리에 다시 어린 나무를 구해다 심어야 하는 번거로움까지 겪어야 했다.

청소의 고역에 다시 재발한 북괴의 우울증을 가슴 아파하던 남괴가 다년간 절치부심한 결과 이번에는 내공을 적절하게 나누어 우엽만 부드럽게 제거할 수 있는 소엽신장(掃葉新掌 : 낙엽을 청소하는 새로운 장법)

을 개발했다.

소엽신장의 백미(白眉)는 우엽만 제거하는 데 있는 것이 아니라 당장 우엽을 생산할 가능성이 있는 나무들에게 심한 충격을 주지 않을 정도의 적절한 자극을 가함으로써 그날 계속적으로 떨어질 우엽을 조기에 떨어뜨려 일 일 청소의 횟수를 획기적으로 줄인다는 데에 있었다.

남괴의 소엽신장은 매우 효과가 있어서 북괴의 우울증은 스승님이 입적하실 때까지 다시는 재발하지 않았다.

사실 순수한 무리(武理)에 입각해서 소엽신장을 분석하자면 그 운용의 핵심은 진기를 적절히 나누고, 그 진기를 동시에, 또는 시차를 두어 알맞게 사용해야 한다는 난해한 것으로 분심공(分心功)을 수십 년 연마한 사람도 감히 도전하기 어려운 분야였다.

한마디로 소엽신장의 완성은 무림사(武林史)에 한 획을 그을 수 있는 획기적인 연구라 할 수 있었다.

실로 남는 게 시간뿐이었던 남괴의 다년간에 걸친 탐구심과 노력의 승리라고나 할까.

굳이 누가 남괴에게 소엽신장을 개발한 동기를 묻는다면 '깊은 산중에서 특별히 할 일이 없어서' 라는 것이 가장 솔직한 답이었다.

그런데 막상 가르치려고 보니 무영의 앞이라 자부심에 뻥을 더해 소엽신장(掃葉新掌)이 비엽신공(飛葉神功)으로 둔갑했다. 아무래도 낙엽을 청소하는 새로운 장법이라는 이름의 소엽신장은 신공절학의 이름으로는 적절치 못하다고 생각하는 남괴였다.

무영의 입이 찢어졌다.

지난번 배운 회선표로 단단히 재미를 본 터라 이번에도 흥미가 대단했다.

"헤헤, 그거 굉장한 신공인가 보지요?"

"거럼, 거럼. 비엽신공 역시 이 형님이 노년에 직접 창안한 신공으로 나뭇잎으로 적을 공격하는 신공이지."

남괴는 특히 '신공(神功)' 부분을 강하게 발음했다.

"지금 가르쳐 주시죠."

무영은 신공이라는 말에 얼른 배워두고 싶었다.

"목이 컬컬해서……."

남괴는 아까의 미안해하는 표정은 어디 가고 이제 술이 마시고 싶다는 식으로 배짱을 튕기며 나왔다.

무영이 얼른 문밖에 대고 소리를 질러 사람을 불렀다.

잠시 후 점소이가 나는 듯이 달려왔다.

"소흥주(紹興酒) 한 동이 얼른."

이미 남북쌍괴가 좋아하는 술을 익히 알고 있는 그였다.

"열 동이."

남괴가 얼른 두 손을 펴며 나섰다.

"아니, 술을 그렇게 많이 마시면 어떻게 무공을 가르쳐 주겠다는 겁니까?"

점소이가 머뭇대자 보다 못한 무영이 한마디 했다.

"그래서? 싫다는 거냐?"

남괴가 눈을 가늘게 뜨고 말했다.

꼬우면 안 가르쳐 주겠다는, 거의 협박 수준이었다.

"소흥주 열 동이. 안주는 알아서 최고로."

마지못해 무영이 주문을 다시 냈다.

"흥, 많이 드쇼."

청해삼호는 남괴에게 여전히 분이 안 풀렸는지 콧방귀를 뀌고는 나가 버렸다.

남북쌍괴는 술이 날라져 오자 살판났다는 식으로 주거니 받거니 하더니 무영에게도 술을 권했다. 무영도 한 잔만, 두 잔만 하다가 기어이 탁자에 코를 처박았다.

아침에 일어나니 남북쌍괴는 여전히 탁자에 엎어져 코를 골며 자고 있었다.

"빨리 일어나 그놈의 신공인지 뭔지 가르쳐 줘요."

무영은 신공을 배우려다 아직도 머리가 지끈거리도록 술만 취한 게 분해서 두 사람을 사정없이 흔들어 깨웠다. 몇 번의 실랑이 끝에 남북쌍괴는 기지개를 켜고 일어나더니 무영에게 종이를 가져오게 했다.

남괴는 종이를 잘게 찢어 방 안에 뿌려놓더니 가볍게 손을 내저었다.

"와!"

감탄사가 절로 나왔다.

바닥에 이리저리 흩어놓았던 종잇조각들이 남괴의 손동작에 마치 살아 있는 것처럼 허공을 돌며 휩쓸려 다니고 있었다. 그 조각들은 날카로운 예기를 뿜고 있었는데 몸에 스친다면 살덩이가 그대로 떨어져 나갈 것 같은 기분이 들 정도여서 그게 방금 찢은 그 종잇조각이라고는 도저히 믿기 어려울 정도였다.

그러나 진실로 무영이 감탄한 것은 종잇조각들이 마치 여러 사람이 동시에 종이를 향해 진기를 움직이는 것처럼 몇 개의 덩어리로 나뉘어 움직이는 것이었다.

남괴가 무영을 보고 씩 웃더니 다시 손을 내저었다.

팍, 팍, 팍, 팍!

종잇조각이 날카로운 비수와 같이 탁자에 내려꽂혔다. 언뜻 보기에도 손가락 마디 깊이 정도로 박혀 있었다.

"봤지? 네놈 머리통이라고 안 들어가지는 않겠지?"

남괴가 어깨를 으쓱하며 자랑스레 말했다.

평소 같으면 한마디 해서 깎아내릴 무영이었으나 워낙 남괴의 절기에 감명을 받았는지라 가볍게 고개를 끄덕여 시인해 주었다.

나뭇잎에 진기를 불어넣어 무기처럼 날리는 유엽술(流葉術)과 비슷한 것 같기도 했다. 그러나 이처럼 동시에 수십 수백을 여러 가지 방향에서 동시에 움직일 수 있는 수법에 대해서는 아직 들어본 적이 없었다.

남괴의 이 수법은 고명하기 이를 데 없어 사실 무공으로 사용해도 굉장한 효과가 있는 것인데, 무공에서 실전에 사용해 본 적이 없는 남북쌍괴 자신도 효과에 대해서만은 확신했다.

일반적으로 무림에서 사용하는 공격법은 진기를 한곳에 모으는 데 중점을 두어 상대방에게 집중적이고 치명적인 타격을 주는 것을 목표로 운용하는 것이 보통이었다.

반면에 남북쌍괴의 비엽신공은 진기를 골고루 나누어 동시에 격발함으로써 상대가 방어하는 데 굉장한 어려움을 겪게 하는 이점이 있었다. 물론 진기를 나누어 운용하는 만큼 어려움이 있고, 또 상대에게 줄 수 있는 타격도 진기를 한곳으로 모아 운용하는 것보다 현저히 떨어지지만 그러나 개개의 공격이라 할지라도 치명적인 것은 확실했다.

쉽게 말해서 일류고수라 할지라도 방비가 허술하면 삼류무사의 칼에 목숨을 잃을 수 있는 것과 같은 이치였다.

아무튼 무영의 생각에도 비엽신공은 대단하게 여겨졌으므로 남괴가 낙엽을 청소하는 소엽신장을 비엽신공라 했어도 전혀 의심할 수 없었다.

"먼저 진기를 골고루 배분하여 발산하는 것이 가장 중요하다. 그게 가능해지면 다시 나누어 발산된 진기를 동시에 운용하여 적을 공격하는 방법을 익혀야 한다."

남괴 자신도 일단 신공이라고 소개해 놓고 보니 가르치기가 그리 만만한 것이 아니었다.

진기를 골고루 뿜어내는 자체도 내공이 상당한 경지에 이르러야 가능한 일이었는데 다행히 무영은 그런 면에서 큰 문제가 없다고 할 수 있었다.

수백 번 종잇조각을 앞에 두고 연습을 하자 어느덧 진기를 종잇조각에 나누어 보내는 정도는 할 수 있었다.

그러나 그것을 동시에 움직이는 기술은 쉽지가 않았다.

"다시."

"위치로."

꿀꺽, 꿀꺽.

다시는 재시도하라는 소리고 위치로는 흩어진 종이를 다시 앞으로 모아오라는 말이었다.

남괴는 의자에 걸터앉아 북괴와 대작을 하며 무공을 가르쳤고 무영은 바쁘게 움직였다.

다시 수백 번의 연습을 하고서야 겨우 두 방향으로 나누어 움직일 수 있었다. 물론 무영이 원하는 방향으로는 가지 않았지만 진기를 나누어 쓸 수 있는 기초가 어렴풋이 닦이는 순간이었다.

물론 그렇게 되기까지도 옆에 앉아 술을 마셔가며 계속 잔소리를 해 댄 남괴의 헌신적인(?) 도움이 컸다.

"제법이구나. 네놈이 그걸 여덟 가닥 이상으로 뜻대로 나누어 쓸 수 있다면 네 녀석의 비엽신공을 맞받을 수 있는 자는 강호에서 찾기 어려울 게다."

어제 먹은 술기운이 아직 다 빠져나가지 않아 땀을 삐질대며 연습을 하는 무영을 보고 남괴가 한마디 했다.

사실 남괴가 보기에도 무영이 익히는 속도는 속으로 찬탄을 금할 수 없을 정도였다. 아무리 자신이 옆에서 지도를 하더라도 며칠은 족히 걸리리라 여겼었는데 한나절 만에 입문을 하는 것 같으니 혀를 내둘러도 모자랄 지경이었다.

'음, 동생 놈 하나는 제대로 둔 것 같군.'

남괴는 기분이 흡족했다.

하지만 무영이 그 기분에 초를 쳤다.

"형님은 진기를 몇 가닥으로 나눌 수 있어요?"

"응? 음, 음."

"몰라요?"

"다, 다섯 가닥, 아, 아니 여섯이다."

그나마 최근 한 가닥이 늘어난 것이 다행이었다.

"큭, 음, 일단 소주로 가야겠어요. 아무래도 돈을 벌려면 막혜 소저에게 상술 몇 수 가르침을 받고 움직이는 것이 낫겠어요."

남괴에게 웃음으로 면박을 주어 아무래도 반격이 나올 것 같다는 생각에 무영이 얼른 화제를 바꿨다.

"돈이 돈을 번다는 간단한 이치는 알 테니. 그래, 자본금은 충분히 가지고 있겠지?"

"필요없어요. 형님들이 도박장에 며칠 들르면 해결될 텐데 뭐 하러 그런 걱정을 해요?"

"우리가 미쳤냐?"

"제가 일을 벌이면 항상 배당금이 두둑해요. 저하고 합작을 해서 지금 북경에는 한 달에 수천 냥씩 버는 사람도 있어요. 시작하기 전에는 무일푼이었죠."

백문호를 두고 하는 말이었다.

"진짜냐?"

남괴의 의심에 가득 찬 눈이 번뜩였다.

"여기도 증인이 셋이나 있어요."

무영의 말에 남괴의 눈이 청해삼호를 찾아 밖으로 향했다.

일행이 소주로 떠난 것은 무영이 얘기를 꺼낸 지 미처 한 시진이 지나기도 전이었다.

'시작했으면 최고가 되자.'

무영은 소주로 가는 뱃전에 서서 강바람을 맞으며 맹세했다.

〈제3권 끝〉